读者
签约作家
精品选粹

大在小处

凸凹自选集

凸 凹◎著

读者出版传媒股份有限公司
甘肃人民出版社

图书在版编目（CIP）数据

大在小处：凸凹自选集 / 凸凹著. -- 兰州 ： 甘肃
人民出版社，2021.6
ISBN 978-7-226-05711-7

Ⅰ．①大… Ⅱ．①凸… Ⅲ．①散文集－中国－当代
Ⅳ．①I267

中国版本图书馆CIP数据核字(2021)第103729号

出 版 人：刘永升
总 策 划：刘永升　李树军　宁　恢
项目统筹：高茂林　王　祎　李青立
策划编辑：高茂林
责任编辑：袁　尚
封面设计：今亮後聲 HOPESOUND 2580590616@qq.com ·核漫　欧阳倩文

大在小处：凸凹自选集
凸 凹 著

甘肃人民出版社出版发行
（730030　兰州市读者大道 568 号）

北京金特印刷有限责任公司印刷

开本 889 毫米×1194 毫米　1 / 32　印张 11.25　插页 2　字数 252 千
2021 年 7 月第 1 版　2021 年 7 月第 1 次印刷
印数：1~20 000

ISBN 978-7-226-05711-7　　　定价：48.00 元

作者简介

　　凸凹，本名史长义，著名散文家、小说家、评论家。男，1963年4月17日生，北京房山佛子庄人。系中国作家协会会员、北京文联理事、北京作家协会理事、北京评论家协会理事、北京作家协会散文委员会主任、房山区文联主席。

　　创作以小说、散文、文学评论为主，已出版著作40余部。其中，著有长篇小说《慢慢呻吟》《大猫》《玉碎》《玄武》《京西之南》《京西文脉》和《京西遗民》等12部，中短篇小说集3部，评论集1部，散文集《以经典的名义》《风声在耳》《无言的爱情》《夜之细声》《故乡永在》等30部，出版有《凸凹文集》（8卷）。总计发表作品800余万字，被评论界誉为继浩然、刘绍棠、刘恒之后，北京农村题材创作的代表性作家。

　　近60篇作品被收入各种文学年鉴、选本和大中学教材。作品获省级以上文学奖30余项，其中，长篇小说《玄武》获北京市庆祝新中国成立60周年文艺作品评选长篇小说头奖和第八届茅盾文学奖提名奖；散文获冰心散文奖。第二届汪曾祺文学奖金奖、老舍散文奖、全国青年文学奖和十月文学奖。2010年被评为北京市"德艺双馨"文艺家，2013年被授予"全国文联先进工作者"称号。

苍凉的书写者

凸 凹

一个爱好书写的人，字词对他有着非同一般的意义。

字词具有独立的生命。书写者往往是被字词拖曳着的一条长长斜斜的余影。

譬如，分行文字不一定是诗，但分行文字的语势，却可以诱发诗意，让书写者不由自主地去选择意象、去营造境界。一个写作者一旦进入语境，就再也不能为所欲为。所以，对于写作者来说，文字气象，既是他主观所为，又是超越于主观的客观存在。虽然是书写者创造了作品，但作品一经完成，就像婴儿出了娘胎一样，它便有了属于自己的生命。作品有它自己神秘而广泛"生发"的命运。所以，对那些有太强的字词归属感，因而一味地标榜自己文字风格的人，我们更多的时候不是给予同情，而是感到他好笑。

但这并不是说，字词对写作者只存在一种"背叛"关系——卓越的字词，是对书写者先天才智和后天修养的双重回报：字词之于先天才智，是率性醉人的叹息；之于后天修养，是意味深长的沉吟。二者有本质上的区别——叹息，是本能，是抒情；而沉吟，则是理性，是思想。也就是说，书写者的光荣与梦想，是建立在二者关系的融合与消长上的。

同时，也应该承认，字词也是有胎迹的。

一个出生在平原的人，见到巍峨的群山，会有一种阴森森、毛骨悚然的感觉。在这方面，歌德曾说过："从根本上说，人只能适应他出生的环境。于是，一个人如果不是因为自己伟大的报负而漂泊异乡，那么他呆在自己的家里才是一件幸福的事。"写作者的书写也是这样，文字也有着自己的来路——生活的环境决定着，至少是影响着书写者的文字风格——我是嚼着青杏长大的，所以，即便是状写幸福的字词，也带有酸涩味道。钱锺书是书斋中人，即便是写放达的小说，也多是"字话"，有不容分说的闲逸与从容。至于歌德，由于他长期担任魏玛歌剧院的院长，缱绻温柔的诗句之中，也常常有装腔作势的文字。

但是，字词独立于书写者的存在，并不意味着字词就具有了绝对主宰的地位。

奇怪的是，一部字词平凡的著作，反而有非凡的思想品质。比如巴金的《随想录》，比如埃林·彼林的乡土小说。

对此，博尔赫斯在他的《读者对论理的迷信》一文中，有经典的论述：

具有不朽禀赋的作品，经得起印刷错误的考验，经得起拙劣译本的考验，也经得起漫不经心的阅读的考验，它不会因此而失去其实质精神。

所谓"实质精神"，可以诠释为事物生成的内在规律、时代的发展趋势（时代精神）、人性存在的本质特征，即反映对像的内在品质。也就是"客体"自身的情感含量、文化含量和思想含量。

客观事物内在品质的挖掘与揭示，当然需要借助于字词，但它决不依附于字词，它"已经"存在于字词之外。拙劣的字词，并不构成对"意义"的最终伤害。

顾城的《山溪》在字词层面上不过是一首小诗——

碧色的山溪

投入大江，

绿盈盈的泉丝，

在浊流中飘荡，

是应该叹息它

丧失了纯洁的本色？

还是应该祝贺它

逃脱了徘徊和枯亡？

稍作吟读，你便会感到，它其实是一个大作品，因为在清浅的字词背后，有一个宏大的题旨：纯洁的山溪只有融入浑莽的江河，才能获得奔腾不息的无限生机——"纯洁"的丧失，正是一种悲壮的新生。

于是，不禁发出一声感叹：字词的制胜点，在于情感的深度和思想的标高。

所以，属于书写者的自由是有限的——字词的独立存在，迫使其不得不拼命地去捕捉字词的"余影"；而事物本质超然于字词之上的独立存在，又使他不得不牺牲字词的所谓"纯洁"，而进行"意义"上的苦苦追索。前者是为了汲取"生发"的张力，后者则是为了获取生存的理由。所以，合格的书写者，不仅是自觉的文体家，更是伟大的思想者。

平凡人生，已是满目苍凉；书写者的特别追索，更皴厚了他苍凉的成色。时间深处，书写者往往是一些面色忧郁的人。正是这层忧郁，加重了他的生命重量。

2003 年 11 月 26 日随记，2021 年 1 月 18 日修订

第 一 辑　　　情　感

第 二 辑　　　随　想

第一辑

情 感

最初的情缘

上大学时，有幸被一位美丽的吴姓女生爱上。当时极害怕，怕养不起她。后来发现，她不仅食量小，而且虽出身高贵、天姿绰约，人却随和：我又脏又臭的内裤、鞋袜居然常被她搜去洗得极干净，还总要喷上一些怪异的香味儿。我便觉得和靓女一起生活，并不是一件多么困难的事情。

我曾问她："我系山民之子，爱我什么？"

她笑答："你长得白，人老实，又极用功，没一丝浮相，将来靠得住。"

我虽不很理解，但觉她是个城市妞儿，见得广，想得杂，既敢爱自有她的道理，便极小心地默认着这桩爱情。

暑期将她带回家，进门就极妩媚地叫爹。父亲久久不敢应，低声问我："真是你媳妇么？"我说："是。"山人的词典中，恋人便是媳妇。

父亲紧紧地攥住我的几个指头："你小子，好能啊！"

于是，父亲不仅每日里顶着日头为她打野味，且每晚的洗脚水也极殷勤地给她端上，全失了公爹的矜持。我便感到别扭，对父亲说："爹，她只是您的儿媳妇，莫太宠了！"

父亲白了我一眼："瞧你狂的！"便仍是极殷勤地端饭，极殷勤地端洗脚水。我便有些沉不住气，迁怒于她："这事该自己干的，怎就不长眼！"她便极不安，噙着眼泪忙前忙后，吭也不吭一声。

父亲惊罕于她对我的极端容忍和服从，无人处便问："莫非你捉了她的短?!"我恼极，心里暗暗地吼：你就是我爹，不然，早打出一串耳光。

出山那天，在曲折的山路上，父亲送了一程又一程。临了，终于鼓足了勇气，一把捉住她的手，塞进三张纸币："咱山沟忒小，没出息，千万莫嫌！"接着，便是不迭的推拒，父亲便趔趔趄趄站不稳。她终于在我的催促下接了那纸币，父亲便嘿嘿地乐个不停。

于是，返校的车上，我便偷偷地吞咽泪水，觉得这爱情来得太压抑太不安分。

后来，我终于和她分了手。

也许是为了心理上的平衡，她将30元钱寄还了父亲。父亲取出钱，在山路上边走边嗍，临了在祖茔前将那钱烧了，并在家谱上写上：吴氏，第×代嫡孙媳。

再后来，我寻了一房又黑又瘦的农村媳妇。偕妻拜老父那天，父亲稳稳地靠在旧椅子上，疲软地耷着眼皮，对儿女的问候有一搭无一搭地哼哈着。媳妇刚趑出门，父亲便对我说："你命该如此。"久久，他竟又说："但稳妥。"

于是，父亲便仍然是父亲。我心中虽积了不少的块垒，但看到父亲极秩序极自得地生活下去，对我便有了极大的安慰。

1985 年 5 月 2 日

共　饮

——续《最初的情缘》

　　你来信说，分离多年了，好想好想。我便也涂了满纸不该说的话，临了又写："那就聚一聚，敢么？"

　　就真的聚了。地点仍是那间拐角里的小酒店，那老板也仍是那瘪脸的妇人。她将酒菜端上时，竟说："我好像见过您。"我点点头，心中有极大的不快——与旧人相见，搀杂着一些莫名的什么，是极不愿被人窥去一分的。

　　便对你说："还是换个地方吧。"你却说："何必，任一切都来吧。"

　　你并不与我坐对面，竟与我紧挨了坐下，你那极浓烈极熟悉的香水味儿，便撩得我极不安宁，竟像看到了妻那双极温柔极明亮的眼睛。

　　你倒进杯中的，竟是极烈的老酒。你伏下身去，轻轻地一啜，便啜杳了大半；我便感到惭愧，感觉与你相比的确有些小气委琐。

　　酒便默默地饮下去，像两个老朋友，默默地啜饮着极深的相知。

你终于说："给你看两样东西。"便去拉布包的拉链。你的手抖个不停，那轻滑的拉链，便如两排锈迹斑斑的锁链，需要你全身的力量才能打开。

从包里拿出的，竟是两只塑料酒杯和半瓶残酒，我便极惊愕。

你却无所谓地笑笑："记得么，我们最后的那场酒，也是在这里。"我点点头。"你走得好潇洒，留给我的，只是两只空杯、半瓶残酒和满天的夕照。"

我已经不能言语。你久久地盯着我，俊俏的面庞急剧地抽搐着，低低地吟一声："活该我不是个男子，让人抛弃得这般容易。"便失声泣，招来好一片猜疑。

于是，我心中那已平静已完美的天空，便豁地撕去了一角。

我已没有别的选择，紧紧攥住你的手："然而，我并没有错啊。"我说，我知道你很爱我，你拼命袭掠过我的帆、我的船和我那片并不肥美的河面；但你却不是水，你不能给我以漂泊；你也不是风，不能让我的帆去张扬，你只是一方岸，一方高贵而滞重的岸；而我的船已不会靠岸，除非被暗礁撞进深渊，而你能甘心拥抱几块破碎腥涩的船板么?!

你不再抽泣，任我用力握紧你的手。你深情地注视着我，像久久地注视着你理想中的那个世界。你突然嫣然地笑了："你总不会认错。"

此时，我也很感动，你的深情，竟总是那么美丽。

酒又被你斟满，酒液满得从杯沿上缓缓地淌下来，像解脱了的岁月。你说，分别多年了，真是好想好想，盼着和你相聚，还你一段旧情。我说，是很想，但生活中有多少又美又好的新酒啊，你是个很大方的姑娘，不会喜欢那过时的残酒。

你笑笑："人是多么怪啊，说真的，我想见你，又怕见你，幸亏你仍是那么固执，对自己的选择无一丝动摇，不然，就完了。"

听了你的话，我感到轻松了很多，使极认真地与你对饮，这是一刻好时光，切莫辜负的。

夕阳又红艳了西边的天，你已有了微微醉意。我说："送你回家吧，夜色已晚，我不放心。"你挣脱了我的扶持，"会喝酒的女人，能醉么?!"你说。

我们走出那家酒店，那一双你来时带的酒杯被你坦然地遗弃在酒桌上——我们无须背负过去的包袱。情感的道路退一步太窄，前行一步便很宽很宽。

1991 年 7 月 8 日

吻　迹

　　吻，是一个极不寻常的字眼。

　　人生的每一吻，均有着极独特的来历；莫不是装腔作势，这里的文章是极值得写一写的。于是，我便把自己关进小屋，躲开人世的嘈杂，潜心地写那吻……

吻　一

　　山人均怯，多呈愚讷状。其实，心里总有几多卑惴、几多惆怅，闷闷地蒸孕着，那神经便极敏感极脆弱。

　　那日，随父亲到县城卖狍皮，那门脸上偏有一白胖的妮子做掌柜，便使我好奇地端详她。那妮子竟恶恶地瞪我，丰厚的两唇也不停地嗫嚅。但父亲却遭了殃：那妮子让父亲一遍一遍地将皮子翻来倒去，撇着嘴角看父亲淌臭汗。果然查出一两处疵点，那妮子便有了发泄的机会，不管父亲那低声低气的乞求，将皮子放了低价。

于是，我便觉得城里妮子美丽而恶毒，理应得到制裁。

回到家去，便拼命读书：那是进城的唯一途径。

城果然就进了，考入一所重点中学读高中。但那时的课业太重，终日昏沉而乏力，再想到临行时父老那殷殷的叮嘱，便不敢生出杂念，任那城里的妮子飘来飘去……

进了大学，心便一下子放踏实了，山人的褊狭便猝然露出头来，便寻找报复的对象。

她竟是那么漂亮，下巴腴美成双层，多了许多异域情调；笑时，双眼并不流盼生光，却微微合拢，温温如抚……由此，便更添了她的高贵。

那日上早操，她将脚崴了，龁蹰在一边不动窝。我便走上前问："要帮忙么？"

她说："扶我到校医那儿去吧。"

我说："没有一点必要。"

她正无措间，我已蹲下将她那只伤脚攥了，用力一抻一推，便听到悦耳的一声锐音。她骇得咯噔站起，苍白的脸上不仅有泪，还有难遏的愤怒。

我说："先莫骂人，走几步看吧。"

她竟稳稳地走出好远，瞬间堆了笑脸："你还挺能噢！"

我说："这简单，爷爷给驴腿正骨，便这样。"

她嗒地将眼皮合了，低嗔一句："讨厌！"我便哇地大笑起来，不停地在地上打滚，蹂躏了好一片青草。

这之后，她有事便常找我。最多的，便是要我接送她乘车。因为学校在郊区的一个稻田村，进城的第一个车站就距校园八里之遥，城里的妮们便常怨怼常谩骂。

我本想气气地拒绝，但想到电影里常有地下工作者为完成使命，极殷勤地服侍狗特务，便将不快忍消了踪影，堆出一团极敦厚的笑，极爽利地借好车，等她将脂们粉们涂均匀，便悠悠地踏动了车子，上路。

每次，她竟忘不了对我表示些谢意：无非是为我削一只苹果、两只鸭梨，给几本我极想看而又找不到的破书。其实我心里早生出屈辱：恁大个汉子，竟只值两只鸭梨?! 但还是将鸭梨吃得吱吱响，任那梨汁放肆地溅出，装出了一副颟顸相；她便开心地乐，那好看的双下巴便白绸般雪白雪白地颤抖……

不久，她便肯和我出去约会，且每次出去她都将自己弄齐整，齐整得我卑卑怯怯。在荫荫的绿林中走，月光朗朗，衣裙飘飘，竟也将我带入佳境，心中便有一丝感动：莫再游戏，该真的爱一爱！

但偷偷地觑一觑，竟见她柔媚的唇角挂着两弯不易察觉的笑；我便怀疑，自己正被她暗暗地讥诮着，一股暗火便倏地烧起，轻易地就将那缕柔情烧杳了。

我说："莫走了，站一站。"

她便真的站了。于是我便猛地将她抱在怀里，拼命地吻她。起初她懵了，并不知道反抗；不久，便急剧地摇动脖颈。我只好逮羊般钳住她的头部，仍拼命地吻她，若饿鬼啃一只烤猪蹄。直到吻出满嘴腥涩，才不甘心地住了；一吐，竟是又稠又黏的血汁。

她愣怔了久久，便呜呜地哭了。

我却放声大笑，释放着野性的满足：占有城市的妮子，竟这般容易（尽管只是一吻）!

她终于弄懂了我的意图，哭声便更剧了，并大叫：“完了，你小子！本来我已真心地爱你了……”

我的大脑便一下子停止了思想，木木地看她一袅一袅地走进夜色……

那一吻，是我终生的第一吻，本该是极珍贵极神圣足可以留下终生回味的，但却这样断送了！如今想起，双唇仍颤抖不已，觉得我的人生有了一个极难补缀的残缺，隐隐地在心中将疼痛放射着。

吻 二

在亲戚中，顶漂亮的女性便是表妹。

表妹，性嬉，功课做得颇马虎，勉强将高中弄完毕，便整日闷在闺中待职。久了，大姑便嫌她，惹她哭着奔山里，在姥姥膝前绕。

暑期回家，正逢爷爷摇蜜，便一眼看到表妹在蜜机旁盯得专注。那摇蜜机转得极快，蜂巢里的蜜便被甩到桶壁上，汇成蜜的漩涡。她将脚尖踮着，脖子也伸得努力；一双手则紧紧合实，在胸前贴。待蜜摇完，便有几桶金黄的蜜浆在阳光下灿烂。她便显得极兴奋，用指在蜜上抹，边抹边吃，且笑声也咯咯地伴着，直到下巴和鼻尖均有蜜滴滴零……那情形便让我极动心。

晚间，刚把碗筷放下，她就闪身进来：“大学生，敢陪我出去么？”

母亲率先接了话茬儿：“你哥刚回，先歇歇。”她并不睬母亲，仍直直地盯着我，"敢么?"

我便禁不住笑，随她出门。

爬到屋后的坨上，她说："山里人忒怪，天擦黑便睡，让人好憋闷!"

我说："极是，极是。但莫憋闷，我不是回了么。"

她说："那咱就聊一聊吧。"

我说："那好，就聊一聊。"说完，便陷入沉默：我根本不知道要同她聊些什么。

后来，竟听到她在低声抽泣。沉默得太久了。便同她聊些学校里的时鲜和市井的趣闻。聊到乐处，她也笑笑，却说："讲点儿别的吧，这多没意思。"

我便讲看过的几部小说。这回，她果然有兴趣，依在我的身旁，专注地听着，那一双大大的眼睛久久不眨一下，月光便在那上边折射得极清澈。我便受到了鼓舞，极卖力地叙述那些故事。但不久，竟听到了均匀的鼾声，她靠在我的膀间已睡得极香甜了。

但那睡相却颇不恬适，白皙的两腮竟不时微微痉挛，便让人惑于她白日的天真。

正要叫她，她竟倏地睁开眼睛，笑笑："咱们回吧。"便站起身，没有丝毫迟疑。

第二天晚上，她仍将我约出去，仍爬到那坨上。她的兴致极高涨，且不时掀动那短不盈膝的裙角，说："哥，讲点儿爱情故事好么?"我便拣了《罗密欧与朱丽叶》。听完那故事，她竟问："男的女的，果真有那么勾人的爱情么?"我便随口答："有，肯定有。""那就再讲一个吧。"我便又讲。但讲了不久，她竟又睡着了。头仍然靠在我的膀间，鼾声依然均匀；但两条腿却放得太随便，月光下，裸出裙摆的大腿，极腴美极光洁，我的心便极不平静起来。

以后的每个晚上，她不再要求我讲些什么，她只要静静地和我呆在一起，呆到偎在我的肩膀上于不觉间睡去。于是，我便想：她不应该是我的表妹，倒该是需要我怀抱的一个女人。

于是，我便注定要犯错误。

那晚，她偎在我膀间睡去了，周遭便极静寂而神秘。那该死的荆花突然塞塞窣窣开欢畅了，将诱人的药香暗送。我便焦躁得难耐，便将膀间的表妹抱在怀里，去吻她。她马上便醒了，但惊异仅在目光中停了瞬间，之后，便极平静，任我极冲动地吻她。

之后，她埋头在我怀里哭泣，欢畅如流水。我便惊得失措，讷讷不成言。

表妹却戛地止了哭声，说："提一个要求行么?"

我说："行！行！"

"以后不叫你表哥行么?"问完便笑，笑得极灰。

我极惊愕。她又平平地对我说："你毁了我们俩的感情，你不该那样吻我，男人才那样吻我！"

……后来，我才知道，待业时，她极空虚，看了很多《少女的心》之类，被三个男人甩过。那些男人（该诅咒的男人）使她失去了对爱情的信念；我竟于不觉中，将她对男人的最后信念以至对生活的信念也摧毁了，我变成了罪人！

于是，淌着泪，我喊一声：年轻的男人，莫荒唐！

吻 三

大学毕业，刚走入机关，便碰上了她。

她不仅相貌极美，家庭也极殷实，父母是高干。但她没有飞扬之神采，整日极蔫极愁惨。在单位，领导颇关心她，仅给她一些收收发发的事件，也竟常出错：分报刊时，常把张郎配李郎，惹人不少怨。她便更孤单寡言。

她那年二十九，没有成家。接触过一些时日，竟发现她连男朋友都不曾交上一个。

她白天处理完手头的事，便抱着厚厚的小说看，且三两天便换一次。我说得出来的便有《简爱》《红与黑》《漂亮的朋友》《康素爱萝》《呼啸山庄》《金色蔷薇》《爱玛》……均是一些档次颇高的书。那时，我对文学还颇冷淡，便不曾生出同她借书的念头，但对她的人竟也有几分敬意。

单位离她家不远，却不见她回家去。晚饭吃过，就见她一头扎进宿舍便再不出来。听人说，那宿舍曾安排三个人住，但不久，同室的那二位便找领导调房子，说真受不了。究竟怎么受不了，并无人说得真详。于我，便是一个极具诱惑的谜。

那晚，我便轻轻地敲她的门。

门开了一道小缝，她将头探出，见是我，便有些恓惶，欲重新将门关上。

我说："喂，要拒人千里是么?"

趁她迟疑间，我已仄身进屋来，她便极不安。

屋里有张床，床头是一张极普通的办公桌。那桌上竟有一个小小的书架，塞了满满的书。但书们竟都被主人包了一层粉色的书衣，便隐去了对外人的魅力。记得她白天看过的书是均无书衣的，就自然生出了不少惊奇。

她说："请随便坐吧。"那态度也坦然而大方；之后，我还得到一杯水。

她默默她坐着，期待着我说些什么。我却只记挂她那一架穿衣服的书，便问："架上是些什么书？"

她说："几本英语课本和几本'跟我学'。"

"可以看看么？"我问。于是，就见她的白脸倏地红彻底，且嘴角不停地嗫嚅。我便非看看不可。

抽一本翻开，果然是英语。我扉页的一行字母拼出来，竟是：劳伦斯文集。原来她竟拥有一套英文版《劳伦斯文集》。又翻过两本，果然找到了那本《查泰莱夫人的情人》，这是大学生们渴望看到却无从得到的书。兴奋之下，我便戏谑地读那书名。

她愤怒得浑身颤抖："你教养怎么这么差？！"

我玩味地看着她的双眼，讪笑："差么？姐们儿。"

不期竟使她失了心理的平衡，她骂过两句极难堪的话，说："一切后果，你要负责！"说完便狠狠地解衣扣。

我明白要发生什么事，便极惊恐，用力攥住她的手腕："别做蠢事！你想想，除了你和我，机关里还有懂英语的么？！"

她果然就停了挣扎，怔怔地立在那儿。

久久，她一头扑在床上，婴孩般哭淋漓；我便鼠般遁出门去。

感谢上帝，若不是机关里就我们俩懂英语，我便完了！

这以后，由于特殊的遭际，我便有资格常到她那里坐一坐。便知道了她不交朋友不成家的原因：她患有先天性心脏病，心膈膜有极严重的缺损；路稍走得远些，便喘息不止，泪也流得不可抑制。她担心自己活不长，便不敢去追求爱情。但她又讳病极深，让人知道一个如花似玉的妮子有不可救药的毛病，那是极难堪的事；便让不少男子吃了闭门羹，便叫人觉得此人高傲而怪异。

于是，我不仅对她怀了敬意，也怀了隐隐的爱怜。

于是，便借她喜读的书籍看，便同她聊得渐渐投机起来，也使她渐渐有了笑颜。

但我的处境却极不轻松了。在她宿舍，同她娓娓地聊着，便听到门外有人声喊嚓，有时还佐以压抑不住的笑声。我猛地打开屋门，见偷听者中竟有极受人尊重的重要头目。他尴尬地笑笑，不停地点头："啊，没事，你们谈，你们谈。"其情状，若一条无脊梁的狗。

重新坐好，我便说："嫁给我好么?"

她笑笑："你肯么?!"我说："肯! 肯!"

见我极认真，笑便嗒地从她脸上消失了，接下去便是极长极长的沉默。

第二天晚上，她又把我叫去："你真的娶我么?""真的，从心眼里想。"

"千万别坑我噢?!"她近乎乞怜。我便生气："尽是废话!"于是，泪就在她脸上流得绵长而痛切。

但这之后，竟久久不见她的踪影。

挨不过，便到她家找。家里就她一人。她给我打开门，便奄奄地躺在沙发上，面如白纸。

她说："求求你，别再找我了!"我极惊愕：为什么？"

"母亲不同意，嫌你是农民的儿子。"说得极坦率极冷酷。

"就不管你的幸福么?!"我大叫。

"母亲说，我们大院都是龙凤呈祥；若嫁你，像处理破烂，别人瞧不起她。"她竟笑了，格格地，若鸡婆被人掐住脖子。"别怪我，我也没几天好活，犯不上让母亲死去活来。"

我极绝望，一阵怒骂。那字眼儿，若印在书上，准是长长的一串"×"……

我扭头便走，她却迅疾在门边挡了："来吧，我什么都给你，给你!"

于是，我便于愤怒和羞辱中在她脸上打出一道白光。

但左腿刚迈出门槛，右腿却被她死死地抱了："那就吻吻我，求你!"

我便一下子垮了，瘫在地上任她吻。她吻得极贪婪，裹挟着汹涌的涕泪。我喘不过气来。

我躺在地板上：吻吧，吻吧，你×××吻的不是我，是孟轲、朱熹或孔老二!!

几年过去，她竟仍坚韧地活着，虽然活得极疲软极灰暗。

于是，我的那个吻，便还有一点点值得回味……

1987 年 7 月

叠雪印

推开门，见庭院里赫然地铺着一层雪。雪花依然飘着，无声无息。心里倏地热了一下。

想起了那个已离我远去的人。

那个人很年轻，很美丽，有小鸟依人风。与她相爱恰在一个冬季。围在小屋的火炉房，她俏皮的鼻尖上，闪着一片亮光。

她喁喁地向我说着话，微弱的火光，照在两片蠕动的唇上，双唇便很红润，像暗暗迸发的两股激情。

窗外的雪尽情地下着，已铺得很厚很厚。

到雪中去吧，她说，我们叠雪印。

就相拥着走出小屋。

她索性把自己躺成一个大字，微微地合着一双眼。我心里很热，觉得她就是不设防的一个纯情的具象。

我想跟她说些什么，听到她轻轻的一声嘘：一切语言都已属多余，你只需跟我并排躺下，静心地叠雪印，她说。我挨着她躺下，也恣情地躺成一个大字。雪花轻轻地落到鼻翼之上，像纤纤的指头给你以忘情的抚摸。静静地感受着，心胸渐渐变得很清廓；如果自己想动一动，会像雪花一样飘起来。

其实，雪也分男女，但雪是纯情而理性的男女。她说。

也许，但正因为如此，雪的生命才短暂啊。我说。

纯白的世界里，你不该说这样的话。女儿最珍视的，便是那薄薄的一重幻想，但你偏偏要捅破它。她说。

我不敢再吱声。

那场雪下得很久很久，枝桠的雪挂便很肥很肥。炉中的火总是微弱着，在温暖中，她听着我用低回的嗓音讲的她喜欢听的话。每天都要去叠雪印，直叠得背脊之下隐隐地痒起来，好像春草苏生。于是，我们的爱情也自然而然地长得很肥很肥了。待雪融化的时候，她说，等着吧，等着来年的那场雪吧。

来年的这场雪如期而至了，却再也看不到她的身影；怀揣着那薄薄的一重幻想，从青春的枝头，她早早地陨落了。但她留下了永恒的纯情。

于是，面对这纯情的雪，能不心热么？

好雪，还须有好女儿啊！

1987 年 12 月

咀嚼爱情

被夜雨撩醒，睁开眼，只感一片浑黑，生一种莫名的落寞感，不知身居何处。身侧的她轻轻地嘘出一声鼾。便翻转身去，于晦暝中静静地谛视她。她的睡相极乖巧，嘴巴轻轻张着，似随时接受一片热吻；鼻子小巧如钩，正钩着很绵长的一个梦境；一只柔润的胳膊，任情伸出被外，若欲摘梦中的果实。心中顿感一片温暖，把她紧紧地拥在怀里。听她发出一声轻快的叹息，才感到，自己原来就停泊在岸边，厮熟而平和的岸。一瞬间，落寞感竟遥远了，一泓温爱把心抚弄得很充盈。

便想到，无论他乡，无论异地，无论作如何的漂泊，只要有相爱的人在你身边，任你依傍，把你依傍，便是居停在自己的家中。家是一棵树，爱人是树的根须。

花前月下，说尽了妩媚的话。有一天突然无话可说了，便觉得她离自己很远很远。默默地走在湿湿的雨巷，虽也相伴，虽也相依，却感到一种无可奈何的忧伤。竟听到她轻轻地啜泣："难道你不再爱我了么?"心蓦然震了一下，却不知如何作答，便对她说："还是爬一下对过那座山吧。"那座山很陡，雨后就更滑，且长着一丛一丛的荆棘。爬到中腰，露浸衣湿，豪喘如牛，双腿铅般重滞。很想踅回去，却感到衣角被重重地拽了一下，竟见她紧紧地尾在身后，就只有爬上去。爬上山去，她已无一丝力气，便只有背她下山。"没有你这有力的臂膀，我可怎么办呢!"她说。

便想到，爱情的天地，虽温馨却也苍白;欲得到永恒的忠贞，便是共同去经历，经历一些艰辛，经历一些凄惶，经历一些不平凡。

白日的一切使人很疲惫，便渴望黄昏将至。夕辉下，人的情致果然好，便"人约黄昏后"。小城很狭仄，几条通幽小径已徜徉得烂熟，再踏上去，就感到很乏味。对她说："找一家小酒肆，随便喝两盅吧。"那家小酒店很小，仅三四张长条窄案。两人相对坐下，低首时，鼻尖偶尔会温柔地碰到一起。光线很昏暗，是一种相思的颜色。酒是一种低档酒，但她尚能喝下去，便让人极惬意。酒进两盅，热流在胸中溢，微醺中，觉双方都美丽，话语便娓娓不辍。那已发生的，本来很冰冷;那未发生的，本来很无奈。对酌之下，谈得温温如诗。那一刻，她不是一个恋人，却像一个久别的老友，因为那情谊，比爱情要厚。

便想到，爱情本无具象，往往是一团情绪，一种氛围，一个梦境。心有禅机的爱人，会共同制造一种趣味出来，然后双双去沉浸。用心的爱是果实，随意的爱是逝水。

那天，与她散步累了，回到屋里，倚在沙发上小憩。调光台灯调到最低挡，幽红的灯光便如美妙的幻想，惹人感动。被她深情地凝视，觉时空是一张梦的床。她突然嫣然一笑，"我想了几句诗，读给你听吧——我崇拜太阳／不是为了它的光芒……"因为懂了诗后边的那颗心，自然要给她以回报，就和道："我崇拜女人／不是为了恋爱的甜蜜／而是为了爱情的回忆……"吟罢，都感到吃惊，不懂诗的俩人，怎都吟出这般的句子呢?! 这是爱的灵犀，发自生命的深层。便在诗意中回味，谁也不说话。

便想到，相爱时，要懂得珍惜，不仅要珍惜爱情本身，更要珍惜因爱而给对方和自己创造的、打着生命烙印的那一种生活。于是，爱情的每一段时空，都不是过程。

1988 年 1 月 6 日

燃烧的向日葵

　　住平房的最大好处，便是有个极宽绰的院落。偌大个院子，只东南角立着一棵古拙而蓊郁的疤松；松不太高，冠也不向四处拥张，仅树一面松的旗帜，给我一个读书的好去处。因此，院子便显得空落，我便想种几畦蔬菜，做一回道地的田园蓑笠翁。

　　但盛春的一个傍晚，妻却用箧筐矪来数十棵向日葵的幼苗，并用一把沉重的老镢掘地。

　　我说："还是栽几畦菜吧，吃着方便。"

　　妻却说："你怎么也像村中小妇人似的，光往俗处想呢？"

　　被她抢白了两句，我心中便有些不悦，"爱栽什么就栽什么吧，我可不管！"

　　妻笑一笑："谁要你管，尽管读你的书就是了。"

　　坐在书桌旁，书是怎么也读不下去；门外，妻的掘地声很重，心很难安定。便在门槛上看她劳作。那镢头很沉，而她的身子却极单薄，每次挥起，都倾了全身的力气，镢头下去，脚也趔趄了。这时，她那秀美的发尖已被湿汗大绺大绺地沾在颊上额上，脸蛋也夕阳一般红润。

我心中不禁生出一丝爱怜，就去接她的镢头，"还是我来吧。"

妻扭脸一笑，并不争持，俯下身，以十指作耙，耙土里的砖头碎瓦及木屑杂草。之后，便在挺匀的细土上，以手作穴，小心地栽下向日葵的幼苗。她分两行并栽，留着很内行的株行距，栽到三十棵，却不再栽了，把剩下的几棵送给了邻居。这样，就有了十五棵一行的阵势。

浇完水，妻竟说："谢谢你了。"我感到奇怪，说："还客套了，横竖还不都是家里的事。"她争执着："这可不一样，这是我自己的事，你只是帮了我的忙。"我便暗忖：这年头，连妻都神兮兮的了。

夏末，向日葵开始渐次抽出花盘，妻的笑靥也开放得很美。但一日下班回家，离家不远，就听到妻尖厉而愤怒的斥叫。进了家门，便见三岁小儿正垂头哭咽。妻抬头看我两眼，眼圈竟也霎地红了。我问："出什么事了？"

妻哽咽道："这孩子有多淘气！好好的两棵向日葵，生让他给折了。"抬眼望去，靠里的一排向日葵，果然被拦腰折断了。我觉得妻也太孩子气了，便安慰说："为两棵葵花，跟三岁的孩子生气，值么?!"

妻急了："你说得到轻巧，他折的不是两棵葵，而是折残了我的想念!"

见我愕然不解，她说："十五的月亮圆，栽十五棵，取的是圆满。外边那一排是为你栽的，里边的一排是为儿子栽的。并排十五棵，是让儿子跟你看齐，做个文化人，当个作家；你看，他偏偏就自己把自己的前程给毁了。"妻极懊丧，眼泪竟流汹涌了。

我哈哈大笑："快别伤心了，我不已经是文化人了么？那里边的一排归我，外边的就归儿子吧，让他超过我，不更好吗！"

妻喃喃说："本来娶俺个柴禾妞儿就委屈了你，这下子俺就更不踏实了。"

我把她拥在怀里，帮她抹去泪水："快烧饭吧，莫神兮兮的。"

后来，我终于知晓了这里的缘由：妻太爱我和儿子，便对她母亲说："咱个小女子，帮不了他甚忙，就盼他们爷儿俩奔得旺。"岳母说："那就悄悄给他们爷儿俩做件事吧！"

想来想去，妻想到了幼时的种向日葵。那个年代，向日葵是多么神圣啊！于是，她便决定，每年为我和儿子种向日葵，这是最令她满意的寄托。

于是，栽下向日葵后，妻就天天企望向日葵长得苗壮，花盘也作得大，籽粒也灌得饱满，这是很不好达到的境界，妻便殚精竭虑，倾尽了女人的一切细心。

天道酬勤，天道酬诚。妻的向日葵果然长得壮健红火。入秋后，二十八棵向日葵葵盘作得硕大浑圆，若盈满了沉重的思念和眷恋；那金黄的花瓣鲜嫩而奋挺，在阳光下，艳艳似火。听着妻那孩子般的笑声，我不禁怦然心动，向日葵，在乡间小院里燃烧，这燃烧的爱，在平凡的人生中灼灼不息。

1988年9月

无言的爱情

今生娶了她，也许是我的福分，也许是我的不幸，但已经是不可分开了。

这不仅仅是因为有了我们的孩子，一个人见人喜、白皙乖巧的小男孩。也不是我们向双方的父母承诺了什么，双方的父母也未曾给我们设置什么樊篱；我们的父母极古道但又极爽利，大悲大喜的婚姻折磨已使他们大彻大悟，他们不再愿意陷入儿女们的感情恩怨中，充当尴尬的角色——这与其说他们给了儿女们爱的充分自由，莫不如说他们已对儿女们放任了。更不是世俗的因素，对我们来说，世俗的东西已不值得考虑——给自己戴上温柔的枷锁而不愿自拔的，正是我们自己！

与她的相识，的确是命运的极不经意的安排。由于太不经意，便极限成偶然。如果不是和自己的系主任弄僵了，而被贬回郊区；又如果不是学的蔬菜专业，而学的是果林或畜牧什么的，就不会分到这个称之为菜区的小城。分到小城的结果就必定要认识她，但认识她并不一定要爱上她，进而娶了她；结果恰恰相反，这里最大的罪过是因为她太美丽，美丽得寂寞凄然却神采流动。

她是从一个叫西北关的村里被招到镇上当电话员的。镇里的电话室是一间又黑又窄的小屋，小屋被镇机关的大楼掩在身后，是个被人遗忘的角落。如果不是开窗时将一本书甩下楼去，我便不知道那又黑又小的屋里还住着人，而且住的竟是位年轻的姑娘。

我走到楼后，捡起了那本书。抬起头时，就见到了那个姑娘。她径直朝饭厅的方向走去，给我的是个背影：那背影很瘦削，有一副极好看的溜肩膀；可能要遮掩其瘦削，着一袭质地很粗糙的蓝工装；脚下的高跟鞋有些不跟脚，走路时，便嗒啦嗒啦响，没有弹性，显得很疲惫。

这并没吸引我。

数日后的一天晚上，我宿舍的电话突然响了。拿起电话，竟是一个很冲的女声：

"喂，书生！来了半个多月了，怎么也不串串门，好大的架子哟！"

我问："您是谁？"由于不知道对方的身份，便很谦恭。

对方竟咯咯笑起来，带着微微的娇嗔："你可真逗，我是电话员小李。"

于是，便下楼去，轻轻地敲那扇又黑又旧的门，且带着满腔的羞怯。

进门去，见她站在屋中央的花盆前，微微地笑着，极大方地迎过我。我的目光一下子就被她那张笑脸粘住了：好大好圆的眼睛啊，眼皮双双的，既亮又温柔；光润的脸颊上，一双酒靥又深又大，装着处女特有的真纯和圣洁……看着这张脸，我呆呆的、木木的，魂魄已脱我而去。

由于我盯得太久，她那张笑脸便嫣然红润了，像绽开的花朵，红润洇满了那对深深的酒靥，又溢出来，流向白皙而俏皮的耳垂……那空前的生动，使我呼吸急促，感到了瞬间的窒息！

久久，当我激情的狂潮消退之后，拨开眼前的迷雾，她已坐在插转机的机身旁，脖颈低低地勾着，依然是满面的羞红；但泪水已默默地流淌了，长长的睫毛也跳动不止……

她让我给吓坏了。

我轻轻地说："请原谅，你太美了！"

她仍默默地抽泣着，不停地摆弄手中那金色的线柱。

我慌了，想到要解脱面前这极其严重的尴尬局面，唯有悄悄地溜走。

但当我轻轻地拉开那扇门的时候，竟听到一声虽低微却绝对清晰的命令："你回来。"

这是极超俗的一声命令。

这轻轻的一声命令，注定我再也走不出她那温柔而明亮的目光。

然而，她却是个农村姑娘，托关系才走进机关的社调工。

然而，她却是个大龄姑娘，比我大整整三岁。工作环境的狭窄，束囿了她与社会的接触，她极其孤独，虽美丽无比，却爱花未妍。

然而，就有了当我们在一起时，从门缝中闪进窥测的目光。

然而，就有了当我们一起看过戏后，她深夜打来的电话……

情节是这样发展的：那天领导给了她两张票，说："单位就你最苦，今天我给你替会儿班，找个伙伴去看场戏吧。"她极感动，久久说不出话。

走出那间小屋，她极踌躇，不知那多余的一张戏票该给谁才好。她真正感到了孤独，感到了心灵的无所依托。她觉得这戏看也没意思，徒然浪费了领导那一番情意。正欲返身进屋，看到了闲逛的我："哎，你看戏去么?!"

我开玩笑说："你要去，我便去。"

她沉吟片刻："正有两张戏票呢。"

进了剧场，不期竟见到了她的姐姐。她姐姐的目光很闪烁，总往我身上瞟，我感到不自在："和你姐换张票吧，你们姐妹俩在一起看好。"

她便和她姐一起看。戏看了一半，她又回到我身旁："还是我们坐一起吧，散场后，你好陪我回机关，夜班我好接着值。"

那戏演得极精彩，悲喜交加，声情并茂。于是，便有悲时，她抑制不住的抽泣；喜时，她率性而响脆的笑声……其状淋漓尽致无旁人，招惹了不少奇异的目光。

这时我才真正体会到，陪伴一位美丽多情的姑娘，是一件多么赏心的事啊!

深夜，突起的电话铃声将我从沉酣中惊醒。拿起听筒，竟是她的声音："对不起，和我聊一会好么？我失眠了。"

我敏感到，她正经受着一场感情的折磨，而这种折磨也许正与我有关。

她果然说道："我后悔和你一起看戏……"

"为什么？"我问。

"姐姐说我……"她喃喃着，已没说下去的勇气。

"是不是说你跟我搞对象了？"我笑着问。

"你怎么知道？"她感到惊异。我说："这是小说里常有的情节。"

"要是真的……"她仍是喃喃着，且伴随着急促的喘息。

"要是真的，将怎样？"我追问。

"要真的就太好了！"她终于说出了她要说的话。

"那就是真的！"我竟轻易地应允了。

"我可是个'柴禾妞'，还比你大几岁。"她的声音有些变。

"这无所谓！"

"真的?!"

"真的！"

电话到此，便久久没声音，之后竟听到了她压抑着的哭声。真没想到，一个姑娘，面对铺天而来的幸福，竟是用极悲凄的哭声迎接它。

久久，哭声止了，一切归于沉寂。连声呼唤她，听不见回声；贴近耳机再叫，听到的竟是均匀的鼾声。

这时，却轮到了我不能入眠。没想到，这么一桩人生的重要选择，竟儿戏一般定下了。我从来没有这方面的准备，不知如何走下去。我感到心慌，我感到虚弱，我翻身下床，到幽黑的街上去跑步。我围着方圆两公里的小城跑，一直跑到曙色熹微。我的大脑乱极了，我不知道是选择了幸福，还是犯下了错误。但是我绝不能再去改变，我不敢想象，拒绝一位美丽的姑娘，将是怎样一种景象。于是，对未来的不可预测，将我吓坏了！我感到沉闷不堪，大口地喘着粗气，终于面对冉冉升起的朝阳，号啕大哭。

真没想到，一个小伙儿，面对铺天而来的幸福，竟也是用极悲凄的哭声去迎接！

爱情就这样注定了。

但当我第一次要拥抱她时，她却连忙逃避我的双手，双颊倏地变得煞白。我极尴尬地站在她对面，微恼地审视她。就在我的注视下，两串泪，从她的深眼窝中溢了出来。

"还是多考虑考虑，跟了我，干部楼就没想了。"泪并没模糊她的语言。

我极惊讶，惊讶于她的冷静而实际。在小城，房子有时会左右爱情。

我去拉她的手："娶你就是了，虑那么多干吗？"

"要虑，不虑不成啊！"她迅速地抽回那只手。

"虑过了，自己盖总可以吧！"

"那你就抱吧。"她站在那里，头扭过肩。当我将她抱进怀里的时候，她瑟瑟地发抖。她是将自己作为赌码塞进我怀里的。

第二天，我便去申请地皮。

村干部说："外来户不给地皮，上边有文。"

我说："入赘总可以吧？"

他沉吟良久，竟说："莫开玩笑！"

"不开玩笑！"

"那好，拿结婚证来。"

于是，我便拽她去镇里，打结婚证。递上结婚证，交了五百元占地钱，才拿到了三分地的准建证。

晚上，她姐请酒，说："房子批下来了，就剩建了，咱哥们姐们不少，不会不伸手。你自个儿也得耐着点辛苦，先甭成亲，晚上也不要一块出去了，盖了房再说。"听了这席话，那酒喝得没味儿，晚上睡在机关的冷床上，抹了几把泪。

盖房的第一项工程是辟地基。那三分地正夹在三户人家的中间，密匝匝地长着树，树顺三家的山墙长着，界限分明地归属着各自的主人。首先要砍树。那上百棵树，均碗口粗细，折价每棵两元，但那二百元拿着烫手，便于苦想中生出策略：先不急于砍树，每日晚间，揣几盒好烟去那三户落座。把自家的烟卷散尽，就抄户主的烟袋，滋滋地吸那苦涩。户主端出黑糊糊的末子茶，便急忙接过，先给户主斟上，再斟出一杯自己啜。一啜，竟焦苦不堪，但仍要朗朗地笑出声来，与户主侃东侃西，道尽邻里长短，说尽乡间俚俗。末了，那户主一踱茶杯："伙计，你个大国家干部，竟这样跟咱不二、不见外，有啥难处，尽管说！"我拿眼斜一下那树，户主一笑："该砍你就砍呗，谈哪门子钱。"于是，三个户主一呼应，竟主动帮我砍树。

她姐和几个兄弟，帮我把房垒起来，就等我找木头上梁。其实他们完全能极顺利地搞来木料，但却说："你在机关里，还找不到木材指标？"我知道他们的心计，便搭了几个要好的伙伴，偷偷去货栈买高价木头。不期，一场醉酒，一个伙伴竟把秘密漏了。她姐便连连跺脚："你怎么这么窝囊，弄不来就说一声么！"说完转身进家，点出一叠票子，"都怨我，那超出的损失，我出了。"不容置疑，那票子就塞进了她妹妹的手里。我极不高兴，扎屋子闷了半日。她蔫蔫地进来："莫生气，我姐还不都为我好！"

那天星期日，天绵绵地织起了雨网。但必须从五里外的麦场上拉两车麦秸来，明天要上笆泥。我去借车，户主极爽利地应了，但我并不好意思去套人家的驴——那驴是户主的爱物，素日只用它拉脚卖菜，梳得毛光可鉴。我便自己拉车去麦场上，她则撑了一把小伞随着。

很快就装好了车，车上的草垛晃悠悠如颤动的山。草垛将车辕杆遮了，我便只好钻进去，弓了身子拉。那路极滑，我滑倒了两次，膝盖渗出血来，满身滚满泥污。再拉那车，竟死沉死沉的；原来雨已经大了，草被淋得精透。雨汗交叠糊上我的眼，手竟腾不出来擦。她便跟车跑，不断用手帕帮我擦脸。她的伞已经不打了，浑身也湿透了，脸显得异常苍白。我极心疼：为了房子，她已将力气卖尽了。但我也终于尝到了什么叫苦，尝到了一个小知识分子没尝过的苦。

车后有隐隐的啜泣，我便轰地蹿出火来："嚎什么，使劲推就是了！"

她大声喊："是我害了你！"

我嘎地将车停下，让车依垛偏斜着。我钻出绳套，叫她："过来！"

她以为我要发作，半天才惶惶怯怯地挪过来。"怕什么，我不吃你。"我从她头上捡下一根草毛，"看你的头发都乱了。"

她终于笑了，那是一丝苦笑，但带着甜味儿。

房子建成了，我按乡俗燃响了一挂长长的鞭炮，宣布我已和这个乡村契合了。紧接着便喝喜酒。她姐端碗同我碰，极豪爽："兄弟，咱妹子交你了，立你的门户吧！"我黏地站起身，迎着一排亲戚碰。我该酩酊大醉一场了：爱一个农村姑娘，是多么艰难啊！

后来，当我爱上文学之后，给一位关心我的作家写信：……不要笑我琐碎、平俗，我的确伟大了一次，虽然只是一所普通的房子，但我扎扎实实地为爱筑了巢，生活将不再惧怕风霜雨雪；要知道，并不是每个人都能给爱找到根基的！……

房子建成之后，便进入了漫长的冬季。此时的她也正有了身孕，对我充满了依恋。但因盖房亏欠太多，我已无能力购买越冬的燃料，便望着她微微隆起的小腹，久久地抽闷烟。她依在我的怀中，温柔地说："莫发愁，冬天虽漫长，但我们已不再是一个人了！"

我顿然醒悟，抚着她冻红了的小手，热泪汹涌了。

之后，买了一条单人电热褥，铺在她的身下。但晚间钻进被去，我的被下竟也温暖如炽：原来她把电热褥横铺了，要我和她一起温暖起来。我第一次感到了妻性的伟大。在我的怀抱中，她抖抖地瑟缩着，如小鸟进巢。

夜深了，窗外的老北风疯狂地刮着，若骤降了数万只恶狼；门窗也噼叭地响着，如盗欲奔进。我们紧紧地抱成一团，爱情使我们空前强大起来，我们已从凡间升腾！

当春风吹皱了一池春水，她也产下了我们共同的宁馨儿。

产房的门开了，小轮车辘辘地把她推到我的跟前。她疲惫地俯卧在车床上，嘴角有隐约的一丝血痕。那双俊美的大眼，圆圆地睁着，双眉也笑得无声。我小心地将她抱起，送到温暖的病房。她枕着我的臂弯，嗫嚅着："我已尽力了，给你生了个儿子。"

我抚着她苍白的额头，柔情万缕："谢你了，你延续了我的生命。"

由于快节奏的娶妻盖房生子，使我的生活更加拮据。我不但无能力宴请每一个高贵的宾朋，连我嗜之如命的美酒也点滴不沾。

她却没有一丝惆怅，整日里娇容灿烂着，并从母亲那里继承了度饥荒年月惯用的一套渍菜的手艺。她能把芹菜、香菜的细根渍出可口的酒菜，可把廉价的水豆腐腌成喷香的卤味儿。

于是，面对贫穷，我们并没有失去笑容；我们虽年轻，但已经很成熟。

那日，她接过我怀里的小儿，说："你切莫太儿女情长了，去搞你的文学吧！"

我极感动，觉得她既小鸟依人，又高雅超凡，注定是人的理想之妻，便夸下宏愿：为了这一片汪洋的情分，我要写出最壮美的诗篇。

我便买下好几百张白张，利用她既当电话员又当打字员的便利，印下了在同学们之间著名的"金熠诗笺"。那诗笺的额首，我让她给我端端正正地打上了如下一行字：

缪斯，My love，你让我知道害羞，不忘记追求！

于是，我便拼命地写作，以期将她绵延无尽的情意插上诗的翅膀，去搧动人间的挚情，净化人间的土壤。

当我的第一首诗发表后，她简直不能自持，亲自备下了烈性的二锅头酒，一杯接一杯地斟给我喝。她为挑动我的酒兴，竟平生第一次端起酒杯：

"诗人，也让你的妻为你干杯！"

我兴奋异常，似瞬间就赏尽了人间最广阔的人伦。她终于不胜酒力，斜倚在酒桌之上，若春风吹怯了的一枝桃花。望着她娇艳欲滴的双颊，心旌哗然摇荡，我疯狂地吻着她那双酒靥，高叫着："生活，你是多么美丽！"

这就是我们最初的爱情，生动而浪漫！

然而，生活毕竟是深刻而又实际的。

为了免于她与我在土地上的劳作之苦，我把她的那一份口粮地和责任田都转包给他人（她的哥姐），她及儿子便没有了直接的口粮来源，三口人唯一的保障便是我每月的 33.5 斤口粮——但，这又是多么微不足道啊！

我便四处去搜寻口粮，或出高价到市场去买，或乞求他人到产粮队买些剩余的小麦。这在许多人的眼中，是变相的讨饭；而那只讨饭棍和那只讨饭碗，就是我唯一的作为国家干部的那可怜的一点身价。

然而还有冬煤，还有液化气，还有食油……

工农户没有煤本，没有气本，没有购货本……过的是城市人过的生活，却没有城市人有的些微的保障。

我便拼命地交一些可办实事的朋友，凭空让文圈里的知己们骂出极不知己的言辞。无非骂我世俗，无非骂我市侩，无非骂我下作……他们还能骂我什么呢?!

于是，我便感到气闷，感到要人为地开一扇天窗。而这扇天窗不可能是别的，只能是文学。我便拼命地读拼命地写，写出了严重的肾炎，写出了严重的脑供血不足。但我的文章却源源不断地发表了，文绩盖过了地区所有的哥们儿。朋友们，你们还说什么呢? 你们当初说我庸俗，说我下作，那是你们还不了解我啊！

我最有效地维持了我的心理平衡。

这是仲夏的傍晚，来了小城最摩登的女郎。她们进了我敝陋的家门，不迭地称我老师，作出极真诚的举态，向我讨一点为文的诀窍。我受宠若惊，谦卑地招待她们烟和茶。

她们极随和，将茶啜得山响，将烟吸得雾浓，裙摆也掀得高高，若会晤老朋友。我只是朗朗地谈我的文学，全不顾她们流盼的目光。

她却不声不响地搬来机凳，与她们共听。

但她们却赧然变色，草草说了几句客套话，起身辞别。我并未感到不适，以为自己说得太多，便送了她们一程后，回来续读我那本《越缦堂随笔》。

但第二日便有朋友说："你那位真是，把你看得那么紧，可谓寸土不让。"

我不解："这哪里话？"他嘻然作笑："昨日梅白二小姐登门向你讨教，不期让夫人盯上了，弄得女士们好扫兴。"

于是，我便猛地想到了她及那只机凳。我感到这很丢脸，闷气便更加郁结，觉得活得太不潇洒。

晚间回家，她已做得饭菜。菜是出奇地好：焖带鱼、炖猪排，还有金色的油煎大虾……这是结婚以来，第一次由她烹出的美馔。我便忘了白天的事，颠喜如小儿，口中高喊："真得好好喝几盅!"

但颠狂出是非，不期中将酒柜的玻璃扯砸了。面对一地的碎片，她絮叨着："怎恁不长眼，几元钱给摔没了。"我极惊异，一向温柔如水的她，怎竟如此说法？便悻悻道："这有啥，再买就是了。"

她回答道："省吃俭用置下的家当，还经得起这样摔么?!"我极委屈，"砰"地将酒和杯摔到地上："我是一家之主，怎能受这个!"

她被我突然的爆发惊得久久不语，抱了小儿在一旁哭畅快了。搁往日，对她因忧伤而抽泣，我会心疼不迭；这一次，却感到不耐烦了，甩下这残破的局面，到凄冷的街上游荡。

几天后，我接到一家出版社的通知，邀我到社里当编辑。我把通知给了她。初看时，她喜笑颜开，但渐渐地却收敛了笑容，木然说道："不敢耽误你的前程，愿去就去好了。"但到深夜，我却被她掩不住的哭声弄醒。她紧紧拥着我："莫去了，我们娘儿俩离不开你。"

我很失望，拨开她搂抱我的手臂："我管不了那么多，只有去。"

她扭过脸去，饮泣不止。我感到没有理睬她的必要，就又兀自睡去。但不久又被她推醒，她把两张彤红的结婚证在我面前晃："我知道不该拦你，但你走前，咱还是离了吧。"

我惊得登时坐起来："你中魔怔了是不？"

"不，我一点不糊涂，还是离了好，我们不拖累你。"她争执道。"甭给脸不要，黑天半夜生是非！"我极端地不耐烦起来。

"莫骂人好么？"她不该再说下去。我火了："不仅骂，还打呢！"她竟恬然说道："你打好了。"

于是，再也压不住的火焰，终于烧得不可收拾，那粗硬的皮带便劈头打到她的身上。她坦然地迎接着，没有反抗，没有哭泣。

孩子被惊醒了，大声哭嚷着，似替她的母亲伸张无限的痛苦和怨愤。她把小儿抱进臂弯，悉心地安抚着，为他寻找刚刚失落的那个圆满的梦境。小儿终于又睡去了，她也随之睡得没了声息。她的那张睡脸很恬静，只是眼角挂着两颗大大的泪珠，久久不坠去。这让人想到染露的晨花，恬美、忧伤而晶莹。

掀开她身上那薄薄的睡单，看到她那双雪白的腿上印满了殷红的抽痕，一阵刺鼻的酸楚漾上心头："难道我真的嫌弃她了么?！

我轻轻地安抚着那累累的伤痕，喉头似塞满了滚滚的毛团：没想到，自己竟是这般无耻！

很想马上就把她叫醒，跪在她的面前，请求她的宽恕；但我没有那个勇气，更主要的，是放不下潜意识中那一点点夫尊。便偎在她的枕畔，沉浑地呜咽。

她竟紧紧地将我拥进怀里，说道："你的那一派雄风呢，男子汉可不兴这样。"

虽然在很理智的情况下，她也真诚地支持我进城，但去编辑部的决心终于没有下定。因为，现实绝不是一声两声的许诺，而是一块不能轻易移植的土壤；她及小儿的根须已深深地扎在了这块土壤，我的每一次选择，都是对土壤的一次深翻，弄不好，会伤了那娇嫩的根须，淋漓出鲜艳的血汁。我不想把这叫作温柔的枷锁，这太俗艳，不符合我的性格。

从此，她再也没探问过我的选择，只是收敛了过于外露的性格，学得深沉起来。

她拒绝我帮她带孩子。即便是下厨房，也要小儿在她膝前绕。她不让我自己洗衣服，总是在人们午休的那个非常炎热或非常短促的时间里，拼命地搓洗。还有，她总是在我归来前就把室内外归拢得有秩序，不让我在家里沾一星灰尘……

当我步入回家的小巷，一准看到一大一小的身影，在小巷的尽头远远地伫望。待能看清了双方的眉眼，她会轻轻地推一下小儿，小儿便鹿般踺躞过来，连声叫："爸爸，爸爸!"

为了用有限的收入，创造出灿烂的生活，她学会了算计。她从不买成衣，只是买下廉价的布料，剪出很新的款式，待小儿睡去时，借着我台灯昏暗的灯光，一针针缝进她那千缕情丝。我不在家的时候，她从不买青菜，更不要说蛋鱼和肉；她整日里吃那缸里的渍菜，吃得旁人都说闲话。

但是，她却有钱给我买书，给我买价格不菲的《鲁迅全集》和每月必读的《人民文学》《随笔》等十几种报刊。另外。我的书桌是文人中最漂亮的，上边铺着贵重的葱绿色绒面，绒面上罩着大大的一块厚实而光滑的晶玻璃。那是她跑了城内不少大商场，悉心为我布置的。

我知道她心里在想什么，她是把对我的爱，变成了对自己苦苦的磨砺。

那天，我拉过她的手，那手通红而粗糙，且失去了往日的柔软。我心里极不是滋味，对她说："买台洗衣机吧。"她说："不成，得给你买一身毛料西装和一件西式风衣，你是面上人，莫太寒酸了。"

"那么，就不要没完没了地洗了，看你的手，都成啥样子了！"

她咧咧嘴，竟说："我就洗，洗粗了怕啥，洗得你小子忍心离开我，丢了结发妻！"

这是怎样的一种心态啊！

我知道，她的内心极矛盾，也极自卑。我的名声愈是大起来，她的自卑便愈是强烈。她是靠着自己拼命的奉献，来维系那愈维系愈没有信心的平衡。我感到，对于她，我不能居高临下，也不能坐享她创造的生活。甚至我想：文学算什么？切莫伤了她的心灵。

于是，不管她怎么阻拦，我还是争着下厨去，为她炒出她爱吃的菜肴，并给她盛上端到手里。还有，每日的晚饭之后，带上她和小儿到熙攘的街上，接触她感兴趣的一切。但这毕竟是一门苦差事，我不喜欢蹓大街，一到街上，我就心烦意乱。我最宜做的，便是略事休息，便扎到书房里去，看一看，写一写。

这只是生活的表层。更深刻的，是我努力从内心去尊重她，即便是夫妻生活，我也放弃了我该主动行使的权利，而是顺从她，迎合她。在这方面，我不敢过多地追求，怕引起她的误解，伤了她的自尊。

但她毕竟是女人。那夜，她突然问我："我是不是老了，不美丽了？"我说："没介。"

后来，我发现，她虽然美丽依旧，也的确不如从前生动了。关键在于她没有一件像样的衣服，虽"荆钗布裙，不掩国色"，但衣饰毕竟是女人美丽的一部分。

我感到很惭愧：偌大个汉子，竟连个"柴禾妞"都养不起！但我除了手中的笔，实在是没有别的本事，便拼命给人写抬轿子的文章，换几个可怜巴巴的小钱。一年下来，她终于有了几件早该有的衣服，我正经的文章却未发表一篇。

我荒疏了自己的追求！

于是苦涩和泪水便只有悄悄地吞咽，便拼命地酗酒，终至醉成濒死的狗，将胆汁都吐了出来。

她托着我软耷耷的脖颈，抽咽着："我受苦受累全为了你的事业，你却偏偏为了我的几件衣裳，自己把事业扔掉了，我们这是干了一场什么呀?!"

我苦笑着："是啊，我们干了一场什么……"

时光荏苒，不知不觉间，我们已一起生活了六年。

有天晚上我们静下心来谈。她说："真后悔嫁了你，嫁你还不如嫁个农民。嫁个农民我可以颐指气使，心安理得地享受该享受的一切；跟你就不同，我拼死拼活地干，却还觉欠你的，真不舒坦。"

我笑笑："对，我真不该儿戏一般娶了你。若娶个城市妞，生活中的许多东西都来得比现在容易，我会更自由、更超脱、更有作为；跟你就不同，我谨小慎微地做了，却还怕伤了你，活得太累。"

她说："那我们就离吧。"

我说："那我们就离。"

但等第二天起来，双方依旧干着各自的事体，若昨天夜里什么也没发生。

事后我想：什么是爱情呢？爱情就是一场恩恩怨怨、情情仇仇，或者就是一种黏着的情绪，"剪不断，理还乱"。

再后，我却不满意这样的理解，以为这极浅薄。我感到：我与她今生绝不会分离。因为我们都生在中国，中国人太讲究为他人活着，也太讲究义务，太消泯自己的存在，而中国的爱情正是这样文化下的产物。中国的爱情世世代代就这么延续下来了，我们的爱情不过是这巨大的遗传基因中一个极微小的成分；要想改变我们的爱情方式，除非改变我们的国籍，但这是办不到的，这一生，我们还没做够中国人！

正是如此，我们的爱情很忧伤，但却很缠绵很健康。这有什么不好！

一天，我与她共赏一部外国经典影片。那里有一段很热烈的爱情场面：男主人公把女主角抱在膝上，疯狂地吻着，不断喊着："珍妮，我的宝贝，我爱你！我爱你！！我爱你！！！

她睁大眼睛看着，一会儿，竟嘤嘤地哭了，说："对了，结婚六年了，亏你还是个文人，怎么一回也没听你对我说：'我爱你'？"

我忍俊不禁，哈哈大笑："是啊，你不是也没说过么？我们的爱情，一切都已在无言中了！"……

1991年10月1—5日

扁平疣

两年前，右手的虎口上方，兀生了两粒小痣，米粒大，无痛痒。闲时静观，觉平滑皮肤之上，有赘物两点，颇不悦；用指甲抠之，不痛不痒地抠下两片小皮，还一个平滑。但数日之后，不仅原来两粒状复如初，且又新萌三粒。五粒小痣，比肩继踵，如一小丛。平滑之上，孤生小丛，放眼观之，更觉突兀。

友人提醒曰："切莫轻觑，酷似癌之物。"

内心极不安，匆匆到皮肤科。皮肤科小姐笑一笑："文人多神经，仅几粒扁平疣而已。"

小姐在疣丛旁注射一针麻药，用激光撩两下，疣丛便焦化了，露出下面的嫩肉。给了两筒外敷药膏，说："待痂自然脱落，还你的好皮肤。"

一月后痂脱尽，本以为皮肤会变得平滑，即便是颜色比周遭深一些。却不然，竟生出一块心形的、红润而腴厚的疤，比原来的疣丛更突兀。

问机关看门的老先生，他谲然一笑："结痂期间，你一定做了不少闲事。"

"什么闲事？"

"男女之事。"

老者见到我的红脸，肆然大笑。他可能找到了一种很开心的感觉。

便又去找皮肤科的小姐，小姐看了看，"哟，原来你是疤痕性皮质呀，有这种皮质的人，皮肤上别有创面，比如外伤，比如手术刀口，一有创面便结疤。"小姐挑一挑她好看的眼皮，"白润的皮肤上，结一块红红的疤，的确有几分憾；但白璧微瑕，更有情味啊。"

小姐的话说得我很爱听，觉得她是个很妩媚的姑娘。

但疤后的日子，却很不妩媚了。

每日熟人见了，须握手寒暄，或手刚伸，或相握中途，或手收回的一刻，准会看到对方的眼中闪出一束惊奇的光，"呀，你的手怎么了?!"

便要解释。遇到多少熟人，便作多少遍的解释。疤痕是一首奇崛的诗，作诗的诠释，是我的日课。

但再美的诗，反复诠释得久，亦会将诗意失去。很烦。甚至厌恶熟人的那一份热情。

后来，疤的意义又深化了。

有顽性的朋友，并不相信我的解释（其实心里未必不相信），摇摇头，"恐怕并非如此简单，概因为女人，为一痴爱女人表忠心所致。"

疤的确是一块心形的疤,一颗红彤彤的心。

女人的事,是一件敏感的事,便急急地辩驳;但愈辩驳,朋友愈得意,好像不幸被他言中。便愤然沉默。好歹也是三十岁的人了,由人去说吧。

之后,这种说法似乎就是一桩事实,以致无顽性的朋友见了,也悄声问:"是哪一个女子呢?"

一个人把这种说法说给妻,妻淡然一笑。

两个人把这种说法说给妻,妻无动于衷。

许多人把这种说法说给妻,妻便挂不住了,"说吧,那个女人是谁?!"

"没有那个人。"我说。

妻的泪就兀然恣肆,"我对你不好么?你就欺负老实人吧。"妻的泪是一坛子渍菜的老汤,渍得人心抽搐。我便吼:

"就信不过我么,若信不过,就把这手砍了!"

"砍吧。"妻竟说。

高高地将一柄菜刀举起来,见无人阻拦,便又悄悄收起。文人怯懦啊。

最后,最不可救药的倒是自己。

在昏黄的台灯下,抚着这红色的心形的疤痕不停地玩味。久了,竟感到了血一样的温暖,心一样的跳动。

"这疤,真该是为一个可爱的女子啊!"心里,一个很动情的声音。

如果那样,将是一种多么激越的爱情啊。

这种情绪,每日都影子般追到昏黄的台灯下。沉溺得久了,竟幻化出那女子的形象：女人的唇很红润，脖颈很纤细，臀子很肥。

以往的那份平静的爱情，不知逃到什么地方去了。

1993 年 4 月 18 日

哦，女孩

记得是一个细雨的傍晚，我打着雨伞在街上踱。踱到临街的一个古旧的屋檐下，发现一篷极璀璨的小花伞正静静地在屋檐下绽着。暮阳穿过对面的屋瓦极温馨地照那伞上，那伞便也在璀璨中折出极端的温馨。我便被诱惑，便只能驻足。

久久，那伞终于动了，从伞下露出一颗女孩的头。见我正注视她，脸上便抹上一丝不安。但那只是极短的一瞬间，紧接着便悄然一笑，这笑，是极贞纯极清澈的那一种，让人极感动。

我说："雨下得好绵。"

她点点头："雨中的暮阳也被淋得无力了。"

我便觉得这女孩是一团幽秘，被细雨推出，让我去沉浸。

数日后的一个夜晚，我到区文联创作室参加座谈会。正低头上楼，听到头顶有一声极绵的呼声，像叫我，我便抬头望。一望竟见到了你——那个雨夕中的女孩，我便感到很亲切很温暖。你仍是悄然笑着，用目光引我走近，便又低声吟一句："史老师，知道您也来，便在这等您。"我极惊异："你怎知道我姓史?!"你赧然垂低了头："知道就是了，莫问。"我便觉得你极有意思，像我的小妹。我说："那我们进吧。"你便迈动双腿。然而，你迈出的步子却让我极意外：你双膝紧紧地拼在一起，一别一别地往前挪。我的心便一下子掉进枯井——恁美好的一个女孩，怎竟这样?! 你知道我正用疑惑的目光看着你，步子便迈得慌乱，要跌倒的样子；我便上前去扶你。你并不拒绝，且抓牢了我的手臂，任我扶你走进会场。于是，我便觉得，你的心早就埋下了对我的信任。

这猜测果然被日后你的一封信所证实。

你在信中说："史老师，您总喜欢在傍晚一个人散步，而且总是极沉重的样子。我知道您又在构思新的篇什，便躲在屋檐下远远地望着您。您不知道我是多么爱读您的文章，我有厚厚的一个剪贴本，搜集的全是您的文章。我不是不喜欢别的作家，而是您离我最近，如果我愿意，每天都能见到您。有时，见到您还挺孩子气，将路上的石头踢得远远，便觉得有思想的人并不神秘，而且很可以亲近；我因此便不再自卑，努力学得有思想……"

读着你的信我感到很欣慰：你身残志不残，的确令人欣慰；但更主要的，是你这么看重我的文章，这对我是一种不小的激励。于是，我便想着去看看你。

到了你的家，遇到的竟是极不友好的气氛。你的两个哥哥翻大了眼白白我，你的母亲也不时发出阴阳有致的窃笑，似乎期冀着我与你有不清不净的瓜葛。你难过得要哭，不得不把我让到你最不愿意让外人看到的、你的所谓的闺房。这是居南的一座极灰暗的小屋，靠墙有一张比你的身材长不了多少的小床，床头是一张小小的写字桌，桌上摊着几本小说和写有文字的几张稿纸。陈设虽少，还算整齐。但屋里那浊滞的霉味，却令人感到窒息。你说，你用女孩们爱用的香水洒过，但怎么也驱不去这种讨厌的味道。我说："这没有用，你四周没有窗，空气不流通。"你默默地点头，将头埋下去，低低地抽泣。

这一次，我终于明白了你的身世。你本是极乖巧的一个女孩，但因了那两条不乖巧的腿被母亲和哥哥们嫌弃。你家境困窘，哥哥们娶亲便不易，首先便是房子问题。哥哥们便把煤棚拾掇一番，让你住进去。你并不反抗，因为你爱你的哥哥，只希望母亲和哥哥待你好一点。但哥哥们只顾奔自己的前程，很少同你讲几句话；母亲则想早一点给你找个婆家，但几经努力均告失败，便灰心而叹气，便拼命要你做家务活。但你心里更多的是牵挂那几本书，牵挂我发表的那几篇文章；就觉得母亲太不近人情，便时时同母亲顶嘴，终致母亲跳脚大吼，撕碎了你案边的书和你精心剪裁的我的部分文章。你默默地忍受着，将我文章的碎片艰难地拼凑，终于勉强复了原样。但你并不绝望，总觉得那书中的美妙世界于世间总是存在着，那暮间的夕阳也总是美丽着，我——一个被你偶像化的青年也总是在那街面上踱步……

望着你低垂着的白皙而秀颀的脖颈，我心中漾着复杂的潮。我想给你予救助，但不知从何开始，便紧紧地握着你的手。你停了抽泣，专注地凝视着我。我发现，你的眼睛是那样清澈，眼眉是那么细而长，那是一双不会怀疑的眼睛。我说："莫悲伤，你把想说的都写一写，你那片心便轻松了。""是的，我每天都写，写了这么多了，"你搬出你的手稿说，"我相信迟早您会来，便都给您留着。”

我极兴奋。没有比一颗少女的心灵更丰富的世界了；而我却被这样的心灵信托着，期待着，我有福了！

这是一叠极真实极独特的心灵轨迹，那瞬间的心灵感觉被它的主人捕捉得那么准确那么明晰，令我于惊叹中感到汗颜。上海有个曹明华，写一手极好的情绪和心态散文，而你笔下的日月和星辰有足够的资格令她歆羡！

于是，我便觉得，纤弱的只是你的外表，你并不需要廉价的同情和怜悯。为了你那份珍贵的信任，我只能做你忠实的朋友。

一天，你说："既是朋友，就有权利提要求。我需要您的帮助，我并不羞于提出来：希望您每天都能到我这儿坐坐，听一个女孩的几片絮语。"我很高兴你的坦诚，朋友间绝不能太拘泥，就应该理直气壮从对方得到些什么：或独特的思想，或真诚的启迪，或具体的帮助，这决不是功利主义的。

于是，这以后，我的踱步便天天终止于你的小屋前，在昏暗的小屋里听你自由的倾诉，有时也听你低低的啜泣或几声孩子气的娇嗔。后来，我替你凿穿了两边的墙壁，安了两扇小窗。于是，你的脸便更明媚起来，那好看的眼睛便更贞纯。你说："友谊常常比亲情悦人。"我便笑，极开心地。

后来，你终于发表了文章，开始拥有自己的剪报本，你便经常用你那特有的绵弱的嗓音哼几支歌子。你觉得自己活得并不凄惨，很可以活出个样子来。从此，你便常和我争论些文章上的问题，不再把我当成偶像来拥戴，只把我当一个切实的朋友。有时你很固执，表现出强烈的好胜心理，对我的观点一点也听不进去，我感到一丝痛苦，甚至感到与你无话可说。你那敏感的心便很快有了察觉，便露出一丝惊惶："对不起，您莫怪我，我已把您当成我最亲的亲人了，我所有的一点自信或一点骄傲，全因您的存在而存在。"这时，我感到很尴尬，你的贞纯像一面镜，照出一些我并不高尚的东西；但我又很激动，因为我发现，我对你也有了一种依恋，欢乐和痛苦总想让你第一个得到感知。

　　夏日到野三坡开笔会，你执意要去，你说："不会有困难，有您呢。"我不能拒绝你：因为你对生活的追求愈执着，愈感到生活空间的狭小，你曾经向我恳求过，要我带你到大世界中去。野三坡的山多、沙多、水长，你伏在我的背上，走过一道道沟坎，涉过一轮轮沙脊，渡过一条条小河。你纵情地笑着，感染了同行的所有人。但我的内心却极沉重。我感到：今生你不可能再离开我，你把所有的信任都给了我，你太单纯太美好了！但人生之路漫长，背着你走一段路还可以，始终走下去，会把极坚强的汉子累垮。你的笑声愈是清澈，我的心愈是沉重，我是怯懦的，虽然躯体是那么高大！

　　从野三坡归来，我苦苦地思考了数日；与其说是思考，莫不如说是下了一次灵魂的炼狱。我不忍心抛下你，抛下你就会使你又回到原先那孤冷的境地；而现在的你，正是一朵被生活刚催生的花儿，极璀璨极生动着；你又是被我培植的一束柔弱的美丽，不容我无情地毁灭。

　　于是，在一个黄昏，我对你说："嫁给我好么?"

　　你并不感到吃惊，只是极平静地注视我，那一双清澈的眼睛竟久久不眨一下。我被你看得心里不踏实，便低下头去，又轻轻重复了一声说过的话。

你终于问："是在可怜我么？"我说："你莫多心，我真心地爱着你。"

于是，从你那双清澈的眼睛中，缓缓地无声地流下泪来。

但很快，你就抹去了泪水，竟说："不，您只能是我的老师，我的一个哥，一个最知心的朋友！"

我被弃得极惶惑，以为你正在进行一种必要的试探，便以更坚定的口吻说娶你。

"您听我解释，"你说，"您是我最不能失去的师长和朋友；但我想，持久而真挚的友谊是要双方之间有一种必要的距离感。美妙的和音是被琴瑟两只乐器成就的，于是便有俞伯牙和钟子期；太亲近，以致融成一体，便奏不出好音响，失了那美好的佳境！"你虽然说得极平缓，但我的心灵却又一次得到震动。我觉得你是个了不起的女孩，非但不应该去怜悯，而且还要真诚地去爱、去尊重。

但真正让我懂得你的契机，便是我为时数月的一次远足。出差归来，去看望你，见你的房间异常地乱，窗子也没打开，屋内又弥漫着那种浊滞的霉味。你被黑暗氤氲在那张小桌前，怔怔地看着走近的我。我开了桌前那盏小灯，见你眼里盈满了泪花，那本来红润的小脸却极苍白极瘦削。我不知发生了什么，心里于酸涩中渗出汩汩的不安。待我坐到你的身边，你竟猛地抱住了我的头，不停地摩娑和亲吻，且不停地说着："您怎离开这么久，您该很快就回来的……"

我猛地醒悟了：你所表达的感情，绝不是友谊，是爱情，是女孩那种压抑不住的爱情！

我任你尽情地爱抚，准备接受这既定的现实。

当你从沉迷中清醒的时候，却极羞怯地垂下头，低声说："瞧我，怎这么脆弱。"

我说："你不脆弱，事情本应该是这样。"我愈是为你解释，你愈是将头勾得低低的，若水莲花"不胜凉风的娇羞"。

但当久久的沉默过去，你竟说："请您原谅我的失态，我会慢慢地克服自己的脆弱，跟您做成好朋友。"

我的泪竟唰地下来了，心里翻腾着：你这是何苦呢，既然爱着，却不敢去接受，莫非残疾人特有的心态？但回忆同你的交往，你一直是极真纯极坦诚的，你能毫无保留地对我倾诉一切，也能毫不保留地信任我，你是敢爱敢表白无所顾忌的。

这时，你说："您一定认为我很古怪，其实我是怕真的失去您。"你顺手将你的日记推过来，"看看这，您会知道我说的是真话。"

你的日记中写道：摆脱生存的困境，因着友谊的支持和主观的努力，是容易达到的；也就是说，人有能力、有信心去经受"风雨的磨砺"。但最可怕的，却是陷入温情的纠葛，一味地剥噬他人的感情；若时间一久，就变成了一种极不自觉的感情依附，给自己与他人带来痛苦。要跳出这个圈子，有多难啊，但必须跳出去：有多少残疾人面对现实的磨难是强者，而在比常人更强烈更特殊的感情需要面前，却变得异常迷茫，经受不住"温情的磨砺。"终致不能得到最后的超脱……

看完你的日记，我喘不上气来，你的思考太沉重，不该属于你。这都是文学（包括我和我的文章）的罪过，有思想的人，总活得不轻松!

　　我抬起头,你正悄然朝我微笑着,这是你特有的贞纯而清澈的微笑。我便隐隐地感到温暖,便觉得:有思想的女孩是最美丽的,她们能让你感到朝阳般的美好、清露般的恬适和极端的放心!

　　哦,祝福你,我的女孩!

　　　　　　　　　　　　　　　　1993 年 4 月 20—24 日

哦，又一个女孩

你是被我文章蛊惑之后，内心的波澜如何也平息不下的时候，毅然决然地来找我的。

后来你说，你自己都被自己的行动深深感动，因为，你是一直生活在平静而纯洁的校园里的一个温柔的女孩，你才 19 岁。女孩到了 19 岁，内心的秘密极多，但只字都不想吐露，紧紧地闭着薄而微温的双唇，因而就神圣就高贵。这种神圣而高贵的具象，便是羞涩，一种极清纯极彻底的羞涩——所以，要打破女孩的羞涩，就极其不容易。

于是，女孩的胆怯、脆弱、娇柔和害怕受到伤害，就是一种本份的事。

然而，你却第一次战胜了自己，把自己送上门来，把搅得你不得安宁的那份感觉交给我——一个你不认识的男人。

所以，你没理由不为你自己感动。

其实，我的那篇名字叫《哦，女孩》的文章，并非有什么了不起，只是写了自己对一个残疾女孩的关照。当时，我怕把这种关照写得太君子气，就如实写了在这种关照关系中，与那女孩在感情纠葛中的黑黑白白；其中自然有真挚的同情，自然有因同情的真挚而触发的苦涩的爱情。这一切都发生得实实在在，因为在我心灵的成长期中，茨威格对我的精神气质有太深的影响，他对同情的论述，使我"六体投地"。他说：

……有一种同情才是真正的同情，它毫无感伤的色彩，但富有积极的精神；这种同情，对自己想要达到的目的十分清楚，它下定决心耐心地与别人一起经历一切磨难，直到力量耗尽，甚至力竭也不歇息。

所以，那时，我极想把那女孩娶过来（尽管我已经有了自己的家庭），用自己的心智在她那忧郁而真纯的心田中，洒一些个芬芳，植一些个果实。在我看来，消溶了自己，而换来一颗生动的心灵，比别的任何事业都有价值。但那个女孩，最终却是极温柔地拒绝了我，在忍受了极大的精神磨难之后，自己超越了自己。于是，她给了我透骨穿髓的震撼，使我失声大叫：

有思想的女孩是美丽的！

你读完这篇文章，为这深沉的呼喊所感动，你认为这个女孩是多么有福气啊，生活的磨难在深深的感知和理解面前，显得那么微不足道。于是，你沉入冥想，想象那个给这个女孩以心灵救助的作家的形象。你认为：那个书生一定很瘦，很苍白，很书卷气；说话低缓而温和，同他坐在一起，会让人感到很踏实……你甚至认为，这个人有时很柔弱，巨大的同情心，会使他常常淌下泪水；如果是那样，你会很尊敬他，轻轻地为他揩去泪水，给他一个只有女孩才有的真纯而温暖的微笑……

你满意于自己的这个想象，你坚定地认为，他一定会是这样。于是，一种内心的冲动鼓荡得你夜不能寐，你便决定，无论如何，明天一定要去拜访他，去做真实的验证。

你来到我的办公室时，我并不在，你失望得要哭。我好心的同事热情地让你坐下，为你沏好了茶，微笑着安慰你："莫急，我马上就去给你找要见的先生。"你竟追问："他到底啥样？"同事仍微笑："一会儿你就知道了。"

当我怀着一种疑惑走进屋时，一眼就见到了端端正正坐在沙发上的你。我的同事向你介绍："这就是你要见的史先生。"你倏地站起来，久久地怔着。我连说了三声请你坐下，你竟没有丝毫的反应。我便极惊愕。

同事退出屋去的那一声门响，捜回了你沉迷的意识，你无声地坐下，仍是久久不语。

最后，你问："您就是写《哦，女孩》的那位作家么？！"

我说："怎么，不像么？"

你竟说："您怎么会是这样！"

我说："怎么，长得太丑？"

你摇摇头。

之后，你仅坐了 5 分钟，便羞怯地站起身来，"老师，我走了。"走到门口你又回过头来，"不过，我很快还会再来。"

你的背影极袅娜地消失了，留给我的迷惘却袅袅地迷漫着，久久不去。

两天后就收到了你的信，你说：

"没想到您竟是那么伟岸，那么英俊，您那蓬飘拂的大胡子，又给您增添了逼人的粗豪，在您身上，男子汉气质是那么浓，浓得令人吃惊！在我印象中，文人总是苍白或干瘪的，您却这么饱满，这么咄咄逼人。那么细腻那么情绪的文章真的是您写的么？您外在气质和内在气质的反差太大了，大得让我禁不住问自己：世上还真有这么一种人存在？……您知道么，这种强烈的反差，对于一个女孩来说，具有多么大的诱惑力啊！不成，我一定还去找您……"

果然，两天后，你那袅娜的身影，便又闪在我的面前。

你说："老师，我必须找您，您必须认我这个学生，我要一心一意地跟您学写作。您不能拒绝我，不然我会受不了，您肯定不会忍心看一个漂亮的女孩掉眼泪。"

你使劲扑闪着那双夜一样黑月一样明的大眼睛，那里有两汪透明而皎洁的自信。

我没办法拒绝，只有默默地点头。

但我很快便提醒你：

"文学的路极寂寞，它远离舞场，远离时装，远离流行音乐，更远离脂绿粉黛；它绝不是哗然作响风流飘摇惹人眼目的彩旗，而是一眼深不见底的古井，井壁上长满了青苔，只有那些甘于隐去身影、执着地在晦暗和沉寂中摸索的人，才可以捧引那井底甘醇如酒的泉水。但饮到泉水的那一天，挺直的背膀会佝偻如弓，如花的美丽会枯槁如落叶……"

"老师，请不要说了！"你站起身来，温柔却坚定地截住了我的话。你说：

"老师，您不是说，有思想的女孩是美丽的么？我惧怕自己瞬间的美丽，我要得到的是美丽的永恒！这一切，只有文学能给我。"

很难相信这是一个娇嫩女孩说出的话，这是多么难得的浪漫情调啊！但在眼前，却是那么刺耳，那么不合时宜。我害怕我的文章会把一位烂漫的女孩引入黄沙漫漫悲凉凄惨的歧路，便绝然说道：

"我写的那篇女孩，是一种空想，一种杜撰，现世绝不会有。"

你怔了，泪唰地流下来，你大叫着：

"老师，您是多么卑鄙和残酷啊，您怎么这么看轻一个女孩的心啊！"

我的喉管一下子就窒息了，拼命地咳着，嗫嚅着："可，这都是为你好啊。".

你轻轻地走到我身边："老师，您好好看看我好么？"

当我凝视你的时候，我才发现：站在我面前的你，穿着黑色的束腰上衣，脚上蹬着一双平底布鞋，你那流逸的乌发已打成垂肩的小辫……

我一下子明白了你，掩不住一丝苦笑：

"打好行囊，要启程了是么?!"

"您真聪明!"你调皮地笑着，又说："老师，您应该忘了我是个女孩，就当是同您一起跋涉的一个老弟、一个伙计；可是您必须始终帮助我、鼓励我!"

我暗暗哀叹：文学，又害了一个人！但嘴上竟说："好吧，我一定竭尽全力。"

这之后，你每隔三两天都有诗文寄来，令我应接不暇。我虽然有自己的工作，有自己的创作，但对一个女孩的承诺，使我不敢有丝毫的懈怠！于是，每到夜深人静的时候，我便静下心来，逐字逐句地读你的文章。

你的诗虽浅但灵气流动，你的文虽芜杂但精彩的句子处处可见。

比如你写到你能受到的屈辱，你说：

——这有什么，是打我的人教我学会了坚强，而爱我的人又给了我爱人的心胸。

比如你写到女孩的命运，你感叹道：

——为什么一提到在风雨交加的黑夜的街头，独自走着一个女人，便都说这一定是个美国人？不久，在盗贼出没的一个晦暗的小巷里，也会孤独地走着一个无所畏惧的女人，那便是我，一个中国女孩！

比如你写到淋雨时的心境，你竟写道：

——再不需要用小伞遮住一小块温柔，把心交给雨，我得到的是整个天空！

比如写到你追求，你爽快地说：

——我哭着来到这个世界，我要唱着活在这个世界！

于是，你虽然仅是一个十九岁的少女，但你丰富得令人吃惊的思想、你流溢得令人目眩的才华，使我久久不能入眠。你让我想到很多，让我想到人是多么奇异，想到人是绝对不能以年龄划出稚嫩和成熟，也绝不能以年龄划出人的高贵与低贱。

在社会，你虽然没有丝毫的位置；但，我已开始颤栗，担心我会以我的孤傲和社会过早的给我的那些虚荣，于无意间，去冒犯你去亵渎你。

怀着这种圣情，我整整地阅读了一年你的文字，你的手稿已堆了我半个箱子。我感到在文学这条路上，我的确有责任，帮你走得快些，就不停地替你投稿。但使我激动不已的那一份份情感，在编辑先生那里却得不到一点回响，我便很烦躁，甚至气恼。我想：

人和人可真不一样！

一年之后的一天黄昏，你找到我，低声说："您肯同我出去，一同坐坐么？"

你的眉低垂着，让人看不出你到底有什么样的感情。

在那个昏黄的小店，你默默地给我满着酒，你也不停地喝着，我还从来没见过女孩子主动地饮这么多酒。

我说："我很惭愧，没能帮你发出一篇文章。"

你浅浅地一笑："您以为，这是我很需要的么？"你深深地喝了一口酒，说："能与您在一起，我就什么都有了。"

见我很困惑，你淡淡地问："难道您什么也没感觉到？"

我摇摇头。

你说："那我就讲给您听吧，我现在已很平静了——"您知道不知道您有多大的魅力？要知道，我是一个仅仅 19 岁的女孩，女孩的一切情感我都有。在我的幻想世界中，我有极明晰的情感对象，他必须有极男子汉的外表和极丰富极细腻的内心世界。这是一种极不容易的融合，而您恰恰是这样，所以，第一次见到您，我就有一种心灵的震颤，就暗暗地告诉自己：这个男人是多么难得啊！于是，这种强大的诱惑，使我情不自禁地同您交流，于是就寄给了您那么多的文稿。我希望您是个敏感的人，一下子就能明白一个女孩的微妙的心理；但您却是那么迟钝，以一个圣徒的面孔批阅着我的文字。于是，我便常常以一个女孩的身份怨恨您，却以一个理想追求者的身份感激您！

"我曾隐忍极端的情感，想找到您，把那份情感赤裸裸地献给您。"但正是您很平和很庄重的面孔使我失去了勇气，便梦澹般在日记本上疯狂地写道：

I miss that man very much！

（我太想那个男人！）

"经过几日的苦苦思索，我觉得这极不符合那个在您面前背上行囊的女孩的身份。一个有追求的人，应该是超拔的，应该着眼于顶天立地，切不可儿女情长！"于是，就在一个不眠的黑夜，先骂道：'那个男人，真该死！'然后借着幽红的烛光写道：

那是一株伟岸的树

神圣不可侵犯

千万不要走近它呀

留一段距离

存一点幽秘

我会远远地望着它

心里充满着敬意和感激

即使在月明星稀的夜晚

我也不随着风儿

去触动它的一枝一叶

因为我要珍惜

不仅珍惜树的伟岸

也珍惜我年轻的心……

听了你的陈述，我的内心冲撞得没办法。在一种澎湃的激情之中，我极自信地感到：在人生的情感世界中，我的确有些许伟大，我那"有思想的女孩是美丽"的呼唤，实在是让女孩们愉悦。在这块古老的土地上，女孩那种真实的本质实在是被扭曲埋没得太久了！其实，女孩从生下来那天始，她们就不是一己私情的尤物，而是人类真正价值的绚丽花朵。所以，不要分思想上的阴性阳性，世界本来就是浑然一体的，不正视这一点，人类就犯了根本的错误！

于是，我在无意中尊重了女孩而被女孩尊重，我有福了！

在之后的交往中，你给了我无限的信任。在你迷惘和困惑的时候，你总是想到了我，竭诚讲出你那个世界中或忧伤或明丽的一切。由于你的坦诚，使我在同你的交往中，摒弃了一切杂念。我虽然仅比你大7岁，但毕竟直接生活在斑斓而错综的现世环境之中，我不可能没有一些阴暗晦涩的念头；但一想到你，想到你这如水般清澈如水般前行不息的女孩，便为自己的不够贞纯而感到羞愧，因为：

花朵被凋谢终究是花朵，其香魂不消；

枯枝被招摇终究是枯枝，其生机早亡！

有一天，我问你："真是我那篇《哦，女孩》，才撩拨了你的文学情绪么?!"

你缓缓地抬起头，静静地看着我，看我的目光是否坚定，看我的心地是否真纯。

面对你那专注而炽热的目光，我没有丝毫的怀疑，也没有丝毫的惊惶，我乐意捕捉这样的目光。

久久，你竟无声地把手伸过来：

"请您摸一摸我的手。"

我深情而温柔地摸着你伸过来的那只白皙而纤秀的手，摸得一丝不苟。

当我摸到你中指的第一节，我怔住了：在你少女纤柔细弱的乐章中，那里有一个极突兀极刺耳的音节，让人感到了极端的不和谐。

在那节白嫩的指头上，竟有一个紫色的、硬硬的茧！

我问："这是怎么搞的?"

你说："这还需要特意的制作么，作为文人，您就没有这样的杰作?!"

我把自己的右手摊给你：这同样是一双白嫩的手，由于保养得过于精心，每个指节都柔韧光滑，在柔和的光线下，秀美如女人。

你用同样的柔情抚摸着我的手，你说——你是个乡村医生的女儿，在你们那片小乡村，就有着至高无上的地位。当你懂事的时候，父亲对你说："孩子，好好学吧，将来也做个医生吧，在咱们这块地土上，我得到的一切惠泽，就指望你延续了。"父亲仅有7个女儿，无子的烦扰把他愁白了头；而在他的7个女儿中，你是最聪慧的一个，便注意被父亲牢牢掌握了，去筑造他后世最坚固的希望。

然而，在你青春的萌芽期，你却接触了文学。作为一个女孩，没有比在这个时期能接受的外界信号在心灵上产生的反响更强烈的了！文学的情绪正吻合了你多愁善感而又孤寂的心，以至于在一天的早起之后，在那个破旧的梳妆台前，你竟自言自语地说：

"这一生，如果没文学，我就不可救药了!"

高考前，在选择志愿时，你就毫不犹豫地选择了文科院校。

父亲就气得跳脚大吼："你不选择医学，就是不选择你的父亲！"

在农村，忤逆父亲，就是忤逆了一切。听着父亲的怒吼，你心中不免有一丝颤抖；可就在你的犹豫间，他竟打了你，打得你瘫坐在地上，哭都哭不出。在昏沉中，你竟感到轻松了，平静地对父亲说："爹，打也没用了，我不会变了。"

父亲就怔了，哑了半天之后，老泪就无声地淌汩涌了。

晚间，他喝闷酒，喝了几杯之后，他红着脸叫你："过来，你敢陪爹喝一杯么？"

你就一口把他那杯酒喝干了，然后就喘得透不过气来了。

父亲吓得大大地张着嘴："爹依你了，不过话得说清楚，一旦选定了的，就不能再三心二意，如果搞不出名堂来，爹就真不认你了！"

你点点头，然后就再也经不住那冲天的酒力，仰翻在那盘熬了几代人的土炕上了。

酒醒之后，你感到，父亲是最可恶的人，他并不是给了你自由，而是给了你一种极阴郁的沉重，就如同因袭和传统的那层阴影。

但女孩的允诺是不易更改的，这是与生俱来的敏感和自尊！

于是，上学之后，你就拼命地写，拼命地看。在校园，10点之后要熄灯，你就点起蜡烛，并用床单把光遮起来，让自己在文学的幽秘中生活。就这样，稿纸一张张叠起来，茧皮也一天天厚起来。女孩都有一个精致的小皮箱，装满女孩紫红色的幽秘和娇滴滴的小玩艺；而你的皮箱中，装的却是一叠叠无处诉说的苦涩和愈来愈浓的霉味！——那是一个女孩一滴又一滴的心血呀，但却没有哪一家报刊让它洇红一小块角落，哪怕是洇开一朵小而又小的梅花！

于是，你就愈写愈虚弱，愈写愈迷茫，写出了弥天的惆怅，写出了一重又一重的孤独。这时，在心中，你含泪呼喊：命运啊，多希望有一个女人的胸怀，给我以一刻的包容；多么希望有一副男人的臂膀，给我以瞬间的依傍！

"这是怎样的一种情感啊！作为男人，你不准备为她淌几滴真诚的泪么?!"你哽咽着，却是微笑着问我。

我已经说不上话来，冲动地捧起你的手，拼命地吮吸你中指上那个硬硬的笔茧。这吮吸是苦涩的，但绝对是情感的，它能融化你那硬硬的愁结么?!

晚上，我把你约到我的书斋，和你一起听理查德·克莱德曼的情调钢琴曲，在众多的曲目中，你极喜爱《MAIDENAGE》（《少女时代》）和《MEMORYOFCHILDHOOD》（《童年的回忆》）。在幽婉抒情的乐调中，你静静地伏在我的书桌上，在你苍白的脸上，洋溢着一层少女那本质的恬美。我被深深感动：我的女孩，早该舒展一下你那绷得过紧的心弦。

但我清醒地认识到：我没必要去怜悯你，也没必要用言语去安慰你；如果你已想要退却，如果你已经失去了勇气，你就不会读了我那小小的女孩而不能抑制，就不会不顾一切地把我寻觅。我应该做的，只有牵上你的手，默默地朝前走。

当我帮你发表了第一篇文章之后，你并没有极度的兴奋，在那家昏黄的小店里，你蘸着微温的酒液，写道：

"今天我走到你面前，你给我的抵得过我十九年来积蓄的总和，但我不谢你，因为你是我前世不曾见面的兄长，所以，你给我的是你早就应该给我的！我常后悔没在五年或十年前找到你，我曾多么盼望有一个像你一样的兄长啊!而今天,我终于自己给自己找到了……"

我模模糊糊地读完了你的话,不禁怦然心动:这是多么大气多么超拔的情感啊!她本该属于顶天立地的汉子,但却出自一个从黄土地上曲曲折折走出来的长发女孩——黄土地上的小路,尽管曲曲折折,一步三回,但终究是伸到大道上去了!

于是,有思想的女孩是美丽的,而有思想却又苦苦追求着的女孩是极有魅力的,她让人肃然起敬并思念到永恒!

哦,我的女孩,今生今世,我已注定,再也离不开你了!

1993 年 7 月 6—10 日

第二辑

随想

追寻儿歌的影子

张中行先生说，人有时忽然会感到岑寂，像盼什么人来；那人终是不来，岑寂就变成怅惘，由怅惘变凄凉，由凄凉再变一片空落。张老是经了沧桑之人，人生况味，品味已深，他说的这般情形，是一种典型情绪，人人可感也。此刻，我便经历着这种情绪。然而秀才人情，充填这种空落的最直接办法，便是翻书，此时之翻书，高头典籍、幽奥庄板之册，实在翻不下去，花花绿绿的肉香杂志，又有些不屑；最适宜者，还是那些无疼无痒、无损无害的小读物。便到杂书堆中触摸，一下子摸到了一本《批林批孔儿歌选》——这是历史的一重影子，一翻开书页，便嗅到了扑面而来的那个年代的气息，感到历史的链条不会轻易从生命的链条上分解开来，掩去过去影子的，不过一层浮尘耳。

从中选一首，便可知整个册子的全貌——

革命红小兵／批林批孔显神通／握紧红缨枪／誓保江山代代红

这是儿歌么？这是儿童作品么？这是革命的战斗的檄文。当然，那个年代，大人们代写了不少这类"儿歌"，借用这种通俗上口的形式进行革命宣传。但的确有不少"儿歌"，是儿童们自己写的。我上小学的时候，正赶上这种"创作"高潮，亦写了很多这样的货色，可为证。儿童的好记忆，使那时的儿童记下了大量的政治术语、时事术语；一个成人（往往是他们的老师）作出一首两首这样"儿歌"的样板，他们便大量"作"下去了，"儿歌"如海啊。

这样的"儿歌"与儿童生活无关；但却规限着儿童的生活，儿童的天性与真趣刚刚萌发，便一下子被卷到时事的大洪流中去了。我们这代人，很少可资回味的儿时真趣。看到眼下儿童有滋有味地做他们该做的游戏，泪水不禁泫然。

纵观一下中国文学史，真正的儿歌其实亦是寥寥无几的。

周作人很关注儿童的生活，曾写下七十二首《儿童杂事诗》，在上海《亦报》发表时，还配有丰子恺精妙的插画——跳山扫墓比春游／岁岁乘肩不自由／喜得居然称长大／今年独自坐山兜（《儿童杂事诗·坐山兜》）

这样的诗，不是儿歌。成人读之，尚费一番思忖，与儿童就更格格不入。读周氏自述，诗的确不是为儿童所写，"以七言四句，歌咏风俗人情，本意实在是想引诱读者进到民俗研究方面去"，"这一卷所谓诗，实在乃只是一篇关于儿童的论文的变相"。周氏是借儿童生活的资料做他的学问，儿童杂事诗与儿童的自身生活也是无关。

文学家是人性的化身。文学家尚不垂顾儿童生活，以儿童的视角，以与儿童设身处地的心境和平易的语言，写儿童的哭笑，天真与顽性，从而开启儿童的心智，为其自由健康的成长植一片绿草，更况市井人等？

现在所谓的儿童文学，离儿童的现实生活更远，儿歌几乎绝迹。流行的所谓童话，乃用昏妄的想象，炫机械文明、电子文明之光，撩乱儿童的眼睛，于儿童心性向善向美向纯的自由发展，几无裨益。系借儿童的资质，发自家大财也。

现在儿童中亦流传着一种近似儿歌的东西。比如小儿日前给我念了一段：小时赛根笔／大了没人理／站着头朝下／睡觉头冲里。并问，爸爸您说它说的是什么？我说不知道。他嘻嘻一笑，连这都不知道，小鸡子儿呗。我瞠目结舌。

悲哉！中国人系最不关心儿童的精神生活的人，鲁迅的一段有关的话，并未过时啊。

人们必须承认，儿童亦有自己的精神生活。儿童的心性贞纯、率性、简单，而平易、晓白而上口的儿歌最易被儿童接受。没有好的儿歌行世，便有俗恶的谣曲钻隙：这对中国文学，是一件耻辱的事。

1992 年 1 月 11 日

人生非浮沤

从 1995 年第二期《随笔》上，读到伍立杨的《偶然》，心灵被摇撼。立杨系吾友，他说点什么，我是极留意的。有时赞同，有时不赞同，但均心领神会，一笑了之。这一次，却要以他的话为由头，说几句不同的话，请立杨海涵。

在《偶然》中，伍立杨将"人生偶然论"阐发到了极致：

人生为偶然的指掌所握的悲剧命运，是那样的荒谬、迅忽、短暂、变幻、不可知、不可测，像急湍的泡沫浮沤一样，旋生旋灭，自生自灭，面对偶然的命运，我们能控制的，实在太少太少。

人生在如此不堪境地中，他推断说："'活在今天'并且活出一点真实性情，是否比其他生活方式更值得选择呢？"这个推断，笔者认为起码有两层意思：

其一，基于人生之偶然，能够出生，而且活在今天，已是幸运；其二，人生之迅忽，苦苦追逐又有何用，不如活得率性一点、性情一点。

人生偶然论，不是伍立杨的独造，钱锺书译古希腊诗人语云："汝曷不思汝父何以得汝乎？汝身不过来自情欲一饷，不净一滴耳。"孔融也有同样的话。所以，这是一个历史话题。只不过伍立杨在回瞻时间深处的同时，感于市井生活的挤压，发一番现代人的感慨而已。伍立杨是个文人，又有几分老派文人的味道，内心是极其敏感的，对人生偶然的感觉便更强烈，甚至透出几分悲观，这是可以理解的事。但不应过分悲观，若把人生比"浮沤"，那么所谓"真实性情"便亦无所附丽，一切便真的沦为虚无；虚无，便是人类的无意义，这样的论点，便让人不好接受。

静下心来，人生浮沤感的成因，是可以分析得出的。从大处说，是对人生总体把握的盲目与不自信。这是人生观问题，而与人生观最直接的便是信仰问题；若信仰已经失落，人生观便无从谈起。而现代的市井生活，又给了信仰一个怎样的位置呢？人群的总体信仰一但沦丧，就只剩下了个体生命的"精神自治"。"精神自治"是一种孤独的境界，且常常在岑寂中听到四面的"楚歌"，非大操守大意志不可持也。许多不甘媚俗的文人，正是在这样的"精神自治"中苦苦撑持，他们与周围发生了隔膜，越来越难以得到最想得到的理解。他们失去了理解的氛围，这种氛围便是同声相和、同气相求、同类相知的历史与文化的情感。生活的物欲化和生活的个人化，使这种历史文化情感不再有现实意义；而文人却苦苦把持这种情感，便成为"背时"的人。其心灵深处的高贵与卑贱、骄傲与软弱、痛苦与彷徨便难以触动世人的神经，那么，文人落寞，生一些人生如浮沤的忧伤，便不足为怪。其实，这并非独属于文人的忧伤，而是世人的忧患。物俗化和个人化的生活，在生存层面上也许是一种自由，但在生命层面上却是一种寒冷。人与人的拥抱，在寒冷的冬夜可以得到肉体的温暖；人与人的交谈，在漫长的寂寞之途可以得到精神上的愉悦。这二者皆系生命的温暖，源于生命与生命的契合，是物欲化和个人化的生活所不可企及的。

人生浮沤感从小处说，是缘于对人生际遇的无奈和个人追求的不遂。比如说，在计划体制下，官本位诱导人们的选择，自己却不曾为官；在市场潮流中，钱场在风云变幻，自己却不拥有钱。自己总跟不上趟，远离潮头，平凡而无奈。自己的所作所为，均是命运的指派，与自己的性情、质材龃龉不已，从来不曾如意，更遑论得志。又比如不幸成为20世纪60年代出生的作家，作家吃香、文学轰动的年代，年龄尚小；正值创作盛年，文学却失去了"轰动效应"，便陷入尴尬的生存境界。而岁月如驹，在茫然孤愤中，人生已过了大半，怎不让人备感人生飘忽？

这一切，都应该得到理解。

但理解是一回事，生活的感同身受，自我"受用"又是一回事。我们最需要的是深刻的人生自省。既然生命纯属偶然，对于个体生命，存在的意义不可预设；那么，为了避免陷入无所作为的虚无境界，就要寻找积极的对策，便是面对生命的挑战时不断地进行选择。

法国精神病学家维克多·弗兰克在他《活出意义来》一书中，也明确提出这样的观点，并且推出一种"意义治疗法"，让人在人生不定中，使自己"活出意义来"。

他告诉我们活出意义的三个途径：第一种途径可以说是常态的，即创造和工作，以取得功绩和成就；第二种途径是通过体认价值，也就是由体验某事物、某种人，如体验爱情、文化等来发现生命的意义；第三种途径，若遇到的是苦难，则可以借助对苦难的忍耐与承受，获得生命的意义。

第一种途径，是一种幸运的途径，所从事的工作和职业，正与自己的爱好。性情和质材相合，又有较稳定的生存环境，便要努力创造，取得成就。这是功成名就之路。可惜的是，即使是这样一条幸运之路，不曾把握好的人亦如过江之鲫；那是一种自我蹉跎，怨不得谁。

第二种途径，系个人的人生追求与现实相悖与环境相悖，个体的争竟已无回天之力，却又不甘于生命徒然枯槁，便总要有所寄托：或寄依诗酒，或寄情山水，从中体悟出人之所以为人而别于山光物景、花鸟虫鱼的独特价值。艺术之途多系这种选择：竹林七贤的放诞，谢灵运的山水情好，太白的高标，东坡的旷达皆是这一选择的具形。这种选择，有时是出于无奈，却并非消极与消沉，而是丰富了人生经验，把人的生命价值引向了时间深处。直白地说，诗书的寿命，到底比人的寿命长久。因为斯，人不仅是物种的偶然延续，更是历史与文化的恒定载体，是一种独特的生命。

第三种途径，是人在绝境中的选择。人们在绝境中不能选择生死，却可以选择面对它的态度。人所拥有的东西，都可以被剥夺，唯独人性最后的自由，也就是在任何境遇中选择一己态度和生活方式的自由不能被剥夺。在绝境中选择，最能标出个体生命的品格与质量。在绝境中，希望（生）与死亡几乎是一个东西。坚持，坚持，再坚持，希望的到来，往往就在于最后的那一刻的坚持。这种坚持是超越外在命运的力量，只有人才具有这种力量。所以海明威才会理直气壮地说，人生来就不是要被打败的，你只能消灭他，而不能打败他。有一点可以肯定，以人生浮沤的情怀去面对绝境，是绝对不会有通向希望的那最后一刻的坚持的。

这三途径说，均可以从历史与现实中得到回应，是颇值得玩味与借鉴的。

自然，在人生选择上，有个具体操作问题。樊纲在其《求解命运的方程》中，将"机会成本"这一经济学概念引进人生选择，给我们提供了一个豁然的视角。"机会成本概念的核心在于什么事都不是都好都坏，而是有利有弊，有得有失。"透过这个"机会成本"，我们可以体悟到，人生的美景和人生的意义绝非用"成功"二字可以简单概括的，人们在不同选择和"人生操作"下，付出不同的"机会成本"，将换来不同层面、不同质地、不同色彩、不同意义的人生美景。那么，人就不必要太在意一时、一事、一个层面、一次选择的得与失。

如此看时，眼前便多了一些光明。生命偶然，对生存方式的选择却非偶然；有了选择，便有了意义，便有了理不断的生命情结和人生思绪。说人生如浮沤，便显得太简单了。

1995 年 3 月 28 日

辨证四种

一

有谁不希望美丽常在呢？然而，一朵花开得最艳丽的时候，也就是花朵将要凋敝的时候。有谁不希望欣赏到美丽的全部呢？然而，时空的阻隔和人类认识及眼界的局限，人们看到的，往往是美丽的局部。

于是，有人叹息，有人忧郁，甚至于无奈之后，沦入消沉和虚无。

其实，花朵之后，便是果实。果实是美丽的另一种存在，是更沉雄更蕴藉更质朴的一种存在。旧的美丽在一个瞬间消亡，而新的美丽在另一个瞬间诞生；美丽是变幻而不息的过程，我们只需抱着不泯的希望和恒在的信念。欣赏不到美丽的全部，的确是一种遗憾。川端康成半夜醒来，发现海棠花在夜间开放得最动人最忘我，便感叹道：自然的美是无限的，人感受到的美却是有限的；人感受美的能力，既不是与时代同步前进，也不是伴随年龄而增长。但川端康成并未因此而黯然神伤，而是自言自语地说：看来，要好好活下去。

于是，我为哲人的豁达而感动。时间会让我们看到美丽的全部，关键的，要永远热爱生活！

二

有谁不喜欢朗朗的白日呢？温暖的阳光下，可以看到一张张生动的笑脸和一幅幅奇异的风景。然而，黑夜总是悄然而至，幽暗了道路，幽抑了心灵，使伟岸的失去了身影，使灿烂的失去了光泽。

于是，有人叹息，有人忧郁，甚至于无奈之后，沦入消沉和虚无。

其实，强光会使人睁不开眼；烈日下，植物会收拢了叶片，最能显示自然界勃勃生机的，却是光影交替的清晨和黄昏，还有幽静的夜晚。蟋蟀白天的鸣唱单薄而微弱，在夜晚却嘤嘤如潮；卑微而低垂的玉米，在晨光熹微中，其拔节之声却铿锵如鼓……自然界于光昏的雅静中，成就着高亢和谐的大合唱。

那么人类呢？一个作家写道："这是一个没有晚霞的黄昏，夜色正一层一层地笼罩着大地，天显得很黯淡，像被一个漫不经心的画家涂出来的褐色；这倒也好，这种色调能使人在归巢的鸟叫悠悠回栏的老牛的漫步中忆起许多许多如烟往事，让人感到岁月的温馨。"在美好的回忆中，感受到岁月的温馨，乃一种醉人的情调；而只有晦暝的夜色才会孕育这样的情调，能说夜色不好么?!

噢，还有人类的梦，在夜幕下，激活生命美化人生赋予憧憬的人类的梦。

三

有谁不希望春光永驻呢？不要说春天里花的开放、爱情的萌发、青春的灵动，单说那一片片春草，绿绿的，茸茸的，静时如毡如帛，动时如歌如蹈，看一眼，便顿消心中块垒，生一种莫名感动。然而，又有谁能留住逝去的春水呢，"一江春水向东流"，乃自然之法则。

于是，有人叹息，有人忧郁，甚至于无奈之后，沦入消沉和虚无。

其实，又有谁不热爱夏荫之宏阔，秋景之丰盈，冬雪之妩媚呢？痛苦的犁刀一方面割破你的心，一方面又掘出新鲜的血液，人类总是有新的所得。

如果春天是希望，那么，夏天便是绸缪，秋天便是品格，冬天便是抗争。希望、绸缪、品格和抗争，是人类摆脱命运束缚的必备四品。没有希望，便没有欲念，便不会有行动；没有绸缪，便没有韬略，行动便失之盲目；没有品格，便没有纲纪，行动便常常误入歧途；没有抗争，便没有在痛苦中的最后冲刺，便一事无成。

于是，如果只有春天，仅仅有希望，人类将始终是幻想国中的美丽却无用的幼芽。

四

有谁不愿长生不死呢？然而，一切生命最终都要死去。

于是，有人叹息，有人忧郁，甚至于无奈之后，沦入消沉和虚无。

其实，死亡是另一种美丽。贫穷的、富有的、高贵的、低贱的，一切生之不平等，在死亡面前都归于平等；人类平等的法则，大概缘于死亡的昭示。而且，衰老的躯壳总不如婴儿更新鲜；腐尸上的花朵远比腐尸美丽……而世界的空间极有限，该死亡的而不自行消亡，倒是一种罪过。

讲一个悱恻的故事。一个老人坐在一个陌生姑娘身边，都无言地低着头，周围一片寂寥。突然，老人紧紧地握住姑娘的手："别害怕，姑娘，我已经没有了欲念，只因你长得与死去的她太像，我想再把握一下已逝去的那一份情感。年轻时没有学会珍惜，认为什么都会再来，可什么都不会再来。"说完，老人便婴儿般地哭泣。姑娘正是一个恋爱中人，一下子明白了些什么，也紧紧地握着老人的手，呜呜地哭起来。

我们明白了什么呢？死亡最大的功绩，便是让我们懂得了珍惜，珍惜现在，珍惜我们已拥有的生活！

1995 年 3 月 30 日

游思无轨

1

在某种意义上说，人类所处的这个世纪，是一个拜物教的世纪。物或器具被置于显要突出的位置。人几乎生活在一个物的相互联结的连锁系统之中，一切都是装置和操纵。手机、电脑、汽车、游戏机等等，世界被置于一个大而无形的操作平台上，人被抽象成操作的手，人和世界的关系变成了手和按钮的关系。以作用与反作用的法则，操纵便也是被操纵，人自身丧失了，头脑没有了，心灵被隐埋到最深处，眼睛亦变成装饰。或可以说，物的手扼杀了人的精神，社会和人之间成为操纵与被操纵的关系。生命因之枯竭，激情因之死灭。人们只能寄希望于回忆、梦幻和妄想，人们感受着从来未有过的恐慌、空虚和压抑。

极度的压抑之下，大爆发了一种本能的反抗行为，即：叫喊。现代人以叫喊的强烈方式，作生命的本能的不可遏止的宣泄。叫喊的组合便是喧嚣与杂语。所以，世纪末的喧嚣与杂语是一种合理的不可改变的存在，人在顽强地寻找着自身，以人性的叫喊冲击着物性的死寂，人不甘心退出世界存在的中心。

喧嚣与杂语，人的自救之途。

但叫喊的同时，宣泄的冲动又化作了新的压抑，人们害怕听到自身那怪唳的声音，而捂上了耳朵。人性的叫喊便亦随之遁入新的虚无。是传统的沉积和对传统的回瞻，使人们捂上了耳朵：人在异化的同时，又惧怕新的变异。人不可能得到彻底的宣泄，人格分裂几乎是一个不可逃脱的劫数。喧嚣与杂语，便不可能是起死回生的解药，而是一剂缓冲与自娱。

2

人类热爱和平，却从未停止过流血的战争；开掘生命潜能，环境污染和生态失衡却日益严重；追寻人文精神和人类关怀，每个人的私生活却与社会的公共生活发生着不可调和的分裂……人类始终生活在理性和非理性的交替、转换和混合的人文环境之中。这注定了人的生活既有意义又无意义，既可端持又可游戏，人类始终在圣化与反圣化的自我对抗中卑琐地活着。从某种意义上说，理性的精神化与无理性的物质化，使人生活在混乱状态；生与死、男与女、亲与仇、阴谋与爱情、真实与谎言、生活与梦幻都可以转换，人被虚无的恐惧所困扰。人便走向生活的反面，尽可能地增加不安与混乱，以便让自己得到陶醉与解脱。

虚无比混乱更可怕。

比利时摄影家马克·阿佩斯的摄影作品《文字与精神》便是一个形象的拟喻。画面中的读报者正襟危坐，一派专注的模样；而他的整个脑袋，连同眼、耳、鼻、口均被报纸所糊满。于是，不是人读报，而是报纸与报纸的面面相觑。就报纸本身而言，版面上也大多是形形色色的广告。阅读本身该是一种精神汲取行为，但在这样的情形之下，又有何精神可言。读报人上方悬挂的那些莫名其妙的符码集合，揭示了存在于这种文字与精神间的关系实质：它既是某种胡乱拼凑、毫无意义的大杂烩，又是经过精心策划，严整有序，具有强制性的空洞无物。此作无情地戳穿了消费社会大众传媒的神话，同时亦辛辣地嘲讽了在集权形式下的社会生活中，人的愚昧、盲从与无所事事。从无聊走向无聊，从空洞走向空洞，阅读仅仅是一种习惯，似乎虚掷光阴，消费生命是一种心安理得的存在。

但倘若没有那一张空洞杂乱的报纸，人（譬如机关人）便无所适从。无所适从是一种内心的恐慌，比死亡的威胁还要难以承受；人们便热烈地拥抱这种空洞与杂乱，以得到自慰与解脱。所以理性与非理性都是无所谓的，生命的有意义与无意义都无足轻重，人格的变异与分裂也都不可怕，一切都是为给生命（心灵）找到一个可放安妥的方式。安妥有死亡般的美丽，安妥就是意义。

3

设若有一个神明，他手里握着一只小鸟，叫人类猜其死活。人类若说它是死的，神明的手一张开，小鸟飞走了；人类若说它是活的，神明用力握一下，展在手掌上的，便是一只死鸟。人类始终被操纵和捉弄着，人类的命运无定。

这只操纵的手，是什么呢？每个人都会赋予它个人的具形与意义。

人捉住一只鸟，却又把它放了；在观望其飞行中，人突然露出复杂的表情，又一枪把它打下来，这便是人对世界真实的态度。

神明与人始终纠缠在一起，人最易被操纵又最不易被操纵，人既没有最终的沦落，也没有真正的得救：绝望是希望的绝望，希望是绝望的希望。人类在混乱与不安中生生不息，不甘休止。

1995 年 4 月 7 日

生活随想

生活有生活的逻辑，个人之于生活，常处在一种无奈之中。首先，一个人的出身，很大程度地决定了他的人生走向和人生高度；其次是环境，环境造就人，或人是环境的产物，已非唯心之妄说，系有识之士生活经验积累的结晶。

焦大不会爱林妹妹。出身与环境的制约，人很难产生超越自己生存空间的现世情感。这是亘古以来的识见。

所以，人们打破生活的原有秩序，追求全新的生活，即追求固有生活之外更诱人的生活，其实就是一种冒险。这种冒险，要么新生，要么死亡，要么回落——

新生是全新的获得，是人人都企望的胜境；死亡，是一种甜蜜的解脱，并非人人都可以享受到，便不为大苦。倒是回落，几乎是众生普遍的命运。这种回落是一大人生尴尬，求生不得，求死无门，便陷入两难境界。这是人生的夹缝：因为，回落后之人，已有生活的觉醒和对个人命运的不甘，便不会再回到原有的"平静"；

但又未突出旧时空的重围，无安身之新天地。便困厄与无望交织，激愤与无奈交进，备尝生活的多种味道，使人步入死井一般的沧桑！莫不如从来就不觉醒，蒙昧的心性，倒可以得到昏盲的快乐，无自身之怜，便亦不察他人之怜，天然地不受伤害。

人的生活，莫不在这三种境界中。

这三种境界，之于一人，呈循环交替状，且不可避免。因为生活本身便是无止境的，另还有内外两大诱因：一是源于大环境的不断变幻；二是缘于个体生命内在活力的消长。

今天的新生活，也许就是明天的旧环境；今天的幸运儿，或许便是明天的倒霉蛋。生活是一种必然，又是一种偶然。这种偶然是一种巨大的存在，不由你不正视它面对它。

有了这种体悟，在追求新生活的冒险中，心境便会坦然些，更平静些，对失落的恐惧便会减少些。其实，人不怕死，怕的是死前的痛苦；人也不畏苦，怕的是没有承受痛苦的心理准备。

实际上，这三种人生境界对生活个体本身，并未改变生命的本质，在此境之中生活未必就比在彼境中生活高贵。生命的品位，取决于处于这三种境界中人的人生态度。

追求的成功，乃人生大愿。但有了新生活，未必就有了新的人格档次。比如暴发户，一夜间成为显富，便以为自己天生就是富人样相，便耻于与穷人为伍，并且鄙薄原来的环境，役使原来的友朋；又比如文坛新贵，本以精神文化为依取得了物质，却反污精神无用，且为文人生态作刻薄嘲戏……种种，种种，一下子便透出人性的蛮昧与俗恶。金钱和物质，并没有带给他半点文明的善性，倒是在华丽的服饰之下露出了未曾进化的那条尾巴。

追求走上绝路，即死亡，这是人生的个例。大智者，会在死亡的阴影中，平静地写下"穷途末路"的人生教训和生命体验，给后来者一种路标、一个惊警。大勇者，面对死亡，无怨无悔，正如蒲留仙笔端的刀下客，头被砍下来，一边滚动，一边还大声赞叹刑者的刀法"好快刀"，从容地走上来世的征途。败亦高华！

　　追求的失利，使人回落——有人从此视一切为虚无，任生活把自己放逐到任何境界；这与其说是回落，莫不如说是堕落，自己把自己排除在人的生活之外。这是自轻自贱的一族，可以理解，却不能同情；同情会助其沉沦，失去自省的转机。有的人，舔舐着伤口，以冷厉的目光看着迎面而来的一切，卧薪尝胆，"十年磨一剑"，预备着东山再起。这是悲壮的一群，沉雄不可挡的一群，是人类生活的阳光。有一群，有明白的自知，心性既已觉醒，生活便不会再回复到原来的位置。对命运我奈何不得，生活的方式，却要重新选择，便有"游戏人间""过把瘾就死""让我一次爱个够"。这不是回落到原地，而是螺旋式的人生循环中的一种不明显的上升；虽然尚是原有的生存环境，但内在的生活秩序已经重新组合，"再不能这样活，再不能这样过"是也。这系"后现代"群落。还有特别的一群，任你一切依旧，我变换了看生活的视角，取"玩味"生活的态度。正如用山木挖带花纹的烟袋：山木是固有的质材，但用来挖烟袋而不是其他；再砂磨出花纹，不仅可以实用，更可以作为艺术品进行欣赏。这个取向，把山木提升了两个层次——生活不仅要过，还要过出情趣，并且还要反复玩味。这便是以艺术的视角对待生活。在庸凡的生活中，竟产生出那么多的艺术家，概因为此。以上二群，虽不高贵，亦过得自尊。在灰暗冷寂的生活中，自己给自己点上一抹亮色和温馨。

无论如何，生命的本质，便是让人自尊地生活下去。

1995 年 4 月 12 日

灯下小悟

1

人的日常生活，常常是无序的。在无序的生活细节中，人的头脑常在无意间被"触头"触着，倏然生出一些小念头、小联想、小杂感。所谓"触头"：或是几节精彩的文句，或是与友人谈话时的某次撞击，或是某种情绪，或是撩拨眼眸的一束小花等等，不一而足。

人人都有这倏忽间的小念头，但大多的人并不曾留意它，任其自生自灭了。

而有一种人，特别敏于这种小念头，会备一支笔，几张纸片，将小杂感随手记下。其小杂感虽芜杂，但埋头展玩，也会看到几丝思想的微光：正如把流萤装到瓶中，光芒虽不亮丽，却也氤氲出一片小光泽，使凝滞的夜色摇曳起来；夜色摇曳着，便有生的气息、人的气息了。

这种人或许就是市井人所称的作家。但我不管他们叫作家，我只把他们看成是特别注意生命体验的人。他们固执地把人的痕迹保留在生命史上，使生命的原野，少几片荒颓。

2

我们不会轻易地拜访一个铺着红地毯的家。

不仅仅因为我们的鞋子沾着泥点，袜子有异味；而且是因为感到物质对心性的挤压。

心性在草坪上会变得很活泼，在沙滩上会变得很恣肆，在山岗上会变得很豪放……那时我们的脚虽在物质的接触点上，却从未感到物质的存在：人是那么地喜欢独自占有，却又那么地惧怕独自占有，这也许是唯一的一种合理的解释。

一个拥有红地毯的朋友说，这是因为拥有地毯，需钱。

一个钱字，使物质有了属性，即自我性。物质的自我性，在人与人之间竖起了一道篱墙，一边是我，一边是他。他望着的，眼里闪着莫名的光，是一种觊觎，是一种非分，须防备。但眼前只是一道篱笆，一种脆弱的东西；他会随时啸叫而来，我便很恐惧。人类居然惧怕同类，心开始忧郁。

一个异国诗人便说：贫穷而听着风声也是美丽的。并不是真的贫穷，而是怀念一无所有的那种无牵无挂坦然处之的心境。物质场里残缺的寄求于精神去圆满。

风声，给心性送去一对精神的翅膀。

3

写出一个体验：

你走进一个贫穷的家。那个家里的摆设到了简而不能再简的极限。但你发现这个简陋的屋室被主人擦扫得异常整洁：石头地板泛着青白的光，仅有的一台电器——一台老式收音机上罩着素白的帕子，空气中没有一只飞蝇……你便顿生一种素然的心情，你不忍任意践踏脚下的地面，甚至下意识地折出门去，抖净脚上的浮尘。主人为你点上了烟，眼前却不见烟灰缸的踪影，便不敢大口地吸下去，怕该死的烟灰掉到地上。

主人说，请随便，不过陋室耳。

主人不提醒还好，一提醒竟更不好意思；索性把烟掐灭了，才稍感一丝轻松。

这是一种怎样的情境呢？是自尊的具象。自尊，原来是一种有形的、不可侵辱的东西。

贫穷而自尊，令人生大敬畏。

另，人天生有轻贱他人的意向；亦天生就有珍视自己的意识。因了这两者的同时存在，才让我们感到了他人自尊的分量。

便可以说，将轻贱他人的意识渐渐地从心中驱逐出去，才会渐渐地尝到自己自尊的甘甜。

无他人的自尊，是一种虚妄。

1995 年 4 月 17 日

静思杂咀

1

骑着一匹的慓悍的青色骏马,在戈壁上蹭出一溜溜白烟;风从耳旁掠过,如爱人抚摸敏感的皮肤。欢呼着奔向一片茂林,马突然向前伏卧,我便从鞍桥上跌下来。从身边爬过一条美丽而光滑的蛇。

睁开眼睛,却抱拥着光滑的被面。是梦。

现实中,从未骑过马,从未从马背上摔下,无大跌宕的生活经历,便虚弱,便怯懦。但愈是怯懦,愈是做关于慓悍的马的梦——未及的一切,是一种大诱惑、大压迫。

真的从马背上跌下,脚杆子断了,心反倒平静了。信然。

2

早晨的潮湿，使沙漠的表面成一层板结，车子便轻松地开上去了。返程的时候，太阳的热力，将沙漠晒得异常松散，车子常常陷到沙窝里：车轮如狗一般刨动着，发动机便开锅了。

颠簸中的蒸烤，乘车人已焦渴得气息奄奄；而手中皆握着羊皮水袋，却无人打开水袋的塞子。待车子陷入沙窝的那一刻，车子发出干裂的轰鸣；人们竟毫不犹豫地打开水袋，将眼睛般金贵的水泼到沸腾的发动机上去——物质的车子，这时，是一条生命，人的命运都维系在这生命之上，乘车人便对这条生命生一种认同、敬畏和企望。愚蠢的人们在生存的选择面前，往往表现出大聪慧、大机智。

3

偕小儿街上蹓，见一卖蝈蝈者：单车的车把上，挂着繁密的两串星星般的篾笼，笼中物皆头大、腹肥，为同类中的佼佼者。初到跟前，无一发声，仅触须抖动着，于寂静中透一丝生气。见人来，卖者摇一下手中篾笼，便发出响亮的一串声音；俄顷，车把上那班货色便齐声应和，声声连绵，如歌如潮。

小儿被撩动了，取意决绝，便为他买下一只，系卖者手中那只领头叫者。归家，挂于檐前，竟一夜无声。以为饿毙，近前视之，却灵动如初。小儿便摁、捺、摇、捏，以使发声，均不奏效。便到市井，寻其卖者。讲明原委，卖者笑而不语。催问，卖者缓缓说道：无他，须再买一只，或两只，多多益佳。

归家之后仍将篾笼挂于檐下，东西各一。入夜，果然东叫一声，西叫一声，声声入耳，歌对不绝。

枕上顿悟：蝈蝈亦如人啊。

4

夏夜，庭院之中悬一小灯，于树下乘凉。稍久，灯下便逡巡了一群飞物：蚊虫体小，不易辨识；清晰入目者，是一些彩色的灯蛾。

小儿灯下转了一遭，问他的母亲："桃丽斯呢（一种发胶）？""干什么？""喷蚊子。""喷蚊子用杀虫剂才对啊！""这我知道。"终究还是用桃丽斯喷起来。飞物竟亦少了。走到近前，见地上落着一层飞蛾：灯蛾的翅膀被发胶胶结了，不能再飞翔，却不会死去，在地上蠕动着，作徒然的挣扎。小儿开心地咯咯笑，他的母亲感于他儿子的聪明，亦笑意盈盈着。

我则心头不禁一皱：小儿的恶作剧，是一种聪明，是一种趣味；大人的恶作剧，便可能是一种伤害；那么恶人的恶作剧呢？

须警惕人们的恶作剧啊。在我们不愿承受的玩笑面前，要敢于撕开情面：少跟我来这套吧。

5

一些明星常在电视屏幕上作座上佳宾。他们光彩满面，意气风发，给人以人杰之感。惜乎那个"快速抢答"，却让明星屡出大尴尬：一些黄口小儿均能脱口而出的答案，在明星那里却嗫嚅久久，谬误百出，让人感到明星们知识之匮乏，思维之浅陋。即便偶也作一好答，待主持人问其所依，亦掬笑而曰：蒙也。

悲乎，这貌似一种坦率，其实是无知在他们那里竟亦成了理直气壮、理所当然的东西。

须知，光环乃是一种飘浮物，再炽眼的光环也遮不住光环下的黑洞与残缺。达摩的背后有一道光环，那是他十年面壁造化之功；而人为的光环，在瞬间光耀之后，将归于无边的黑暗。人类的自尊，使人们有权要求明星们完美；走向完美之途有二：一是沉潜修炼，二是淡化表现和卖弄的大欲，保持沉默。

6

想到6年前的一件事。

那天中午，老家来人告诉我：你外祖父死了。听了这个意外的消息，血轰地涨到头顶，眼前一片昏暗。外祖父是我心底最爱的一个人：挨饿的那几年，每到年关迫近，他都要佝偻腰身，翻20里山梁，送来满篓的年货。就是这么一位老人，却与外祖母打了一辈子架，我极心疼他。他的死，令我心绪郁结，喉里堵着一块又大又硬的东西。去奔跑，去醉酒，终吐不出这郁积的块垒。我企望哭嚎，那冲天的一哭，会使我得一种大释然；但横竖哭不出来，便大病一场。

在病里，肉身虚软，心灵脆弱，再想一想诸多不顺心的事，终于有了哭的欲望，便适时地让自己一哭。哭声一经脱口而出，竟把自己吓坏了：这哪里是人的哭声，吼吼的，如野驴在旷处叫。

是人世的观念，把一个男子的哭泣压抑得太久了。今天想来，人从固有观念束缚中，自觉地把自己解脱出来，回归自然，的确是一件大事情。这个回归，不仅仅是回归到自然风光里去，更重要的是回归心性的率然。女子与儿童的心性是率然的，所以，儿童的哭声泠泠如泉，女子的哭声嘤嘤如歌。

这才是人性的声音。

1995 年 4 月 21 日

感念快乐

人，生来就是享受快乐的。

可是，人往往不快乐，甚至会感到痛苦；为了摆脱这种痛苦，付出了很大的代价。

读周作人的《上下身》，感到人快乐不快乐，根本上缘于人对生活所取的基本目标所向。

一种认为生活的目的是欲求的最终实现；一种则认为生活的目的，不是欲求之果，而是追求过程本身。换一种说法，即生活的目的，不是经验之果，而是经验本身。

持第一种人生取向的，只对欲求实现的那一刻感兴趣，甚至把那一刻看作生活的全部。待到欲求实现的那一刻，常常会听到人们快乐的感叹："啊，这才叫生活！"有这种人生态度的人，欲求实现前的那段生活，是被忽视的，是无所谓的，甚至是多余的。然而，这段生活却正是最漫长的，躲也躲不开的，而且还需要浸以血汗，助以耐力的。这甩也甩不掉的生活过程便惹人痛苦。

持第二种人生态度的人，将生活视为整体，其过程是不可以随便选取一二的：既不能专为饮食而工作，又不能仅为工作而饮食；既不以为人可以终日睡觉或用茶酒代饭吃，又不把睡觉或饮酒喝茶作为可以轻蔑的事。这都是生活的一部分，不可割裂，都要认真对待，认真享受。还是引周作人所举的旧例：一精通茶道的日本人，有一回去旅行。每到驿站，必取出茶具，悠然地调起茶来自喝。有人规劝他说，行旅中何必如此？他答得好："行旅中难道不是生活么？"这种不割裂人生过程，认真地过每一天生活的人，才真正懂得了生活的真谛。生活无过程，每一天的生活都是人生的目的，所以，最终的目标实现与否便无几多意义。实现了，不会亢奋得失去理智；目的未果，也不会失落得终日昏沉。快乐伴随他整个人生。

从这个结论出发，人生要得到快乐，便不要苛求成功。

曾国藩在《谕曾纪鸿书》中说："凡富贵功名，皆有命定，半由人力，半由天事。惟学作圣贤，全由自己作主，不与天命相干涉。"这是曾国藩老境之中的感叹，有深厚的人生况味。以时人的话说，人的成功，一半在于自我努力，一半在于人生机遇；而人海茫茫，又有多少机遇独钟于我？便要想得开。事事存一种平常心。这不是人生消极，而是积极的自我开怀，保留一种健康平静的心地。举凡人心有大贪，如果不果，必有大失落；大失落之后，往往堕于恶俗，声色犬马，酒肉人生，践踏人伦，于己于人均有大伤害。有平常心的人，才能忍受"有所失"，从容裕如地在凡常生活中，享受人生之温和快乐。另，有平常心者，才可"学作圣贤"，做有修养有内质层次上的人。当今现世，所谓"圣贤"者，系处世旷达，不争市利，不骛市声，平平静静地做自己想做的事情，又不在乎旁人评说的那一类人。因为，有多少人为了追逐一己成功，而不择手段，丧失了人性天理；又有多少人为了一时的热噪，而急功近利，将一生快乐赌注了一瞬之间。

读哈兹里特《谈有学问的无知》，觉得获取人生快乐，还有一个技术性手段，便是求知。

一个人受时空的限制，视之无多，听之寥寥，生活在一个很狭窄的世界里。狭窄的世界，造就狭隘的心胸、近视的眼力、脆弱的性情，造就囿于鸡毛蒜皮琐碎恒常中的人。而这种人，激情消顿，想象力萎缩，又能感受到几多快乐呢？

便要求知，便要阅读。

读书，是借别人的眼睛，借别人的耳朵，看自己所未见，听自己所未闻，积累更多的人生经验，扩宽更大的感知空间。人生经验和感知空间，是人想象力的培养基；而想象力丰富的人，是有激情的人，激情，正是快乐之源。具体地说，读书读得多的人，起码是不自以为是的人，是不会认死理的人。

自以为是的人，排斥他人排斥身外的世界，而离开他人离开身外的世界，快乐便失去了生发的条件。

认死理的人，心灵幽闭，固步自封，不接受新异的事物，自己跟自己过不去，快乐便无处附着。

需要特别指出的是，哈兹里特给"求知"予以鲜明的界定——求知，是汲求"切合我们的经验、感情和追求，有助于人们的事业和心灵的那些知识"，而不是为了作"学问"而求知，为了"学问"而求知，即便成为所谓的学者，"他知道一首诗有多少韵脚，一个剧本有多少幕，可是关于诗的灵魂或精神却茫然无知"。于快乐，几无裨益。他称这叫"有学问的无知"。

所以，从人生快乐的角度看，读书亦不该读死书啊。

1995 年 4 月 30 日

当境与离境

　　中国的山水画是美的，田园诗也是美的，这已不成问题。一些城市中人看了山水画，读了田园诗（更有现代影视作品的渲染），便生出一种兴味，认为城市生活并不足取，原始质朴的山村生活才是最曼妙最浪漫的生活。其景也厅，其气也清，其人也淳，其狗也驯；山泉轻淌，山雀弄间，山花浮媚，山树秀拔……总之，一切皆美。便有偕蜜侣同游者，便有探而猎奇者，还有一些厌倦市井生活者，想从朴远的山野寻回生活的原味，更有一些皤然翁婆，欲在山云野鹤之境，享度余年。但多是去时兴然，归时索然，绝少于山村久居者。

　　问一个欲在山村久居，而不足月便速速归来的老者，他说，山村虽杂花生树，但野艾荒蒿遍野，严重影响久了，便觉凄然；那里虽水好气清，但人烟稀少，日头也早早地落下山去，除山狗遥遥地吠几声，整个世界黑成一团，绝无管弦声乐，日子枯寂，心头落寞；还有更让人忍受不了的，是生活的诸多不便，吃不上鲜菜，买不到鱼肉，山村路径只有羊肠小道，每走一遭，都须打出几个血泡……山村生活，一荒蛮，二枯寂，三不便，所以，山村固然美，欣赏一下尚可，但我绝不再去住了。

我是从山里走到城市的，知道老者所言，是他的真感受。

所以，艺术总归是艺术，生活到底是生活，不可断然混成一团。艺术需供奉给人新奇，陌生的环境，住住可猎获新奇；生活需要自在，走到自己身外的世界去，便没有多少自在。换言之，朴野的山村，作为艺术对象，有其独特的美；但对于人类来说，他给我们所赐毕竟是贫寡的、有限的。山村生活虽有其纯美处，也不该流连，享受现代文明，是人类生活的方向。所以，山里的青年，读了几本书以后，不再安于家乡的生活，而鼓起到城市去的欲望，便没什么可鄙薄的。

这一切均缘于人对生活欲求的无止境。欲求的无止境，便生出对现状的不满，便思变。《大智度论》卷十九《释初品中三十七品》云："是身实苦，新苦为乐，故苦为苦。如初坐时乐，久则生苦，初行立卧为乐，久亦为苦。"叔本华也说："如愿快欲，不能绝待至竟。新欲他愿，续起未休。"所以钱锺书引约翰生博士的话说："人生乃缺陷续缺陷，而非享受接享受。"史震林《华阳散稿》卷上《记天荒》中的一句话，可谓一语破的，即人在生活中"当境厌境，离境羡境"。

文艺作品，正是自觉或不自觉地利用了人的这一惯常心态，常以距离阻隔，怀远悼近，而把人们的企慕和欲望煽动得使人们生一种"浪漫的企望"。这种"企望"是无可厚非的。对于智者，它是人生的一种补剂；对于盲目者，不切实际地"企望"下去，却是一种自我的迷失。

便有一个如何处理"当境"与"离境"的问题。

山村的生活固然质朴、纯美，却是一种被有限的自然条件和社会条件所限制的生活，是一种有缺憾的美。对山村生活之"羡"无非是一种回归的欲望，回归到人伦之单纯、人性之天真，因为市井中人际关系太复杂、浑沉的诱惑太多，使人感到活得"挺累"。但这种回归，应该是一种精神的回归，而不是要回到山村那样的环境下去生活。到原朴的生活环境下求得回归，其实是一种对生活的逃遁，一种意志的软弱。

若把山村生活比作小孩子的生活，那么城市的生活，便是一种成人的生活。梁遇春在《天真与经验》中说："小孩子的天真是靠不住的，好像个很脆弱的东西……他们的天真是出于无知，值不得赞美的，更值不得我们羡慕"，而"那班已坠入世网的人们的天真就大不同了，他们阅尽人世间的纷扰，经过许多得失哀乐，因为看穿了鸡虫得失的无谓，又知在太阳底下是难逢笑口的，所以肯将一切利害的观念丢开……（这种）从经验里突围而出的天真才是可贵的。"山村的生活固然少污浊、少沉浮，而多率性、多贞纯，根本在于它少了那么多世网的诱惑，是一种"封闭"的率性和贞纯，未必有多少可"羡"之处。《聊斋志异》会校会注会评本卷六《小谢》但明伦评："于摇摇若不自持时而即肃然端念，方可谓之真操守、真理学；彼闭户枯寂自守，不见可欲可乐之事，遂窃以节操自矜，恐未必如此容易！"真正的质朴，真正的贞纯，是那种遇名不妒，见利不贪，"见花不采，看到美丽的女人，不动枕席之念"的贞纯。

个人生活的环境是很难轻易改变的，"离境"不是一件简单的事。城市生活虽然嘈杂，虽然有一些污浊，却是一种文明程度极高的、可塑性极强的现代生活，人在之中是大有作为的。所以，面对城市生活这一"当境"中的一切迷惘和不如意，应该采取直面的态度，学会在理智和经验的基础上，减少一些人为的"灾祸"，"蒸馏"一些有害的生活成分，自己创造一种超然物外的"天真"和"质朴"的生活。

这一切，全靠我们个人的生活艺术。

1995 年 5 月 11 日

说小人

1

与小人相处，他总以小人的心思揣度你；你表现得愈堂皇愈君子，他愈觉得你像个小人，觉得你正干着不可告人的什么勾当。他惧怕你，但不尊重你。他会千方百计地寻你的罅隙，适时地弄你一下子，以维持自己的心理平衡。

所以，与小人在一起，横竖是一件累人的事。

怎么办？

要么对他视而不见，敬而远之，我行我素，与你无干；要么，一走了事。千万不要招惹他，他是一种黏着物，本身已无清爽可言，正准备扩展洇染的疆域；一旦招惹他，他便理直气壮地把黏滞的东西喷附到你的脸上去，污你清白；使你如裤兜子里抹黄酱，不是屎也是屎，有口难辩哉。

什么样的人是小人呢？

总喜欢在你面前说好话的人；

总喜欢把别人当贼防的人；

总喜欢在人背后放冷箭的人；

总喜欢巴结硬的踩贬软的人；

总喜欢占便宜而嘴上又很会讲公道话的人；

总喜欢在标榜自己之前捎带先奉承你几句的人；

总喜欢探人隐秘而捞取资本的人；

总喜欢骗取朋友信任而又将朋友抛弃的人……

等等。

每个人有每个人判定小人的标准和方式。

但我们的直觉往往会感觉到小人的存在，判断和识别小人并不是一件太难的事。

都不去招惹小人，不是小人当道了么？不然。相克之物，正是小人自己。他走不出自我的束缚，走不出自己给自己设定的劫数：他不会交到真心的朋友，他没有一刻安然的心境，他看不到人间的妩媚，他很孤独，他很快便走向心灵的黑暗。

所以，即便小人得势时，也不要羡慕小人，更不要巴结小人；巴结小人的人，比小人更小人。

2

小人一旦做了官，往往喜欢下属中的小人。

因为他了解小人的品性，他知道怎样支配和役使这样的下属。

以小人之心度君子之腹，往往出现误差；以小人之心衡小人之志，往往很准确。

他会把并不保密的事当作绝顶的秘密要做下属的小人去做；做下属的小人心里很明白，却佯装不晓，并认认真真地把不是秘密的事当作秘密的事去做。事情便神秘起来。他们喜欢在神秘的气氛中过活，他们之间便产生了一种虚假的和谐。

小人从来不信任别人。做官的小人一旦把真正机密的事情交给做下属的小人去办之后，会在背后留一手。做下属的小人自然心里亦清楚，便努力把事情办得滴水不漏，对其内里不闻不问，好奇心太强没有好处。

做官的小人自然以好处打点这样的下属；这样的下属取之亦会适可而止，他不能贪，一贪惹对方生疑，便坏了日后处境。

做官的小人便把做下属的小人牵制住了。

其实做下属的小人并未甘心被牵制，他会暗暗地给上司记"变天账"，一旦揭裂面皮，咱俩一同完蛋。

做官的小人之所以喜欢小人做下属，根本在于，共同感于君子们对他们的心理挤压，他们之间会互相开开心，出出闷气；然后，他们还要共同战斗。

他们有共同的利害和利益。

他们要时时"窃"商立身和发展的办法，也会为一些小伎俩的成功，喝上几杯。喝几杯之后会自我吹嘘，做下属的小人也敢在做官的小人面前说几句大话。做官的小人这一刻极为宽容，知道下属压抑得太久，发泄一下，说破了没"毒"。

但君子们千万不要听小人的酒话，因为小人多喝几杯之后，也会说几句极人性的话；但酒醒之后，感到很后悔，听了他的话的人便被他当贼防了；你一旦成了他眼中的贼，便要遭算计，已避之不及，防不胜防也。

做官的小人，有时喜欢做下属的小人在人前出丑。他会允许旁人对其下属进行批评指责。但笑眯眯的眼睛之后，是一张黑色的底片，他会把发表批评意见的人的面孔牢牢摄定。他认为，日后会对他进行清算的亦正是这些人。所以，你未得罪他，便已经得罪他；君子们懵懂着，他们清醒着。

你偶尔会搭乘一次做官的小人的车，你会无意间议论到他的下属，小人R，好心的司机便丢给你一个眼色。事后，司机怯怯地提醒你："当着他的面，千万别说R的不是。"君子们一定都遇到过这般情景。

但这样的司机不多，还须君子们自我清醒。

他们亦会给人一种印象，好像他们之间很亲密，亲如兄弟。其实他们的亲密更多的是做给旁人看的，之间未必有多少真情谊。一旦隶属关系解除，亦即利害关系解除，反做官的小人最烈者必为做下属的小人，他会反得淋漓尽致。反过来，贬这样的下属最甚者必为做官的小人，会贬得那人一钱不值，人不如狗。这样的下属不会到病房给退职的上司送去新鲜水果；这样的上司也不会给下属的小孩几个压岁钱。

非亦非，非亦不非；悲亦悲，悲亦不悲。实例正在生活中摆着。

用人可前，不用人可后是他们的根性；谁也不对谁负责是他们的处世原则。

3

身份相同的小人之间，无几多奇异故事。碰在一起了，互相利用一下；待事一过，情意两讫，互不该欠，各走各的道，井水不犯河水，互不劳神是也。

故，小人男女生活在一起，是一件不可思议的事。

4

只要我们生活着，一定要遇到小人，这是注定了的。企望不遇到小人是天真的；害怕遇到小人是软弱的。

遇到小人而不招惹，也只能是一种调侃。因为小人是钻营者、投机家，他要得到他想得到的一切果实。所以，你不招惹他，他反而要招惹你，你站在那儿就挡人家的道，他会一寸一寸地蚕食你的枝叶，他要一步一步挤得你无立锥之地。

你不是想做君子么？已没有你的位置。

如果不想窝囊下去，就得寻求解救的良方。这是切实该做的一件事情。

1995 年 5 月 23 日

说责任

　　责任，是实实在在的东西，是生命的分量，是人在世间存在的最本质的状态之一。由于责任的黏着，使个体的人之间从根本上建立了互相依存的关系，产生了相互间的情感关怀。人们探讨所谓终极关怀，实质上是在阐明责任的无限性；这种无限性，规定了人至死也逃不脱责任的规束。人的遗嘱是人最后的责任方式，法律使它成为作用于生者的不朽的意志。

　　责任大体上分"对内"与"对外"两种。对内，指对自己，对家庭；对外，则指对同事、朋友、他人乃至国家、民族和整个人类。前者小而实，后者大而虚；人们惯常所谈之责任，往往指前者。但前者中，对自己负责，似乎不必谈，就依老例，谈对家庭。家庭的对象极具体，不外乎对父母、子女和配偶等。就具体地谈。

　　对于父母，自然是以赡养的责任为主。至今，不赡养老人者，寡。但多是给予物质，却少慰以情感和精神。所以，再"孝"的儿子，在父母心中亦未必获得完全的满意：老人所需要的精神上的慰安，远大于对物质的需求。老人们多有被"遗忘"的感觉，感到儿女们情感上已与自己发生了隔膜，其情感重心已明显地倾斜，倾斜于儿女们自己的配偶与子女。这是没有办法的事，是人类进化的内力使然。生物得以进化，便要摆脱进化所背负的包袱；但人类不是一般的生物，其进化，既受制于自然力，又受制于社会力。这个社会力，使儿女对父母必须尽最后的责任。但这个责任，多道德伦理的成分，少自然情感的因素。实际上，再细心的儿女，也不会有太多的耐力，听老人们琐碎地回忆旧事和对身边诸多不满的絮叨，自然会流露出一丝不耐烦，便会勾起老人们心中的酸楚与怨意。所以，许多"不孝之子"是被冤枉了的。但不必辩解，该给其吃便给其吃，该给其喝便给其喝，能陪其聊一刻钟就聊一刻钟，聊不下去了，就只管去做你自己的事，留老人家在那里兀自发发脾气骂骂人。这是老人们习惯了的健身操，没什么不好。

对于子女，其责任自然是抚养与教育。如今只生不养不教的人亦不多。天生便厌弃子女的人不是没有，仅为罕见的个例。所以，没必要大论特论尽责任，最该警惕一下的倒是不要过分地尽责任。过分注重儿女的吃喝导致营养过剩，就会育成肥儿；"肥"与"废"相差不多。过分关照儿女的穿戴，年岁甚小，便皮衣皮鞋皮帽；穿皮鞋穿得脚变形，变形为畸，"畸"近于"羁"，丧失了行的自由。过分关注子女的前途，趋时媚势，强行规定子女的人生走向：课业已颇重，却仍要其弹琴数小时，稍不服从，便巴掌上身，"关心"转换为"伤心"，亲情的土地上埋下了仇恨的种子。普天下英雄豪杰，有几多是被老子呵护而出？挨打，受骂，忍饥，挨饿，受挤对，受屈辱，甚至感到了绝望，才愤然而起，成大气候。世情已多明证，过分呵护的子女，多是窝囊废；望子成龙，反倒宠子成虫。基于此，为其提供必要的生活条件和成长条件，任其自由发展，系最明智的选择。说什么对子女要尽到责任，其实是自己在人前显圣的虚荣心支配了自己，子女就成了虚荣心的牺牲品！

最后说到配偶。对于配偶，其责任无非是爱与忠诚。这一切首先应该以配偶间确有爱情为前提。因为爱，而忠诚，系天经地义。而爱，很易变异，便需加倍地珍惜已有的爱情基础，更要懂得造爱。造爱，不仅仅是性的过程，而且是不断创造新的爱情内容，使爱情始终有活力的生命过程。所以，聪明人对配偶的责任形式，不是特别注意物质的关照，而是助其提升心灵的修养，增加其精神的吸引。

若配偶间没有爱，只有婚姻，那么，负物质上的全责就已属不易，遑论尽那一种心灵上的忠诚。所以，若在配偶之外找到了爱情，首先不是考虑道德不道德，首先想到的应该是对爱情负责。这就是说，不要强迫谁对爱情负责任，爱情本身自然会使他负责任。往往有这种情形，疾病与失意，会使"叛逆者"回归旧有的虽无爱却相对平静的婚姻，还会发一声"还是家里好"的喟叹，甚至为自己以往的不够"忠诚"而表以愧意。这是生命力衰竭之后，一种本能的自我掩饰，是一种无奈的回归。可以理解，却不可以钦敬：因为他既消耗了爱情，又消耗了婚姻，对哪方都未真正尽过责任，系一种深层次上的自私。

说到最后，在当今物欲的世界，对于家庭，你有一个最大的责任，便是节制家人的欲望。放任家人的欲望而一味予以满足之，会使你沦为家庭的奴隶。当家人的欲望超出你所能负责的限度，你过分的责任心会使你铤而走险：偷、抢、贪赃枉法，不择手段。届时，公道与法纪便会强迫你对国家、社会和民众负责；当你身陷"不自由之境"，便从根本上丧失了对家庭负责的能力。

　　所以，责任是实实在在的东西，我们不应只被所谓责任的说教来约束自己。

1995 年 5 月 25 日

宁静效应

　　胎儿在子宫里的时候，被全方位地包容，得一种大温暖大宁静。出生之后，婴儿仍不愿从这种温暖和宁静中醒来，即使产房中的阳光再妖媚、空气再温暖，亦作蜷曲状——现世终究比不得子宫那般温暖及宁静。所以，出生便是寒冷，便是被伤害，是可以成立的道理。

　　在宁静的条件下，婴儿会去襁褓里（襁褓是子宫的一种延续）静静地躺着，眼睛久久地凝视着一个地方——这便是安恬一词的具象。如果房间里突然传来一声吵嚷，发生一个震动，婴儿的眼光便弥散了，双手向空中抓举伴以嘹唳的哭声。

　　婴儿这时被伤害了。伤害他的便是这一声吵嚷，一个震动。他的宁静被无端地打破了，哭声是他的愤怒。一个生理学家就此做了一个试验：在婴儿大哭的时候，若在他不停抓举的双手中搁一个悬在空中的横杆，他抓举的力量会把其整个身体带起来。

　　惊乎，一个柔弱的婴儿一旦被伤害，竟有这般的力量！便可见，人类本能地拒绝被伤害。

便可以说，宁静是一种无声的温暖，它给娇嫩的心灵以轻柔的包裹，它类似子宫，是一种母性的东西。而人类都曾经历了婴儿期，宁静在人生中打下了生命的烙印。所以，向往宁静，向往平和，不去惊扰，不想被惊扰，是一种嵌在人类深层意识中的效应，这种效应，若称之为"子宫效应"是最恰宜的。于是，人类即便进入了成年，对这种效应的憧憬与回归，也是一桩不可避免的事。

可以举证。

即使你再是场面上的人，即使你声名再显赫，都有一种极强的回避人群的倾向，躲进内室，造一种只属于个人的小氛围，可歌可仰，可衣可裸，无非无邪，恣肆坦然，你自己把自己放逐成婴儿，任性做自己喜欢做的事。因这时的自己的行为，既不污人眼目，又不伤他人感情；无须他人评判，便卸下人前铠甲，心无顾忌，得一种率性的大舒畅。这种率性，便是一种既不自扰又不被惊扰的宁静；这种宁静得以实现的保障，便是世人所说的"隐私权"的被尊重。由于人们还未自觉地形成尊重别人"隐私"的习惯，所以，刘心武便苦心开出药方，便是《拉拉窗帘》。我是在《南方周末》上读到刘心武的这篇文章的。当时，我会心地一笑：不是要独享一种小气氛么，没什么不好意思的，只管拉拉窗帘！

好像杨绛先生也说过类似的话。

廓而言之，对于古老的地球，人类就是婴儿。地球上有太多的喧嚣和战争，人类就有些受不了。反对纷争，争取和平，是人类婴儿化的近乎本能的东西，"冷战"结束，南北和谈，便是一种大趋势。和平是一种子宫一样宁静的东西，是人类这种"婴儿"甜蜜的梦乡；那么，政党和制度的较量，又怎么能够摧毁这样的梦乡呢！

婴儿被伤害了，报之以哭泣；人类被伤害了，报之以愤怒和破坏，到了最后，是地球的毁灭。

然而，有谁能忍受婴儿的哭泣呢？因为人类还善良，还有爱心。又有谁能容忍地球的毁灭呢？因为人类留有自知。

善良、爱心和自知，是这个过于闹热的世界里，人类再也不能丧失的，最珍贵的三样东西。

1995 年 6 月 1 日

几种欲望

读萨特的《词语》，突然想到幼年的一个欲望。幼时，家中缺粮，各种野菜均吃遍了，吃得人口唇肿大，甚至对吃饭都失去了兴趣。那时，正读小学五年级，考好了才可升到初中去；虽饿得在课桌前眼冒金光，却仍努力地撑着瘦肩颈，把老师也饿疲软了的声音听真切。因为心中有一个极强烈的欲望，便是考出去，到山外去当个伙房的大师傅。当大师傅的，白面馒头可以吃个够，能当个大师傅是多么幸福啊！

其实，一个被烟熏火燎得渐渐臃肿起来的大师傅，算什么幸福呢？为了享受那饱的滋味，即饱的感觉，这是多么可怜的欲望，一种草民的欲望！

王安忆在《叔叔的故事》里，写她叔叔的灵魂失意后，为了抵抗灵魂的压抑，便有意无意地夸大、强调、扩张他肉体的需要，把这种需要与生存联系起来，成为生活的第一位。在现实生活的压抑下，他白天可以喝劣质的白酒，抽报纸卷的粗大的旱烟，但一到晚上，必须花样百出地从老婆那里寻求肉体的快乐。他企图在肉体的极度疲惫中，寻得内心的平衡。这是一种可悲的肉的欲望，是被外力所异化的一种欲望。

川端康成去伊豆的路上，看到了轻风吹拂下茂密的山草，心里很感动，不禁倒卧在草丛之中，听草叶弄歌。他感到这一刻身心通泰，幸福原来离他很近很近。躺在茂密的山草上，都令川端康成感到幸福，是不是不可思议呢？川端的心地极淡泊，无强烈的欲望；他那颗易感的心又是那样纤柔；轻风吹拂的茂草中那一刻小憩得到的满足，便可以理解了。这种境界，非闲淡的雅人不可成就，是一件不太容易的事。——但换个角度说，像川端康成这样的大文人，有追求雅趣的惯常欲望，一俟机会来到，便适时地给予满足；因而弄出一些雅境，让常人钦羡。这是一种有益而无力的欲望。

雨果无疑是伟大的，他有很强烈的创作的欲望；但他有一个更为强烈的欲望，便是不断地追逐和征服女人。读雨果的传，使人知道他每征服占有了一个新的女人，便会有一部伟大的作品问世。他创作的欲望是淹渍在征服女人的欲望中的。他到了耄耋之年，仍能写出生机盎然的青俊诗篇，比青年诗人的诗还具青春魔力，是因为那么一个垂暮的老人，居然还能赢得十几岁少女火热的爱情。雨果是被两种欲望的坐标确定了的，他的内心从未平静过，过于汹涌的情感激流，使他饱尝忧患和痛苦。纵观雨果的个人生活，他本身就是一个"悲惨的世界"。两种纠缠在一起，互相吞噬的欲望，却并未把雨果毁灭，何因由呢？因为雨果是天才，天才拯救了雨果！凡常人切不可觊觎这样的欲望，那会陷入泥潭，遭灭顶之灾。这里要说一句题外的话，就是要坦然地承认天才，承认天才与凡人间的差别。人不可无欲望，但存何种欲望，亦须从自己的实际出发，实事求是才好。

西蒙·波娃在她的回忆录中说过，不可过分追逐金钱，金钱本身给你带来不了什么；追逐金钱，会给人一种为了活着而活着的感觉。为了活着而活着是一种原始的生活，为真正的文明的现代人所不能容忍。读《北京人在纽约》，那个王起明，没钱时，拥有心灵的平静，拥有爱情，拥有他的音乐艺术。在纽约他拼命赚钱，成了华人圈里的富者；但有了钱之后，却失去了女儿的爱，失去了妻子的爱，也锈滞了他的琴，无奈中感叹道：我这一切，到底是为了什么？痛苦之下去找妓女，在赤裸裸的金钱关系面前，他虽是个普通人，却也无法承受，让妓女一遍一遍地喊 I love you，喊得似乎有几分真意了，才肯入巷。嗟夫，人类追求美好情感的欲望，到底是不会被金钱的欲望所湮没的。追求人性的美好，是人的本能啊。

1995 年 6 月 6 日

幽默种种

　　幽默是人性的一点灵光，是对生存环境不满的一点柔和的反抗。

　　这种不满，既包括对他人和社会，也应该包括对自己。自己的能力有限，不能改变自己的处境及命运，便觉得自己很窝囊，活得不如人；如果任这种情绪积聚下去，轻则闷出病来，重则产生对生的绝望。适时地拿自己开开心，自我调侃一下，便把郁结的负能量释放了，便轻松起来，感到自己依然是自己，还未到不可救药的地步。同样的道理，一个人应该容忍别人开自己的玩笑，这种容忍可以化解隔膜和敌对情绪，使相互关系变得和谐起来。至于国家，正如一个西哲所说："衡量一个国家的文明进化程度，就看他们那里有没有开玩笑的自由！"换言之，越是开放，人们的心灵就越趋于轻松平和；越是封闭，就禁忌无数，人们活得压抑沉重。沉重，经过时日，终要爆发，成一种破坏力，这是真正的政治家所不愿看到的。

　　所以，幽默本身不是目的，是调和情感和理智，建设公正和谐，加速文明与进步的一种手段。维特根斯坦说："幽默不是一种心情，而是一种观察世界的方式。"马克·吐温则认为："幽默只是一股香气，一种装饰，是表达我的布道词的手段。"于是，幽默是一种善性的表达，化恶为善，使善更善。

幽默是个纷繁的世界的，为了使自己成为一个幽默的人，对幽默便要有一定的积极的认知与品评，以提高操作的能力，或者干脆成为一种修养，成为自我人格的一部分。

幽默以品位来分，或可分为俚俗的幽默和文化的幽默。

俚俗的幽默，多存在于民间，是一种百姓的智慧；它极贴近生活，便不免掺杂一些俗亵的成分。骑车人闯红灯被警察截住，骑车人说一句"警察大叔，您就把我当个屁放了吧"，便是个实例。有人认为这是在耍贫嘴，是一种滑稽，而非幽默。不然。耍贫嘴依以油滑的腔调，滑稽依以夸张怪异的动作，幽默则是言之有物、动之有体，让人从言行中产生会心的联想，使不相关变得相关，使不可能变成可能，给人的神经以瞬间的激活，在一刻沉吟之后获一种内心喜悦。

然而，无论如何，俚俗的幽默均有俗亵的表征，为"道家"与雅士所不齿；但正因为它接近生民的原生态，便具有强大的生命力，给生民带来不竭的生命温暖。另，俚俗的幽默正是"雅幽默"的母土，智性的知识者，也不一味地鄙屑，甚至也笑谑其中，得一种凡人之乐。

至于文化的幽默，属于所谓的雅幽默，包括文人的创作和在文化传统中、从生活中自然而然归纳升华而形成的两种。林语堂属刻意创作幽默的一个代表。他不仅有创作的实绩，还有理论的建树，其代表作为《林语堂论中西文化》和《萨天师语录》。在这些著作中，他的幽默多用以反讽颓败的世风，以展示那个时代知识分子独立的人格。举摘一段："在这城中情感已经枯黄，思想也已捣成烂浆，上卷筒机，制成日报。在这城中，奸滑都是老，无猜都是少；脸皮与年龄俱增，寸心与岁月而弥灭……这是他们的文法；今日我正傻笑，昨日我已傻笑，这是他们的动词变化；他们把我的笑当成春药、麻醉剂，他们执心圣道……"辜鸿铭的幽默不是创作，而是从传统文化中信手拈来——在厅堂之上，男人坐着，女人站着，是天经地义，"妾"字怎么写？"立女"嘛。男人纳妾也是天经地义，一把茶壶须配几只茶碗，却不曾见过一只茶碗配几把茶壶。虽非刻意制作，却也深刻，辜鸿铭正是传统文化中人。鲁迅先生则更深刻，"一见短袖子，立刻想到白臂膊，立刻想到全裸体，立刻想到生殖器，立刻想到性交，立刻想到杂交，立刻想到私生子。"这是鲁迅对中国的历史和国情知之甚深之故。

幽默从内容来分，或可分为生活幽默和政治幽默两种。

生活幽默，其嘲谑的对象为社会的众生相和日常生活的荒谬不经，系在揭示生存的荒谬性之后，直抵生活的真实。加拿大著名幽默随笔作家里柯克的幽默便以其鲜明的生活化而传世。其幽默品格，有重庆出版社《里柯克幽默随笔》可作参照。他的《借钱之道》体现了他反常人思维而行之的幽默特点——人借十块钱忐忑不安如芒在背，借一千块要担保、信用、人格，借一百万块轻而易举、毫无痛苦，而借一亿块以上，则辉煌无比威仪压人。这不禁让我们想到当今社会的暴发户和官商发横财。王朔的幽默也应该属于生活化的幽默。"我是流氓我怕谁""过把瘾就死"，系对当今社会生活的无序与多变的逆反。所以，我不认为王朔过于"痞子气"，而是把社会和人性最隐秘最需要包装的部位嬉皮笑脸地给揭裂开来，让更多的人纳过闷来，省得自我欺骗，"装孙子"不止，系一种放纵的幽默品格。

政治幽默，便是针对社会制度国家机器，表达着百姓对政治与社会文明进步的信念和愿望。由此，百姓便对此种幽默有着特殊的兴趣和机敏。马克·吐温的幽默便是鲜明而生动的政治幽默，便得到经久不衰的流行，《竞选州长》的美国式政治幽默竟也在中国几近家喻户晓，便是力证。他还曾写道："制度是外表的东西，只不过是像衣着一般。衣服是可能穿破的，会成为一些破布片，穿在身上就不舒服，也不能给身体保暖。忠于和崇拜破烂衣服是荒唐的，这忠诚纯粹与禽兽无异。"这不禁让我们想到《皇帝的新衣》。马克·吐温式的幽默不仅需要才具，更需要勇气，政治幽默往往是一种悲剧性的操作；所以，中国至今未出现高标特立的政治幽默家，是可以理解的。但中国的百姓却具有不自觉的政治幽默才能。比如衙门要更换村里的头人，百姓揖而曰："请大人开恩，不要换；头人属鼠，这一个搜刮屯积已足，再换一个，便要从头屯起，且更贪婪，百姓的日子便更不好过了。"衙门大人愕然。

给幽默划分种类是不科学的，不同种类的幽默往往共存；给幽默划定高下亦是不可取的，人们进行抗争的时候，往往是不挑选兵器的；不同的人群有着不同的幽默所取，大家杂然相处，吵嚷而痛快，其本身便是一个良性的大幽默。况且，中国的幽默还不甚发达，爱好幽默的人们团结起来，共同建构和谐的尽意的幽默的人文环境才是。

1995年6月12日

情爱的视角

可以说，情爱成就了最殊胜的人生故事。又因为情爱的不可捉摸，人性便更不易捉摸；这种不可捉摸，便给人生平添了一层神秘色彩和宿命色彩。

于是，便从中得到一种启发：一些难解的人生命题，取情爱的视角视之，或可以找到答案。

周作人在十四岁的时候，在花牌楼遇到一个十三岁的姚姓女子，未妍的情爱就突然间无声地开放了——"每逢她抱着猫来看我写字，我便不自觉地振作起来，用了平常所无的努力去映写，感觉一种无所希求的迷蒙的喜乐。"他在《初恋》一文中记下了这种感觉。其实这很难说是初恋，这是他接触的第一个异性，不曾和她谈过一句话，也不曾仔细地看过她的面貌与姿态；但从此便对她的命运，生出一种不可言的牵挂。此番情境；其根由在哪呢？作者给了一个答案："（虽然她）并没有什么殊胜的地方，但在我性的生活里总是第一个人，使我于自己以外感到对于别人的爱着，引起我没有明了的性之概念的，对于异性恋慕的第一个人了。"

这是一个极为准确的认知。由于这"第一个人"，使一个少年始得走上情感生活的路径，开始以一个成人的面目进入人群。眼下，许多学校都在为十八岁的青年搞"成人仪式"；其实，这也只能是一种仪式，一种法律上的程式化的认同，并未有实际的意义在。一个人进入成人最本质的表征，应该是情爱的觉醒。所以，对那些"早熟"的青少年，若给他们以最切实的人生指导，便首先要把他们作为成人对待之；如是，一些棘手的社会问题，便找到了解决的路径。

知堂第一次东渡日本，拘谨地跟在长兄鲁迅的身后，强烈的异乡之感，迫他入身心紧张的状态。他们进了伏见馆，应声而出一位十五六岁叫乾荣子的日本少女，给客人搬皮包倒茶水。知堂只向她投去一瞥，便怔住了——他看见的竟是一双赤足，轻盈地自然地在屋里走来走去。他立刻想起了故园水乡的妇女，她们是常常赤着脚的；那首著名的《江南好》词也同时浮现："江南好，大脚果如仙。衫布裙绸腰帕翠，环银钗玉鬓花偏。一溜走如烟。"知堂禁不住微笑了，紧张好奇均在瞬间消失，感到自己并没有漂洋过海来到陌生的异国他乡，而是仍流连在家乡的亲人之间，且情不自禁地想到了眷依的郦表姐，对乾荣子亦生出一种撩乱兴奋的情感。

这是多么不可思议的一瞥！这一瞥使他产生了一种"撩乱兴奋"的情爱；这一情爱，顿时将异园他乡化为温馨家园。这一份情爱积郁成浓浓的"单相思"，伴他走进时间深处。以至于和睦相处五十年的羽太信子，晚年对他多生猜疑，指责他东游时有外遇，并吵闹不休，他虽大不快，亦不辩解。说他东游时有外遇，知堂虽明白这纯属莫须有，但因为确有对乾荣子的梦恋，又使得他在反驳信子时不能做到绝对的理直气壮，其间的滋味是外人所莫能体会的。由此，便可以作一种说法：知堂对日本少女的这种情爱，使他对日本文化与人情有了一种宿命的亲和，这种亲和是一种隐隐的力，他的最终"走向深渊"，虽系环境所迫，其实亦是一种必然。

想起一段真实的人间故事。一对男女在大学里相爱。女子有极鸣啭的歌喉，男子便把女子歌唱家的梦幻作为自己的梦幻。毕业后两人都分到了一所乡村中学，女子便很难再接触到音乐的环境。男子在城里正有一个神通广大的公子哥朋友，便将女子托付给他。女子终于成了歌唱家，也嫁给了那个公子哥。男子并未去指责女子，只是珍藏着对女子的那份爱，在平淡的日子里，品味孤独。他觉得既然爱她，就应该默默地承受这一切；命运对人的压迫，对她对自己都是无可奈何的事。后来，那个公子哥死于意外，亲友劝女子再嫁给那个男子，以图一种报答。女子不同意。她认为，她生命最美好的东西已随时光流逝了，已不是原来那个纯美的女子，用这种世俗的方式去报答他，简直是对男子那几乎圣化了的感情的玷污；况且，情爱的大恩德，亦是无法报答的。他们终于没有结合。这个人生故事有许多不合情理的地方，这是常人的眼光；但对于情爱，不合理处恰恰是最合理的人生气象。情爱是一种人生机缘，是一种神秘而特异的力量，拂逆着惯常的思维、识见和伦理，作兀然的独行。所以，对人对事，一经进入情爱的视角，因袭的世俗的标准，就变得很是无用。就需调动自己的人生体验，用心智的直感，去"感同身受"，再作谨慎的关照与评判。本质上，对他人之情爱，谁也无力，干脆就是不能，从主观上作出客观的评判。善待情爱是也！

近读《青岛文学》上的一篇小说《蜂戒》，内心感到一丝震颤——尹柳枝生于大户人家，其父为盐商；钱庄马老板便将女儿马兰儿主动许配给他，以得势力的扩展。尹父遇难，马老板不仅吞下尹家资财且又悔亲，痴爱马兰儿的尹柳枝便痛不欲生，便于一个夜晚潜入马家找马兰儿讨个说法。不料，话语无几，马兰儿就大喊抓强盗，把个尹柳枝吓得落荒而逃。尹柳枝被迫当了土匪，发誓一旦捉住马老板便实行"狼戒"，捉住马兰儿实行"蜂戒"。蜂戒，便是用毒蜂将人活活蜇死。果然捉住了马兰儿，蜂戒也。待到马兰儿将要咽气的那一刻，尹柳枝笑着问："怎么样，还好消受吧。"马兰儿低微却清晰地说："你该这样做，不过我死前要告诉你，那天晚上，我见你缠着不走，而家父正安排好要害你，我只有喊抓强盗吓你而走，以图救你一命。"尹柳枝听罢，大叫一声，顿然昏厥。

将小说示与友人，友人说这是一个令人心碎惨烈悲壮的情爱故事，其悲剧意义丝毫不逊于莎士比亚的情爱悲剧。我点点头，又摇摇头。点点头，若取情爱的视角，这确系一个最合理最动人的解；摇摇头，若跳出情爱的拘囿，取社会的视角作冷静的审视，这未尝不是一个典型的复仇故事——尹柳枝为情爱而复仇，落情仇之窠臼；马兰儿以情爱而复仇，系手法的超然出新。

我心不毒。面对人性的复杂，不得不存一点点对情爱误人、情爱杀人的警惕。请好心人原谅。

对难解的人生命题，尝试取情爱的角度，往往会得一种豁然的解；但偏倚于这个视角，会不会自己给自己设下障眼法，走入思维的误区呢？也未可知。

1995 年 6 月 24 日

女性妄谈

天气酷热，女人开始轻薄着装，走在市井上，满街的花枝招展，让你目不暇接。女性的衣饰，真的是她们的另一层皮肤，她们公然地袒露出性感，毫无顾忌。这在以往，是不可想象的，那时的观念，对她们有太多的束缚；如今则不同，时尚隶属于想象，只要她们有足够的灵感，什么风格的服装样式，都会立刻变成现实的风致。

从女人的美衣美饰，不禁想到了她们的美仪美韵，即对女性之美，有了一点个人的思考，遂信笔写来，博人一哂——

一

毫不讳言，女人的容貌，整体是诱人的，一笑百媚，面庞如花，自然令人怦然心动。但问题是，如果没有一个好的身姿，面容之美便无所附丽。美丽的女人，身姿的万种风情，是其美的呼吸，没有这种呼吸，便美得呆板、美得遗憾，甚至不是真正的美人儿。常有这种情形：一个女人，面容美得惊人，但身姿却丑陋无比，让人感到造物主对人的捉弄，心里很不是滋味。所以，爱一个女人，不要仅仅凝目于她的面庞，更要审视她的身姿，身姿是女人的标牌，女人的美好大多是从身姿的曼妙变化中辐射出来的。人们赞美柳丝的柔媚，这是从女性身姿的柔媚对应来的感觉；所以，没有女性身姿的美，便没有柳丝的美。柳丝的美是女性化的美。朱自清把绿比作女儿绿，实在有些牵强，但如果把柳丝拟作女儿柔，则是一种极其自然的事，由是，有卓绝的身姿，面容无须大美，只要端庄便足矣。

至于女人，秀美的脚踝，腴润的大腿，袅娜的腰肢，平匀的肩背，会令你产生无限遐想，使你感到女人的韵味；而女人的韵味，是一种可以久久回味的东西。对于美丽的身姿，衣饰便无足轻重，粗糙的衣料，随意的款式，都遮不住灵动的美妙；正如花朵，花朵若开得风光绰约，叶子便被人视而不见。罗丹第一次见到美丽的女雕塑家卡米尔，当时她穿的是一件肥大的便于工作的罩衫，但当卡米尔从他身边走过的时候，他依然发现了她喷薄而出的身姿之美，并被深深吸引。后来，卡米尔成了罗丹的情人。毋庸讳言，若在市井上看到身姿美丽的女人，我们会久久驻足，痴迷得大为失态。我们会想：她如果不着衣饰，一定会更美丽。相反，身姿欠佳的女人，须执着于衣饰的"包裹"，没有华衣美饰的帮衬，她会黯淡无光；这对于女人，是一种难堪，对于爱她的男人，是一种遗憾。所以，女人到健身房去，比到美容屋更为重要。

女人能把男人吸引到自己身边去，除了身姿外，还有一种极具磁性的东西，便是她的声音，莺啼为什么动人，并且在古诗中吟诵不绝，概因为它最接近女人的声音。并不是所有的女音都动人。动人的女音，是一种可触可感的东西，从芳唇中吐露出来，便若伸开了纤柔的指头，给你的皮肤，给你的心以轻柔的抚摸，使你感到通体的舒泰，并沉溺于这种抚摸中不可自拔。川端康成说他一听到美丽的女人声音，便会合上眼睛，思绪在世外桃源般的梦境中翱翔。所以，他说，女人美丽的声音是"纯洁的声音"，是女人最本质的美，是女人的一种芳香的气息，是女人之所以是女人的性别之美。那么，没有美丽声音的女人，便是她的性别的缺陷。女人美丽的声音，会融化男人心中的冷漠，唤起他们无限的同情心。一部经典曾写到，一群男人围着一个女丐，那位女丐腰肢平板，面容灰暗，没有一丝女性气息；他们冷冷地看着她，心中暗想，与其作丐，莫如死去。但当她开口乞讨时，那低婉凄迷的女音之美，把他们惊呆了。他们冷漠的心在瞬间得以复苏，纷纷解囊。在这里，并不是男人们解救了女人，而是女人那美丽的声音打动了男人的心，让男人感到了人性之温暖，是女人自己救了自己。列宁在最后的日子，躺在病床上，听克鲁普斯卡娅给他读杰克·伦敦的故事，使他的生命得以休憩和绵延。我总觉得，并非杰克·伦敦的作品有何神奇的灵动之光，而是克鲁普斯卡娅的美丽声音把列宁送入一个陶然的境界。一个枯寂地躺在病榻上的病人，最希望得到的是人性光辉的照耀，而女性美丽的声音是最温暖的一丝人性光辉，像冷冷的小溪流水，流到病人的心里去了。

于是，跟声音美丽的女人交谈，即便不是妻子，亦有妻子的温情；常和声音美丽的女人通通电话，生活的浪漫会在你身边久久迷漫。

但现实之中，又有几多女子有美丽的声音呢？充斥于耳的，多是异化的女音。不幸的是，最知美丽的女音在两性间作用的，又恰恰是女人。所以，一些女人，便吸紧鼻翼，作一些人工的娇声，嗲声嗲气地给你以揪心的刺激。而美丽的声音是一种天籁，人工的造作难以成就。所以，悉心想想，做女人也是件不容易的事；对那些粗俗的市井女音，与其厌恶，不如默默承受，寄予同情，那样，男人女人的心情也许会慢慢地好起来。

二

1

女人，成功于不寻常的追求，亦毁灭于不寻常的追求。

凡常女人，生活在已有轨迹上，少磨难；但因陷于"众"，个体虽生，却已消亡，了无声迹，如脚底漫漫黄尘。

有个性的女人，偏离了既定秩序给女人规范的轨迹，成了一个焦点，命运多舛，但形象生动，尽管她依然卑微，但她像不容你躲避的一颗飞尘，飞到你的眸子上。你因此而流泪或沉迷，你便不得不吹拂，这飞尘便给了你一种感觉，一种悸动。在那一刻，这粒飞尘，就是你感觉到的全部。

凡常女人是脚下默默的黄尘；

个性女子是落入眼里的那粒飞尘。

2

女人，是一种特殊的容器。

她不仅能盛下幸福、快乐、爱情、富有、希望、温馨和乐生等妩媚的东西；亦能装得下苦难、悲哀、仇恨、毁灭、贫穷、动荡和死亡等无情的东西。

容器的盖子握在什么人手里呢？恰是女人自己。

如果她不愿，再妩媚的东西，也不予接纳；如果她情愿，再无情的东西，也决然承受。

女人这种容器若被外力毁坏了，女人会靠心灵的柔韧、肉体的耐力，黏合如初；如果她自己放弃自己，破损的容器，就再也不能修复。

女人只有自己才能毁灭自己。

女人自己把自己从土里诞生，又自己把自己埋进土里。

3

女人是男人的一面镜子。

女人的镜子能够照出男人的灵魂；而对女人的态度是女人给男人定位的坐标。

透过女人的纯洁、妩媚和安静，折射出的是男人的坚定、淳厚和忠诚；透过女人的阴郁、鄙俗和轻佻，折射出的是男人的浮滑、刻薄和放浪。

男人施与女人一个什么样的外力，女人的镜面上就呈现一个什么样的镜像。

尊重女人的男人，女人心镜上给他照出一片明朗的空间；轻薄女人的男人，女人心镜之上会给他设一堵无形的墙，他不会在女人心中成像。

好女人成像的焦点上，一定站着一位好男人。

女人的堕落若是果，男人便是因。

男人可以毁掉女人这面镜子，但镜子的碎片依然会折射出男人的真面目。美美丑丑，无遮无拦。

这是一件可怕的事。

4

波德莱尔说，女人不懂得分离心灵和肉体；又说，什么是艺术？——即献身！

追求爱情，是女人的天性，而女人的爱情是自我牺牲，把自己整个地献出。所以，女人的爱情与艺术，是等价的东西。

人越是耕耘艺术，就越不束缚自己。

女人越是追求爱情，就越活泼生动。

阻止女人的爱情，正如扼制艺术一样，是不可想象的事情。

本质地说，影视艺术是一种浅显的艺术，接受这种艺术太久，人们变得慵懒而俗媚；同样的，在女人的爱情中浸泡得久了，男人会变得愚钝而自私。

女人教育男人的最好的办法，不要轻易为男人献身，而是用情感的鞭子，抽打懒而自私的男人，激起他们的热情，去自己追求爱情。并且为了爱情，毅然丢掉名利、地位，甚至肉体的健康。正如呕心沥血的艺术生命持久一样，那样的爱情，才更珍贵，更神圣。

1995 年 6 月 26—28 日

关于家园

许多作家写过"寻找家园"这个题目。但什么是家园呢？至今尚未有人界定清楚。

不是不想界定，而是不好界定；家园是个主观上的概念，因人而异也。所以，人们写寻找家园，多写"家园情绪"，或"归家情绪"，宣泄一番之后，不了了之。

对家园的认定，不是一个恒定的东西。比如，有一刻，我疯狂地爱上了一个女人，便咬定，心爱的女人便是男人的家园。无论你漂泊到哪里，只要夜半醒来，摸到相爱的女人在身边躺着，便有一种居家之感。男人是飘动的枝叶，女人是根须；只要不失去爱情，便未失去家园。后来我变了，因为爱情是那么不可把握，她把你弄得遍体鳞伤之后，竟会飘然离你远去，把你扔到荒芜的大漠：脚底无一抔"家园"的泥土，头上无一片"家园"的屋瓦。我哭了。

家园啊。

冷静下来，感到家园首先与生养你的那块土地有血脉联系，即，"家园"与"故乡"或许是一种等同的东西。我离开故乡已经很久了，回忆它的时候，已模糊不清，只留下沟壑纵横，荒草漫漫的大体印象——这几乎是北方山区共有的特征。

一想到故乡，便想到那株柿树。

那柿树，长在石板小屋的背后。柿树很高大，将小屋整个荫盖起来。这是我至今唯一看到的，远远高于同类的一株柿树。在故乡的地盘上，能够攀上这株柿树的，只有父亲。树和它的主人像有一种宿命的关系在。于是，便不担心人为的损失：柿子可以放心长到很深很深的秋境，直到霜降将来临，不得不摘下来。

柿子结得很多，果实长得很大，大得出奇，称"磨盘柿"。

摘柿子的时候，我坐在小屋的顶上，看他如何作业，从第一只柿到最后一只柿。

父亲攀柿树的技巧，清晰地印在我的大脑深处：他用摘柿子的长竹竿把长长的大绳挑到树的中干，用力抽一下绳身，活扣便系牢了。他双手抓住大绳，双膝紧紧夹住树身：手往上攀一下，双膝便也往上挪一下，是一个同步。若不同步，那绳子便会把人荡起来，荡来荡去，将人荡晕了头，重重地摔到地上。往中干上爬时摔到地上，只会摔断脚，无生命之虞。人已到了相当的高度，绳子是万万不能荡起来的，若荡起来，其后果：一、摔断脚杆；二、摔断脖颈；三、摔碎心肝。

攀树之前，父亲叮嘱说，无论有多大的惊险，决不可叫喊。谁若叫喊，谁便是盼他死去。那么，有谁敢叫喊呢？所以，看他上树，心里不是滋味。他攀上树膛之后，坐在树杈间，抽一袋莫合烟，然后脆厉地咳一声，开始摘柿子。他摘完一只，再摘一只，不急不躁。果实到手，急什么呢？

这个过程写得太长了。但不能不写得长一些，这个过程诞生了故乡的意义：

在故乡，或许什么都没有，却有一株奇异的柿树。由于这株奇异的柿树，便产生了一个有异样秉性的父亲。我的幼年，只能同一株柿树联系起来，而不会是一条船，一尾风筝，一匹骆驼……

去岁深秋，回了一次故乡。柿树依旧苗健，果实正期待着收获。在回归的儿子面前，父亲意气风发起来，他要再攀到柿树上去，收取荣誉的果实。

他攀到树的中干，夹紧树干的双膝便颤抖起来。他用力并拢膝头，一块树皮脱落了（柿树老了），他随绳荡了起来。下意识地，我心中怦地响起一个声音：故乡老了，家园衰颓了！

父亲跌下的时候，被我托住了。我想替父亲攀到树上去，双手却怎么也拽不拢那摇荡的绳子——我根本不能开始那最初的攀缘。

父亲白了我一眼，在膝头上裹了两块兽皮，吃力地攀上去了。

我忽然感到，无论如何，那株柿树，只能属于父亲；待他不再能够征服它的时候，他会依偎着它悄然死去，它也会因为他的消失，变得毫无价值。而我只能远远地望着它，任它孤独地伸向岁月的深处。

于是，故乡之于父亲，才具有永恒的意义；之于已远离故乡的我辈，故乡这座家园便只是一个心象，一个回眸。

故乡是父辈的家园。

那么，我辈的家园呢？

为了栖身，在工作的小城，要了三分土地，盖了几间房子，整了一个庭院。刚住进的时候，我整夜睡不着觉：我觉得我枕的是一块异地的土壤，除了给我提供一个栖止的场所以外，它无法填充我无边的心灵落寞。这种落寞是远离故乡的一种伤怀，是远离根系，无依无靠的一种恐惧。

伤怀之下，从故乡弄来一些马齿苋和谷头蓟的种子，在庭院之中开了一爿小小的田园，将种子撒下去。很快就长出幼芽，一周便长成完整的植株。割下嫩茎，沸水浸渍，凉拌入口，不改故乡滋味。一周之后，二茬的植株又异常繁茂，若不割采，便老了，老得菜茎如柴，割下丢弃，令人叹息。于是，即便是出远门，也要叮嘱内子，莫错过采割佳期。

后，又植了一株香椿。香椿幼株，遇雨疯长，几天之内便长出一尺开外，若不打尖，只长主茎，不生旁条；而香椿的食用芽，均长在旁条之上，只长主茎，于人何益？便遇雨打尖，悉心调理，感到它的成长，责任在我。

奇怪地，在小田园里侍弄久了，竟不再有异地之感，心里充满着对马齿苋们的多情牵挂，落寞的影子亦跑得不见踪迹了。

我的马齿苋、谷头蓟啊！我的疯长不息的香椿啊！

所谓家园，不正是生长属于你的植物的地方么？寻找家园，不正是在寻找一株牵系你的植物么？

这不是荒谬的叹息：土地是人类的母体和出发点，我辈虽然不会完全拥有父辈垦植的植物，亲近土地的情结是血脉相承的。远离故乡之后，不再有父辈家园的依靠；若不做漂萍，便要开辟自己的家园：翻耕脚下的土壤，种下属于自己的植物。

这不是简单的植物啊，是家园的根系。

城市人，有钢筋水泥构筑的屋舍，却没有属于自己的土壤，望着华丽的墙壁，望着满室的豪华电器，觉得自己不过是一个看护夫，一个匆匆过客。以一个过客的心态生活着，冷漠自己亦冷漠他人，空虚自己亦空虚他人，便是自然的事。

正是疯狂发达的物质世界，渐渐把人类挤出自己的家园。

梭罗远离物质的都市，到林草丰沛的瓦尔登湖畔，给自己造了一座小屋——他亲近土地，亲近风雨，他活得很健康，用人的神经叩问自然，叩问心灵，便培植出了一株茁健的属于自己又属于人类的心性的大植物：《瓦尔登湖》。

他找到了自己的家园，亦指给人类一条找到家园的路径。

1995 年 7 月 10—12 日

独处四昧

1

在独处时，你最接近你自己。

周围除了雪白的墙壁，就是如砥的桌面……柔和的灯光，照着毫不争持的静物，你完全被静寂和幽秘包裹着。

你感到极端的放松。

凡尘给你的一切虚名和饰物，此时，已失去效力，你不再膨胀。

旁人给你的一切讥讽和鄙视，此时，已决然远去，你无须自惭。

因此，你可以静静地谛视着你自己，准确地找到你的优势和误区。于是，你自己给自己找到了罗盘，绕开一些该绕开的，采摘一些该采摘的，走向远方那一片明媚。

2

独处时，你的心灵最为平静。

时空要你安心地坐一坐，让你远离了欲望和诱惑。你的双眼或澄澈如水，或温柔如雾，双耳也清廓如谷，于是，你便听到了微弱却真实的心的声音。

而思想正是心声的凝聚，独处则使思想从微弱到强烈，从朦胧到清晰，从无形到有形。

若适时地拿出一支笔来，作忠实的记录，便是捕获了思想的结晶。

独处使心声颤动而凝聚，是思考的过程；而记录思考，正是创作的过程。

哲人和作家，是最懂独处妙谛的人。

3

独处时，你的情感最真诚。

浮躁培植了夸张，熙攘培植了矫情，而在人际中，情感则往往出现"怪圈"和断层……一切皆缘于在人群中甩也甩不掉的那一份功利。而独处时，面对的仅仅是你自己；如果你不是害神经的人，你甘于自己欺骗自己么？

于是，思念时独处，会知道思念的淡与浓；崇拜时独处，会辨别崇拜的真与假；成功时独处，会认准追求的无边；失败时独处，会懂得人生的厚度……

4

独处时，你最会做梦。

这里说的，是那种叫幻想的白日梦。

这时，如果你是丑的，可以把自己想得极其美丽，罗裙之下，也有高贵的王子执袂；如果你是懦弱的，可以把自己想得极其雄健，在傲岸的峰巅上，你双手举起燃烧的日头……独处，使你用幻想弥补生活的遗憾，缝合心灵的残缺。

于是，女人因幻想而生动；男人因幻想而深沉。

是幻想为人类拓展了生存的空间；是幻想诱发了将来的一切。

不会幻想的人，不会创造；不会幻想的人活得太累。

于是，哲人说，动物与人最根本的区别，在于人会独处。

于是，在市声喧嚣人欲芜杂中，会独处的人，是多么有福啊！

须特别提到的是，独处与孤独不是同一概念，孤独是一种无奈，独处却是一种积极的生活。

不迷本性

　　身为文人，又不甘心做文人；处于清贫，而又不安于清贫，这是时下文人的众生相。在"不甘"与"不安"中，一部分文人在"转轨"中有了辉煌的别业和滚滚的资财；而大多数文人依然如故，只是内心更加不平静了，心性更加迷乱了。

　　该读一读苏轼的《老人行》：

　　断鸿空逐水长流。或安贫，或安富，或爵通侯封万户。一任秋霜换鬓毛，本来面目长如故。

　　诗意是说，有人居于贫穷，有人居于富贵，有人居于万户侯的高位，而自己呢？只一介区区文士，虽年龄已高，已鬓如秋霜，终不会改天真率性的"本来面目"。

　　这是苏轼对自己的感慨，透着一种经风历雨后对人生的认知。这种认知，有几分无奈，有几分恬适，但绝无抱怨。

他认自己是文人这个命。

这个命认得好，认出了"大江东去"的文人风采，给后辈文人留下了心胸深处的一丝温暖。

"本来面目"，是指人本有的心性，系佛家语汇。《六祖法宝坛经·行由品》云：

> 惠能从弘忍处接受衣钵后，遵弘忍指示，发足南行，两月中间，至大庾岭。……数百人来，欲夺衣钵。一僧俗姓陈，名惠明，先是四品将军，性行粗糙，极意参寻，为众人先，趁及惠能。惠能掷下衣钵于石上。曰："此衣表信，可力争耶！"能隐草莽中。惠明至，提掇不动，乃唤云："行者，行者，我为法来，不为衣来。"惠能遂出，盘坐石上。惠明作礼云："望行者为我说法。"惠能云："汝既为法来，可屏息诸缘，勿生一念，吾为汝说明。"良久，惠能云："不思善，不思恶。正与么时（犹言此时），那个（即不思善、不思恶）是明上座（对惠明尊称）本来面目。"惠明言下大悟。

惠明是在惠能"开示"下有了顿悟，了解了自己"不思善，不思恶"的本性；而时下文人又有谁可予以"开示"呢？

靠文人自己。途径有二：

探望时间深处，即从黄卷下的书籍之中求得启示和抚慰，如吟读苏轼《老人行》。此其一。其二，就是自己的生活实践，在生活中碰碰壁，看一看别的角色是否可以扮得下去。

文人识得本性不是一件容易的事，因为生活在事实上并不平等的社会中，心性易被迷乱，因此有人迷恋高官爵禄，有人迷恋金钱美女，乃是自然的事。只有在时势中碰得失魂落魄，才在"猛回头"中识得自己本性。苏轼在几遭贬官，经历了一番人生沧桑之后，才有《老人行》，才安于文，安于贫，才会有"一任秋霜换鬓毛，本来面目长如故"的激越情怀。

时下文人的不平静，便是迷了文人的本性；因而心理上难以平衡，蒙上种种阴影。可以到世事中碰一碰，走不通路以后，再复归"本性"；但像苏轼那样的人生大代价，今人又有几人能担得?！还是研读一下《老人行》，取决捷的镜鉴，少一点生命浪费，多读几本书，多著几篇文为好。

这并不是悲观。人的一生只能做好一件事，那么就把这件事做好。诗人周涛就很干脆，我是个文人，这辈子就把文学这件事搞好。既然心性是文人的心性，就不该自哀自怜，就不该上下志忑，左右踌躇，心甘情愿地埋首其中，乐于自己的活法。

况且，文人的生活，并不是一种过不得的生活，许多甘美的滋味和情趣亦非文学之外的人所能享，比如围炉而读。一般人围炉而坐，也许只为了一刻的悠闲和温暖；而文人的围炉而读，却是一种生命的体验：围炉而坐；展开书卷，顿感城市那种特有的嘈杂、喧哗，以及被各种欲望驱动而去竞争的紧张、烦恼、亢奋像冰炭一样化去，生活显得非常祥和与温馨，心灵开始澄澈平静，精神之舟在火的温暖中无边无际地飘荡。

这是生活给文人的一种独赐。

所以，回归自己的"本来面目"，是文人的自救之法。

1995 年 8 月 2 日

自己的风景

文人与妇人

文人，是孤独的妇人。

渴求情感，却无情感之树；追寻忠贞，却错上了背叛之船。也曾哭泣，却四壁无声；也曾怨艾，却面色苍白。以幻想作津桥，回首却踌躇；以等待作风景，却杳无造访之人。肉身久旷，以窗花镜影作情人；内心清冷，以檐滴涧流作烧酒。

便不再渴求与追寻，不再哭泣与怨艾，不再幻想与等待。把自己作为刀剪与针线，剪裁世情入梦，编织人心入诗。妇人的日课是纳鞋底，纳了一双又一双，且一双比一双针脚细密，一双比一双式样精美。——不纳鞋底，又做何？于是纳鞋底，纳来不精又做何？便纳得精。文人的日课是纸上的缝补，灯光是线，纸是布头，笔则为针。写了一篇又一篇，且一篇比一篇心血凝稠，一篇比一篇质地精良。——不事写作，又做何？于是写，写来不精又做何？便写得精。于是，时光深处，自身便成了情感，自身便成了风景。孤独着，也幸福着；面对造访者，已无话可说。

文人与妇人一样，把时光坐出了根须，生命力便异常强韧起来。

人与大蒜

大蒜是个凡俗的东西。

一头大蒜放在角落里，干涩的外皮，兀自皱着。

引车卖浆者流，喜其开胃的药性，餐饮时，大肆咀嚼；故，弥漫着大蒜臭气的地方，一般不会是太高雅的地方。

小姐与贵族，对大蒜厌恶而远避；但以大蒜作调味品的菜食，他们却吃得很欢畅。为避免尴尬，你不要告诉他们那道大菜中有蒜末。其实他们自己也知道。何谓贱？便是这般境地：既用之，又厌之。

一日，把大蒜剥去外皮，一瓣儿一瓣地环穿起来，放到一个有水的浅碟里。数日后，莹白的蒜瓣瓣竟发出翠绿的嫩芽，鲜美夺目若水仙。这绝对是一种高雅的风致，让人怎么也不能与大蒜联系起来。

果然有三二美人趋而观之，啧啧赞叹，美靥竞绽。由是观之，大蒜是一种无言的存在，并无凡俗与高雅之境，亦无分辩之机心。是人，以不同的视角和不同的品味方式，标定了它的品格。人若俗了，大蒜亦俗；人若雅了，大蒜便也雅了。

1995 年 8 月 4 日

一句风流

时光如漏：初始，浩瀚如海；最终，只剩下茕然一粒。

这一粒，或许不是真理，但却有着真理般的价值；因为，它是存在的证明，是历史的选择。

比如我们的著作家，生前可能铸就了辉煌的文字气象；但时间深处，他的作为，却显得很模糊、很暗淡、很可疑。他身份的证明，只是一两个句子。

比如孔子。他无可争辩地是民族文化的标志性人物，他的思想，已是一种遗传细胞，只要是中国人，便打着他的精神烙印。

你走入民间，问你所遇到的任何一个人："知道孔子么？"必答："知道，一个大圣人。"

"他说过什么话？"

"他说过'克己复礼，准备复辟'。"

"这不是他说的，你再想想，他还说过是么话？"

"啊，想起来了，他说过'惟女子与小人难养也'。"

"还知道什么？"

"不知道了。"

孔圣人的全部价值，在民间，在多数人那里，竟简化成了"惟女子与小人难养也"一句话。他盛名，却言寡，圣明得近乎滑稽。

比如现在的精神圣子鲁迅。他虽然既是中国文学不可逾越的一个高峰，又是现在中国的"民族魂"；但在大众那里，他似乎只说了一句话：

横眉冷对千夫指，俯首甘为孺子牛。

这就是鲁迅。他伟大得如此单一，令人扼腕。

有些与孔子、鲁迅根本无法相提并论的角色，却也有着不小的声名，盖因为他们也写出了一两个在民间得以传颂的句子。

比如顾城。他居然是个杀人犯，却因写了"黑夜给了我黑色的眼睛，我却用它寻找光明"的句子，不仅使善良的人们宽恕了他的罪行，而且还承认他在文学史上不朽的价值。

比如北岛。一句"卑鄙是卑鄙者的通行证，高贵是高贵者的墓志铭"，使他披上了杰出的光环。

真是，卓然一句，尽得风流。

但是，风流之处，正悖逆着真相——

圣明者滑稽；

伟大者寡薄；

卑鄙者不朽；

平庸者杰出；

......

文学的欺骗性也恰恰在此。

这也是历史的无情之处：它只承认卓异，而不迁就真相；只记录流传而来的，而不怜惜被风尘遮盖的。

这不禁让我想到：文字的浩瀚其实是无用的，一些真知灼见，一些历史情感，恰恰是被浩瀚淹没了。因为浩瀚是重负，不易于传播与流布。

翻开一些旧书与古籍，发现许多真理都被发现过，正冷冷地附着在那发黄的册页之中；新的创作，只不过是再一次发现而已。文学的存在，本质上，也是新书说旧话。

所以，真理的传播，是不断发现、不断遗忘的过程。书籍即便有记述真理之功，如果不能化为人的意识，也是无用的。因为它只是外化的真理，尚未内化成人们的记忆，便不能作用于人的精神。所以，剩下的最后的一粒，也许不是最好的，只因为它成为人们唯一的记忆，便是最好的。

于是，一个思想者，一个作家，追求浩瀚，追求深刻，未必是最佳选择。生动、简洁便于记忆，可以使真理脱颖而出，作用到人的意识中去。

大众对思想和真理的接受，不是靠"看"，而是靠"听"，靠的是耳熟能详。

孔子的"惟女子与小人难养也"是口头传播到民众的意识中去的；鲁迅的那句名言，也是在一个政治家圈点之后，靠高音喇叭的强大声波灌输到百姓的耳朵中去的。顾城和北岛的那两句不俗的话，大多数人也不是从他们的诗集里读出来的，而是周围的人都说好，便记住了。我便是这种情况。并且因为这两句好，反过来找他们的诗集，发现里面有好多比这还好的句子；但因为先入为主的缘故，总觉得这些好句子不如那两句"经典"，便无心记忆了。

1995 年 8 月 13 日

猪与佛性

去山西的路上，周晓枫问我："你知道猪的'三大理想'么？"我自然不知道，便向她请教。她笑而不答，在她随身带的小本子上飞快地写了几笔，递给我。上写：

圈栏全拆掉，天上掉饲料，屠夫死翘翘……

我莞尔一笑，"这是人性，而不是猪性。"

她也莞尔一笑，说："你一点也不懂幽默。"

我并不反驳，因为我知道，不懂幽默就是幽默；在别人超常思维的时候，你固执地坚持你的惯性思维，便产生了差异，幽默便不请自来了。

"三大理想"全是人的视角，是人的自由观、幸福观和生活观；它一切均以自我为中心，不含"责任感"、"使命感"的词根，体现着人的贪婪、任性、专制及人的好逸恶劳、一厢情愿。

于是我说："对于猪来说，所谓自由，真不如一泡新鲜的人粪。"

晓枫听之，笑得细眼更细，像新生儿，难以面对突如其来的人世间的那第一缕阳光。嘴上却说："你这个人很鄙俗。"

在我的家乡十渡，我曾对祝勇、彭程和晓枫讲过猪的事情——

在京西，猪栏与人厕是建在一起的。当人入厕之时，猪会闻讯赶来，仰视着厕上那或尖或圆、或黑或白的两瓣臀尖，一旦有物质产下来，猪便接而食之，是不做片刻思量的。猪幸福地享用着，像人的盛宴。这与猪性无关：是由饲养者的物质基础决定的。苦涩的树叶，干涩的谷糠，总比不得人粪来得鲜润和腴厚。

这合理的存在，却使晓枫做了一个颇不合情理的决定："我以后再也不吃猪肉了。"

当时我想，猪一生随遇而安，庸福自享，无命运感，有一种与生俱来的佛性，乃佛性天成；而人的佛性，是源于禁忌，比如得知猪食人粪之后而不吃猪肉。

晓枫是个独特的作家，她的一本《鸟群》，让我耽读不已，曾对友人说："怀抱'周晓枫'，夜不能寐。"

她的独特，就在于由绵密的比喻所凸显的修辞性。正如她自己在《锦鲤》一文中所说："我一意孤行，已是积习难改。热爱修辞，嗜好优美的形容词和新奇的比喻……通过比喻，我洞窥造物主省力的设计原则，与万事万物之间奇妙而秘密的勾连。而今，我发现自己对应着一个喻体，那便是锦鲤。装点着一身斑驳的词语鳞片，使我区别于其他朴素的鱼……"于是，她出奇地计较文字的最小的计量单位：词。以至于在日常的对话中也是"词"话连珠，美不胜收。比如她介绍自己："我是看上去很不正经，其实是假不正经；有人表现得很正经，其实是真不正经。"这就为她过于别致的表达方式，提供了堂而皇之的理由。听者便只能倾听，而不好反驳。所以，跟她谈话，往往是她已"汪洋恣肆"了，你还在"目瞪口呆"——在她面前，聪明人也变得很弱智了。

在太原，我和祝勇、周晓枫除了游览了晋祠、平遥古城等名胜以外，还去了一个不知名的小文物点——太山寺。这就给了我一次意外的发现——太山寺位于晋源镇西的风峪沟北向的山腰间，始建于唐景云元年（710年），原为道教庙宇，后改为佛寺。这出景观尚在开发之中，游人甚希。我等到后，见寺门紧锁，仅几个民工在开凿道路。周晓枫是一个很会跟生人打交道的人，她居然说动了一个老者给我们开启了一处庙门的锁。庙门一开，使我们震惊不已：那里保存着未被"修缮"的唐代悬雕，是从未见到过的文物真迹，我们有福了！老人可能正患着重病，因为他在我们身边呻吟不止。我被深深打动了，轻轻对晓枫说："是不是给他一点钱？""不可以，那是对老人的不尊重。"她制止了我。我以为这事就这样了了，沉迷于对古物的欣赏。不经意间，见晓枫在主佛前轻轻跪下，虔诚地拜了几拜，然后往古旧的"功德箱"里放了两张钞票。老者轻声问："您是居士？"晓枫一笑，不置可否。老者被感动了，给我们打开了所有庙门的锁。我也被深深打动了，但什么也没说。

我觉得，她的做法是与佛的境地相和谐的，无声最好。但我毕竟发现了她的另一面：作为一个生活在大都市的现代女性，竟有这么丰沛的佛性——如果佛是善的话，那么她的祭善，实为善际，即：善对所遇到的一切。

这一发现，使我顿然理解了她的写作——她虽然很重修辞，但不能就据此而说她是形式主义的作家。她是参透了现代人的"时尚化"本质，即：易于感受外化的东西，对于无法外化的事物很难予以接受。而事物的本质性因素往往是很难被外化的，这成了人们认识事物本质的障碍。周晓枫用文字，挑战了这种障碍——她用绵密的比喻将事物无法言说的部分层层"外化"，变成能被常人把握的形象。所以，她的文字具有一般作家所没有的"放大"功能，即：隐而显，微而著；从无形，到有形。这类似菩提树下的佛禅之道。

她太体贴她的读者了，她进行的是一种佛性的写作——由己心到人心，由己悟到他悟，由惠己到惠人。她是一个精神的"引渡者"。

所以，猪的佛性虽然天成，却过于"无心"，无心便无为，无为便无用。虽然不贪婪、任性、专制，但猪还是猪。

2001 年 8 月 12 日

上帝即人

我们是无神论者，宗教信条中的那个上帝对我们没有意义。尼采说上帝死了，人的意志寄寓于"超人"。而这个"超人"亦是极抽象的，是不可触摸的；不可触摸的东西便是虚妄的东西，不可太认真。

退回来想到人，想到人在这个世间的位置。

人在宇宙间处于最优越的位置——所吃稻谷与菜蔬，均系植物界的精华，是植物饱纳阳光之后，生命在时光中最甘美的结晶。所啖之肉，亦是动物界的精粹：动物在自然法则的淘汰中，在生物链的终极，还是走上了人类的餐桌。至于人类的居停，均选择于风光水气调和丰赡之地，系"诗意的栖止"。那么，人类占尽了宇宙"阴阳五行"之极，也享尽了生命世界的价值供奉。世间万物差不多生来便是人类的"牺牲"。

由此，人类自身岂不就是上帝？

这是个肯定的答案。被宇宙万物供奉的人类，没有理由不是上帝。

人即上帝，上帝即人。那么，人类自身就要自尊、自爱、自珍、自醒。这是作为人必须具备的要素。

具体地说，作为"上帝"的人，须具有两方面的操守——

其一，要有超凡的理性。

上帝的尊严在于掌握真理，在于能够把持自己的命运。由此，人至少应该具有追求真理的天性，就是说，即使不能穷尽真理，也要追求真理：离荒诞虚妄远一些，距客观规律近一些；求索于高拔的理想，超然于低俗的功利。既然上帝是主宰世界的，那么人类自身就不能盲从：不能盲从于个人及小团体的世俗利益，不能盲从于市井与时尚的价值取向。

从本质上说，上帝手中的"圣经"是崇尚精神的，字里行间鄙薄着物欲与肉欲；那么作为上帝而存在的人，便不应该沉溺于物欲与肉欲。躺在金银堆之上的人，只能想到消费；吃得太肥腻的人，只能仰倒睡觉；握着女人乳峰的人，首先想到的不可能不是性交……如此，还有几分上帝的面目呢？

于是——盲从的人，不过是不露奴隶相的奴隶；追逐时尚的人，不过是打着斑驳脂粉的小女人；着眼于世俗功利的人，正如一只饿狗耽视于一根尚有几点肉星的猪骨头……

作为上帝的第二个操守，便是要有博大的爱心。

在我们有限的经验中，哪个具有上帝身份的存在，不是拥有仁慈、人爱的面目？耶稣为拯救人类，被钉于十字架上，是一种仁爱；玄奘西行，不忍伤一蝼一蚁，亦是一种仁爱。仁爱的具象，系要有博大的胸怀，要有悲天悯人的殷殷情结。

胸怀的博大，在于不自私，不乖戾，不冷漠；在于包容，宽容，真诚与热情。

自私者，人们避而远之，担心有限的一点拥有被其巧立的名目不由分说地剥掠而去。

褊狭者，人们惧之三分，怕于无意中无因由地获罪。

冷漠者，人们亦敬而远之，你为冰我为炭，不但不能融化你，反而我会熄灭。

于是，无大爱者便失了众。无众所拥的人，无论如何不会拥有上帝的荣光，只能是孤家寡人。

所谓悲天悯人的情结，系对宇宙万物的关怀与垂爱，系对弱小生命的同情与抚爱。人类既然消受宇宙的精华，便应视宇宙万物为我之生命所系，或干脆为我生命的成分。若要自爱，便要爱万物。爱万物，便要万物自由生息，并尽人类之所能给万物的生存给予养分与空间、温暖与雨露……于是，人类就不能没有环境意识、生态意识和宇宙意识。人类要尊重万物自然生长的消长规律，不能凭主观施以破坏性的束抑；人类之间的民主与关爱更是不在话下……

一言以蔽之，既为上帝，便要给万物以福音。

当人类做成暴虐、专制的上帝之时，万物（包括人）或许不能做暴烈的斗争，却可作潜忍的抗争——

绿茵凋敝，还你以风沙；

良种退化，还你以秕谷；

水流枯竭，还你以瘦寒；

……

即便是一只弱小的狮头小狗，若被温柔地抚爱，亦会钻进妇人的被豢，温顺地与之耳鬓厮磨；若被愚汉痛打，亦会决绝地逃向山林，即便饿死，亦不会乞尾求和……

上帝的名目，是建立在平等和仁爱之上的。

2001 年 12 月 26 日

梦 之 梦

1

我不是职业书写者，所以每周都有个卑微的期许，便是双休日的到来。

其中的理由也是卑微的，便是在这个私人化的时间段里，可以卧读，可以睡懒觉。

睡眠在这时，已不是生理的需要，而是为了完成一个完满的梦境。平日扮演的角色，使自己深陷于他人编织的网络，被动的奔走与居停，令神经衰弱，常于凌晨三四点钟勉强入眠。昏睡之中，或无梦，或梦境凌乱。醒时，肉身乏力，心神黯淡，苦不堪言。

然而还要到社会上奔走，像被身外的一条绳索牵引着，颇有被役使、被物化之感。

而慵懒地睡在床上，完整而清晰地延长着一个梦境，才感到魂归故里，自己依然是自己。不禁想到闻一多的一首名《睡者》的小诗。诗句感性而又质朴，写出了大美无痕的自然律，人性极了。诗的最后，他对"睡者"之境有毫不掩饰的认同，写道——

那人心底禁闷大开，
上帝在里头登基了！

梦这种对现实的疏离和超越，使我们梦想着梦。

当我从长梦中醒来的时候，居室里已洒满了阳光。在眼皮睁开的初始的迷蒙中，甚至看到了阳光是在颤动中游走的。阳光透过厚厚的被衾，照在臀上，热热的、痒痒的，身子不禁膨胀起来，像一只充满汁液的虫子，直想蠕动。尺蠖一样蠕动了一番之后，把自己松软地摊开了，有一种透彻的舒泰。

窄仄的居室，因阳光的充盈与流动，也豁然开阔了。

人和环境在同时扩张。

2

这是多么难得的自由伸展啊！

此时的我，远离了与他人的争竞，也远离了被时尚裹挟的利益追逐，无需再作茧自缚，无需仓皇争抢，真正进入了"人"的生存状态，便懒得起床，作率性的卧读。

信手抄得一册，是西班牙超现实主义电影大师布努艾尔的自传《我的最后一口气》。

书中竟有一段与"当境"谐美的话，静静地候在那里，一经读到，便让我大为动容，且唏嘘不止。他说——

如果有人告诉我，我只有20年可活，并问我怎样打法这20年时光，我会这样回答：我每天只拿两个钟头进行活动，其余22个钟头都用来做梦，而且，最好都能记住这些梦的内容。

情动之下，我一口气读完了整部传记（17万字）！体会到，他的这段话，几乎就是对他一生生活样相的形象概括——他的每一部电影，都是对梦境的一次记述。比如他的经典作品《一条安达鲁狗》，就是他与达利梦境的融合。从艺术史上看，对做梦的热爱和对梦的内容的极端兴致，是所有超现实主义者的最重要的共同点——他们活在梦中。所以，与其说布努艾尔的话是一段率性的戏语，莫如说就是超现实主义者最庄重的行动宣言。

坦率地说，布努艾尔是自觉地生活在梦的"余影"中的人，是被梦成就的。如果没有梦，就没有他的那些独标影坛的作品；没有梦的"超现实"品性，依他本人中常的智性，甭说大师的地位，他能否从浩渺人海中秀出，亦未可知。

玉米靠阳光的牵引，获取了拔节向上的之力。

文学艺术因梦的托举，才成了超现实的存在。没有对现实的超越，艺术品的有精神属性便颇可疑，像一般商品一样，消费之物而已。

3

事实上，中国人是很早就懂得梦在艺术创作中的作用的。

"梦笔生花"便是个坚实的例证。这个成语的知名度是很大的，只要是初通文墨的人，便都能准确地理解其中的含义。

"人生如梦"，最原初的词性，也不是贬义的。从老庄那里得来的信息，梦是一种理想情怀，是对肉身的超度，即人性之上的神性。

关于梦的字句，在中国古老文化与哲学的典籍中，俯拾皆是，梦，几乎就是中华民族传统文化的母题与核心；中华民族就是在梦中发愤图强，生生不息的。曹雪芹的《红楼梦》便是最具经典意义的文本符号，它把中国作为"梦之乡"的生命基因和遗传信息从古老的历史中凝聚，又延宕到未来的时空深处。于是，在雨果、伏尔泰的意识里，以中国为代表的古老的东方文化，甚至就是西方哲学与艺术的根祖。

鲁迅那代文人是懂得梦的，在20世纪的1933年的元旦，在胡愈之主编的著名的《东方杂志》上，鲁迅、胡适、章乃器、王芸生等几乎当时所有的重量级文化名人都留下了关于梦的畅想。这种有关德先生和赛先生的畅想，使他们不能再忍受体制的捆绑，在"黑屋"的墙上凿开了一扇扇窗口——把五四新文化运动的精神和传统张扬到了极致。

在这里，梦与变革有关。

说到鲁迅，自然想到他说的一句话。他说，中华民族若欲图强，其第一要务乃是"立人"；而立人之道，"乃必尊个性而张精神"。进入 21 世纪，人们在利益最大化的鼓噪下，血脉偾张地追逐时尚和物质的占有，精神之光黯淡了，人生活在共同消费的欲望里，于是，我们面临着更大的"立人"的危机。

所以，我们到了非得谈梦不可的时候，因为梦是对"物化"的消解，是对"精神"的崇尚。

4

阳光温抚下的慵懒，使我陷入冥想。

尺蠖为什么不停地向前蠕动呢？前面一定有一个终极的存在，给它以足够的诱引。

也许就是摆脱物化、追求更高方式的生存之梦吧。

这让我想到钱锺书《石语》中的一个词，即：诱励。

诱励，是由外到内再到外的驱动力。它属于梦。

《天方夜谭》中的水手辛巴达，在沧浪中漂泊，每遇劫难，总有一种曼妙的幻境在眼前闪现，给他一种"诱励"，像虚妄的双足踏在坚实的大地上，只需忍韧地走下去而已。

杰克·伦敦《热爱生命》中的那个淘金者，在绝境的昏蒙中，也正是一个对人间回望的梦境，诱励他把钝化的牙齿尖利地咬向饿狼的肚腹。

……

梦尽管是一线缥缈的希望，是一丝将断的鼻息，但它却给了人峰回路转、起死回生的期盼和信念。无形无力的梦可以演化成诸多有力的实体，譬如金丹、渡船、天梯、翅膀、响箭，甚至小小的拐杖。

郑智化是个尺蠖般的残人，但就是他那双小小的木质拐杖，却支撑起了无数人金刚不坏的生活信念和生命尊严——

风雨中这点痛算什么，

擦干泪，不要怕，至少我们还有梦！

梦使人羞于言痛，更耻于弃绝。人毕竟不是尺蠖，生而为人，不能不弘毅。

5

或许因为自己究竟还是个书写者的缘故，我再次想到了文学。想到当下的中国文学时，我感到很难为情。

近来，一些忠实的文学读者纷纷对我说：当今文坛，无书可读。

缘何如此？正如蔡毅先生所说：现阶段的中国文学，过于世俗，缺乏超越感、悠远感和艺术性，眼界狭小，拘囿于对具体人事的热切关注，而忽略对普遍性问题的观察和思考，太多现蒸现卖、急功近利的作品，缺少目光远大、意蕴深邃的精构，更缺乏具有精神超越性和灵魂升华感的杰作。

原因可列种种，但最根本的症结，是书写者对现实的匍匐，由此而来的，是追逐时尚而被时尚所奴役，索求功利而被功利所阉割。本来耕耘的是一块梦园，种植的是一种叫精神的植物，最终是交给灵魂去收割，偏偏要开办流行商品分店，叫卖市井风情和物化趣味，供感官消费，给肉欲买单。于是，文学从本质上已经沦落了；如果时尚是一条宠物狗，那么，文学就是人造的狗食。

文学之所以存在于人的生活，因为文学是人性之梦——人类寄希望于文学的非功利性乃至神性的"诱劝"而摆脱其动物属性，它也是人类对抗物化乃至异化的"最后的救赎"。那么，文学的根本存在，应该是对现实的疏离和超越。

然而，我们的书写者已被现实收买，他们放弃了做梦的权利；因而他们的想象力水平甚至尚不如一个寒而望暖的街头乞丐，也只能制造些琐屑的"平面化"的文字。

一个伟大的书写者，应该是一个伟大的梦想家——马尔克斯的《百年孤独》，如果没有那块在天空中载人飞行的乖戾的"魔毯"，就没有时光的流转和灵魂的再生，就不会在世界文坛产生那么强烈的震撼，无非是《创业史》的非洲版而已。《尤利西斯》的浩瀚长卷，如果没有大梦一般的意识涌动，人的精神就不会打破时空界限，作无限的扩张。《尤利西斯》所立足的一个人的一天的生活历程，依当下的中国书写者的逻辑而作"平面化"的现实叙述，不过是一个畸恋者，面对着一张性感的白屁股，手淫一次而已。

6

我无能力给梦厘定一个与现实对应的概念。

但是，我可以毫不心虚地说，梦是灵魂在生命中的现世存在；因为梦，我们的肉体一次又一次地触摸到了灵魂。

……

于是，人们拼命地追求实际、实惠、实利、实用，交换法则取代了情感尺度；以至于品德和良心、理想和信仰、爱和美，这些人间最珍爱的东西，因为不实际、不实用，越来越被人轻薄和嘲弄。

然而，生命有它自身的律令，这些不实际、不实用的东西，正是人性生成和涵养的土壤，它能让人感到与其他生物的区别，体会到自身的美好。人性的深处总有一些永恒的价值，在人性迷失时发出声音，譬如："能用钱办成的事都不是大事"，"能用钱买来的感情也能被钱买走。"

清风明月的亘古之美，怎么能被金钱所独家占有？爱的无怨无悔又怎能评定价格？

正因为"无用"，才悲壮才崇高，才让人感到精神的高贵，因而产生对灵魂的敬畏。

而买来的爱情，让人轻贱；欲望拖累之后，肉体成为可憎之物。

于是，人要活得有些尊严，不能没有"形而上"之梦——物欲蠢动的时候，我们独守精神；工于算计的时候，我们哺育爱心……

一个年幼的乞丐，在喝斥和羞辱中好不容易讨到了一块面包，然而他却转手就送给了身边的伙伴。这不是小说，而是一我亲眼所见的个街头实景。现在想来，我依然泪流满面。

7

其实，所谓梦，不过是摆脱物质覆盖的心灵操守，超越流俗的价值取向，以及对现实规则的自觉完善。因而梦具有超世、背时，甚至忤逆的味道。梦者往往被看作不识时务、不合时宜的人。

然而，真理往往属于那些"大梦不醒"的人。

这已不需作具体的例证，因为例证太多，每个人都能随手捡拾到他感兴趣的个例。

我想到的是，正是那些不识时务、不合时宜的梦想，使他们放弃了现世的得失，不被现实奴役，并克制了一己的物欲，寄情于普世与众生，成了具有"公共灵魂"的人。

于是，正是这些伟大的梦想家，使"利他性"成为人类的可能，因而提升了人性的标尺，拓展了心灵的纬度，让人成为人。

今人之所以幸福，是因为生活在前人的梦中。

当我惭愧于梦在现世的缺失的时候，我突然想到了一个人，即苇岸。

苇岸在几年前离世时还不到四十岁，相对于人生的漫漫长途，他还是个少年。个体生命正处在人生享乐的年华，社会潮流也是被享乐主义至上。然而，他固执地与时俗对抗，在商业原则主宰的大合唱中，他以足够的理性和耐心，兀自吹奏农业文明的田园牧歌——建构、践行一种本质在于远离欲望、忠于内心、节制自守、利他奉献的"土地道德"。

他伫立于朝露浸润的麦地之中，感受大自然的自然律动和地平线之美，从"大地的事情"中寻找人间正义、生活道义和人性含义，试图把人从物还原成人。他说：

看着生动的大地，我觉得它本身也是一个真理。它叫任何劳动都不落空，它让所有的劳动者都能看到成果，它用纯正的农民暗示我们：土地最宜养育勤劳、厚道、质朴、所求有度的人。

透过字面，他的"土地道德"不仅是一种"诗意栖止"的生活方式，更是一种本质上的民主原则——在利益追逐的道路上，投机、欺诈、排挤、盘剥、独霸比比皆是，"自己活就不让别人活"的现实操作，恶化了人与人之间的关系。

苇岸作为大地的一名守夜者和梦游人，多么像现代的堂吉诃德！他的声音在物欲的喧嚣中是那么微弱，他的努力很可能徒劳。但是，大地是人性的主要贮存器之一，在时间深处，大地会无声地消融掉一切污浊和劣迹，长出最合它心意的美丽的植物。

8

公元前6世纪的希腊诗人品达在他的《圣洁之死》中，把人叫作"影之梦"，或"烟影之梦"。

这个意象，形象地揭示了人与梦的关系。

人的眼界和触角是极为有限的，借助梦，人可以拨开迷障看到和到达不能到达的境界。

人的趋利本性使人的生活太过于实际，借助梦，人可以学会艺术地生存而在诗意中迷醉。

自身的局限使人残缺，而梦却让人实现圆满——人须臾不能离开梦。

电话铃声打断了我的冥想。一个开书店的残疾人打来电话，说，他整天守着书，知识和智慧始终像小葱一样在他面前鲜嫩着，如果不从中"莛"点儿什么，实在可惜，便试着写了两篇，不知您有没有时间、不知您肯不肯给看一看、指点指点？

这是与梦相和谐的情致，像阳光温抚我的肉体一样，一下子温抚了我的心灵，我毫不犹豫地答道：有时间，有时间，我怎么会没时间？

我开始穿衣服，心里莫名其妙地生出一种富有的感觉。

平日里在市面上游走，看着人家的香车美庐，感到自己很穷；看着人家的前呼后拥，感到自己很落魄。现在想来，自己忧虑的原来都是身外之物，生命的必需品，其实自己一项也不缺。正如梭罗所说，金钱所买乃多余之物，灵魂之道无需钱。

换个说法，眼光太"实"，则忧于物、忧于利；心灵守"虚"，乃乐于情、安于智。"园小栽花俭，窗虚月到勤"，这样的境地多清洁，多美。

美好的情感都是乘"虚"而入的，梦让心舒展，感到充实。因此，人成为唯一能在非功利中存活的动物！

身贱之人，更不能缺少梦，因为"禁闭"一开，"上帝在里头登基了！"你会成为自己的"心中之王"，即：人人皆可为尧舜。

出得门去，新鲜的阳光一下子簇拥了我，迈出步去，感到从来没有过的自信和从容。

突然就想到了《沙恭达罗》里的一个句子——

因为臀部肥重，她走得很慢，袅娜出万端风情。

沙恭达罗有大美，她无需急迫登场；我们因为有梦，能感到心灵的圆满与充盈，生命也因此而风流有自。

2003 年 12 月 16 日

风吹在风上

1

"在最远处，我最虔诚"，因为它与杰出者的终极理想有关，因此被天才诗人海子所极力推崇。

我虽然不是杰出者，但这句话，却也令我百般回味，咏叹不止。因为没有哪一个词，能比它更准确、更私人化地表述我阅读的起点和精神生活开启的过程。

我出生在贫寒之家，但贫寒却并没有让我感到忧伤；让我感到忧伤的倒是因大山的遮蔽，远眺的目光总是瞬间之下被反弹回来，给我一种自生自灭的恐惧和幻灭感。祖父麻木地赶着一群羊，混浊的目光中是一种卑微的沧桑。他习惯性地亲热着他的每一只羊，在羊被赶进屠宰场时，又习惯性地流下悲伤的泪水。他被这种亲热与悲伤推着往生命的暮色中走去，周而复始，微不足道，仅是习惯而已。

于是，我躺在滚烫的土炕上，常常臆想着山外的事情，莫名其妙地烦躁起来。

在上小学的时候，不知哪一天，我意外地读到了一个叫闻一多的陌生人的一篇题目叫《睡者》的分行文字，读着读着，便泪流满面了。里边有一个简单的句子——

灯儿灭了，人儿在床。

就因为它的简单，所以我哭了。因为少年的心在热炕上变得异常敏感，总是能在风声中听到远方的呼唤，而现实却把自己牢牢地钉在这温暖而僵硬的方寸之地。灯儿灭了，人儿在床，那是壮年的父母所喜欢的光景，在微光中，他们总是叠加在一起，颠簸的破棉被下，他们发出知足的歌吟。这不是我想听到的声音，因而我厌烦着、蔑视着、仇恨着，想在屋顶上捅个窟窿。

那屋梁上，正蹲伏着一只夜鼠。尽管光线幽暗，但是我们的目光还是碰撞在了一起。我难为情地笑了笑，只因为我识破了它的企图。房梁的另一头，有一挂玉米种子，穗大而沉实。它顽强地等待着一个间隙。我知道，它有着强烈的欲望和足够的机智，目的一定会实现。于是我合上了眼，我不屑于干涉一个鼠辈的生活，并且那是一种可怜得很简陋的生活啊！

我想到远方。

那个时代所给予我的关于远方的概念，是由这么几个关键词构成的：北京—韶山—井冈山—延安—苏修—美帝。

第二天放学之后，我用从学校偷回来的粉笔，在村里的几处房屋的墙壁上画上了三角形的站标，形成了一条环村的行程路线。起点当然是我们家，终点便自然不会例外。其余几处房屋分别是：大队部、饲养棚、关帝庙、村口茅厕和下放右派南国仁的居所（一座四面漏风的土屋）。站标上标的站名石板房、北京、韶山、井冈山、延安、苏修、美帝。石板房是我们村的村名，首先就标在我家的墙壁上，那么这条环线的顺序便是：石板房—北京—韶山—井冈山—延安—苏修—美帝—石板房。

我想，在这条线上走的，当然应该是火车，那样，才真正具有远行的味道。便集合了十二位同学勾肩搭背地组成一辆。我是车头，嘴里弄出一声汽笛，伙伴们便哐当哐当上路了。

"火车"一起动，一种幻化了的辽远感觉，就幸福得我们心尖儿奇痒，每人眼里都噙着庄肃的目光，山村的贫寒与窄仄顷刻间就离我们远了。我们在环线上不停地走着，似乎真的有了一股来自列车的惯性，直到把星辰走得繁密了。当时是隆冬季节，火车一边走着，小伙伴们一边用鼻子往棉袄的袖子上蹭鼻涕。但是手臂是绝不能松弛的，因为那是车厢间的搭钩。

虽然受到了大人的呵责，但我们的梦中，终于有了辽远的笑声。

"假的就是假的，伪装应该剥去。"时间一久，伙伴们的热情就消失了，一边喊着这样的句子，一边陆续缩回屋里，"猫冬"去了。猫冬是祖传的生活样式，一进入寒冬，人们就猫一样缩蜷在热热的土炕上，隐忍地栖止着，外面的尖风与狼嗥与自己无关。由此而遗传下来的务实的品性，使山里的孩子不会有经久的浪漫。

而我的心却因不能收束而愈加忧伤，像一只孑孓，落寞地游弋在清冷的街头。我鄙视着自己，因为自己太像一只孑孓了。

游移到下放右派南国仁的居所前，不知为什么，我兀地停了下来。抬头望时，发现南先生就在我的眼前，朝我眯眯笑着。他脸白无须，颊肉丰腴，无男人样相，倒像个胖大的妇人。

"你笑什么笑?"我发出一声愠语。

"你敢不敢上我的屋里来?"他还是眯眯笑着，但笑里却含有逗弄的成分。

我说："龟儿子才不敢!"

进到屋里之后，双方都感到无话可说，便很尴尬地站在地上。我的目光是简单而率性的，甚至是挑衅地盯着他的那张大白脸。他竟像做错了什么似的，极不自在地躲闪着。后来，他像得救了一样，呃了一声，迅速地转过头去，掀开他炕上铺的破毡子，拿出几本包着牛皮纸封面的小册子。

看着我吃惊的样子，他反而平静了，说："几本世界人民反帝反修连环画而已。"

记得一本是中国人民反修的《珍宝岛反击战》；一本是越南人民反帝的《琼虎》。

琼虎是一个越南游击队员的名字，我接过连环画之后，不假思索地念到："京虎。"

"不是'京'，念'穷'。"南先生笑着说。

"你不要胡说八道，革命的越南人民会是'穷'吗？就念'京'。"我生气地呵斥到。

他并不辩白，依旧眯眯笑着。

趴在自家的土炕上，首先翻的就是那本《琼虎》。画面上那高大俊美的椰树，铺天盖地的修竹，带着斗笠英勇不屈的战士，都给了我前所未有的震撼。远方的一切，不仅美丽，而且是那么壮丽！便亢奋地喊了一声："×，我应该到越南去!"

心中荡漾着的豪情，居然支配我找来一本字典。那个字，果然念"穷"。

像激流遇到礁石，我的心被硌了一下，觉得这个世界，太多太多的东西还不属于自己。那些东西不在身边，而在你还未曾达到的地方。

那几本连环画，我翻了好几遍。起初是为了满足好奇，待激情过后，便为里边的许多生字而耿耿于怀，便怀着一股莫名的仇恨，借着字典的指引，把它们都认熟了。

这之后，我对阅读产生了强烈的欲望，因为在文字中逡巡时，我忘记了当下的处境，感到自己就生活在远方。

这种由阅读而产生的"身在远方"的现场感，给我到来了微妙的心理变化——

我不再是山沟里的一只孑孓，也不再是房梁上仅仅觊觎于食物的夜鼠。反正我被膨胀了，我被洞开了一道裂缝，看到了上帝洒下来的一丝光亮。

2

2003年10月29日早晨。在我所供职的政府机关门前，集聚着一群上诉的村民。

空中飘着一点雪霰。上诉的人群议论着:今天的冷，是超过历史的。

然而我心里却熊熊燃烧着一团火。

因为大门被人群堵塞着，车子开不出去，我便两次徒步到二里外的街角去，那里有一家精品书店，我要去买一部叫《海子诗全编》的书。

昨夜，耗去整个通宵，读了一本燎原写的《海子评传》，发现我们有相同的生活经历，有相同的血性气质，更有相同的心路历程。不同的是，他用他天才的创作和轰轰烈烈的人生告别仪式，把自己"完形"成一个杰出的精神的丰碑，而我却还是一个普普通通的读书人。

由于他，我变得既自卑，又自信。自卑，当然是因为自己的平庸；自信，是因为自己究竟也是个写作者，是完全可以把自己造就成杰出的。

因此，我迫切地想要读遍他全部的作品。

不仅是要找到迈向杰出的坐标，而且是要从海子这个悲壮者那里获得勇气，剔除怠惰与浮躁，从自己的血管里掘出新生之血。

那个年月，由于贫寒，南先生给的连环画读完之后，因为买不起书，便从大队部借回"两报一刊"（《人民日报》《解放军报》和《红旗》杂志）。在灯捻炸响中，我读得像夜鼠一样贪婪。版面上虽然堆积着太多的、与少年的口味不甚适应的政治术语，但这些术语，也是属于远方的信号，也足以把少年的心摇曳得绰约多姿。

即便是假期，我也在土炕上蛰伏着，吸啜报刊上浓浓的墨香。

母亲颇多烦怨，不迭地催促到："你也去挣几个工分吧，咱家不是地主老财。"

我被催促得怒了，恨恨地跪在她脚下，"娘，你让我多读点书吧，如果我出息了，可不是几个工分能比得了的。"

我的口气太大了，把母亲骇着了，她不再言语。

我接着说："娘，你且放心吧，如果我不能出息到山外去，那么我就拼命地给你挣工分，不管是刮风下雨，还是数九寒冬。"

少年的悲壮又把她骇住了，她转过身去，擦了擦眼角，不声不响地走了。

卓越的海子也经受过工分的困惑。只不过他有过人的天分，他能够在学业之余，拼命地帮家里干活，在生产队的计时工里，以每天2分工值的顽强叠加，为家庭做出本分的贡献。

所以，在他的评传里当我读到这个细节，我失声大哭。

这不是自爱自怜之哭，而是悲天悯人之哭，因为在黑土地里，只能生长出麦子这样的植物。

所以，在读了他给他城里的恋人的献诗之后，我心里低沉地叫道："海子，我的兄弟!"

诗中云——

你的母亲是樱桃

我的母亲是血泪

我们都是土地之子，是承继着相同的背负而走出乡间的。

于是，正像艰苦的农人怀着仇恨收割期望得太久的麦子一样，困厄中的读书，反而激发了少年对阅读的苦大仇深般的热爱。到了后来，像祖父习惯性地亲热着他的每一只羊一样，我们习惯性地亲热着到手的每一本书。

但是，生命一不留神进入了时尚和享乐的时代，我们被孤立了，陷入了死一样的寂寞和孤独。因为，一般地来说，生命的世俗快乐，无不是以"群"的形式体现的，但是"群"又使生命个体必须付出代价，它是以对个体生命中那种最具光彩的个性的剥夺，使之获取"群"的接纳。一般的土地之子，在"群"的吸纳面前，很快就屈服了，因而在"群"的价值分配体系上得到补偿，甚至是超量的奖掖。而不幸的是，海子和我都因阅读而成了崇尚精神和个性的人，不愿为世俗的利益而牺牲自己的原则，于是，被"世所不容"。在精神者的傲骨面前，这种挤压，更诱砺出更加决绝的抵抗——海子在悲愤地写出了《在昌平的孤独》之后，凛然自决；我则仰天挥泪，辞去一个在别人眼里炙手可热的官职，为受伤的心争得一个喘息的机会。

《海子诗全编》终于买到了。那人群还在门口集聚着，为了遮蔽飘落的雪花，甚至搭起了两座简易帐篷。我上前同他们搭话，得知是一个乡亲因交不起电费在村部被电工打了，伤得很重，而村部却置之不理。他们并没绝望，因为他们相信，上级机关一定是亲民的，便自发地来到这个大门前。

我知道，他们的问题一定会得到解决，因为我看到信访办的几个干部正急急地朝这里走来。

但是，我还是生出一丝不安，甚至愧疚。感到，平民百姓在为生存奋争的时候，我却躲进了书斋，这种生活是不是有些奢侈？

稍作沉吟之后，我突然看清了自己：我虽然是个读书人，是个沉浸在思想中的人，但毕竟也是一介平民。所不同的是，诉众是向政府要生存的说法，寄希望于权力话语的价值评判；而我却是向书本、向自己的内心寻找生活的理由，建立一种能安妥灵魂，甚至具有普世意义的道德评判。他们是世俗的，也许卑微；我是精神的，却未必高贵。因为我们的来路、诉求和对未来的追索，在本质上是一样的。

因此，愧疚是不必要的，相反，要想真的高贵起来，就要扮好自己的角色，在终极价值上作不懈的追求。因为民众是精神者的生存麦地——麦子收获了，仍旧是一片空旷和荒凉；而通过阅读，使自己有能力发出一些声音，恰恰是对麦地的知恩图报——"风吹在风上"，增加一点正义和公正的力度和分量。

同时，我也体味到：精神之光在坚硬的现实中，从来是微弱的，所以，纵然有超人的天赋和超常的感悟，也绝不应该轻薄矜夸，以聚群喝令的"王"而自美，从自我救赎方面计，从增强对现实的道德干预能力计，读书人（包括写作者）应该是带着使命而读书，做自己心中之王。

"在最远处，我最虔诚。"实在是读书人应该具有的理性和理想。因为，所谓"最远处"，其实就是知识者的人文理想和终极价值。做自己心中之王，其实就是寻找、或者营造自己内心的"光源"。当你本身就是一个光源的时候，你便不再是一个可有可无的旁观者；面对莽莽苍苍一望无际的麦地，你会从容地、不图回报地播洒人文关怀之光。

这当然是一个漫长而痛苦的过程。

但拉丁美洲有一句格言：罪过一定是痛苦，而痛苦未必就是罪过。那种功利性的阅读，享乐主义的阅读和自恃高人一等的阅读，却绝对是一种罪过。因为，这种阅读，疏离了与民众和民生的联系，遑论普照与救世，便是读书人最起码的良心与操守也因之阙如。这种缺失，即：诗与悲悯。

2003 年 11 月 13 日

寂寞之上没有更上的寂寞

作为社会中的人，常常会有这样的感觉——

在酒吧中坐着，灯红酒绿的闹热中，会突然孤独得浑身发冷，感到那是别人的氛围，是别人调配的一坛盐水，而自己则只是一只带泥的萝卜，被腌渍之后，身上仅有的一些汁液，也被盐水虹吸出体外，抽缩得越来越小。便找不到自尊的影子。

偎在沙发的软窝中，厮守着一片令人眼花缭乱的屏幕。屏幕像个魔镜，方寸之间，拨弄着整个世界的物与事，是与非，富足得遍地金银，生动得满目时尚。但是，渐渐地，无聊和寂寞弄得你无法忍耐，无论你怎么变换频道，懊丧总是锁定在心中。感到那是别人的风景，那铺天盖地的绚烂，让你无所适从。汪曾祺在《泰山片石》说过类似的感觉——泰山固然伟大，但我是个体弱的小老头，横竖拿它没办法，便望而却步，便心存忧郁。

这也正如密密的雨脚之中，那远处的楼宇虽然有着阔大的屋檐，但给你的却是阴郁的忧愁；因为近处的你，当下的需要，仅仅是一把小小的伞而已。

如此说来，个体生命为何常感到孤独、寂寞、忧伤和无奈？盖因身外的世界太闹热了，环境的浮躁使人不能清静自守，煽起了人们多余的欲望。

然而世间遍地都是诱人的货色，且都在个人拥有之外。

于是，在迷惘中生出酽茶一般的凄怜便是很自然的事。在欲望中的人，谁能忍受自己拥有得太少？失落之中，一个叫卑微的东西，便如影随形了。

但有些人，却不被这种卑微所折磨，比如文人——阳光汪在玻璃窗上，毛茸茸的，即便在房间的最暗处，也感到温暖；书册斜在架上，沉寂寂的，即便是在远处望上一眼，也有徜徉在字里行间的快感，不在于阳光有黄金的质地，也不在于书册有岁月的格调，而在于他们的需要比较单纯。

沈喜均先生有一首题为《夜读》的短诗（载《新民晚报》2005年3月28日），可做一例说明——

自有诗中趣味长，
爱它良夜好推量。
读深不觉时间久，
错认灯光是日光。

轻简的生活欲求，使文人不旁骛、不觊觎，其精神世界可自给自足，心中饱满，寂寞着也快乐着。

这种情形，给人一种有益的启示：身外的颜色再好，世间的诱惑再多，如果视而不见，不为之所动，潜心过属于自己的日子，所谓凄怜，所谓迷惘，所谓失落，也就远你而去。

年老体弱的汪曾祺对巍峨的泰山望而却步之后，并没有因此而自哀自怜，而是淡然一笑，拉着他的腻友林斤澜在泰山脚下喝黄酒。喝得意气阑珊，心中温暖。看着艰难跋涉的青年人，他甚至很得意：你看，咱拿泰山没办法，可它拿咱也没办法；咱虽然没能得到攀登之乐，但咱享受到了饮者的趣味。

他当时说了一句俚语，即：人生在世，不能小鸡吃黄豆——强努。

就是说，人要有自知之明，处世做人，要量力而行，不强求自己能力之外的物事。

这是一种生活智慧。

安于自己的人生理想，安于自己的生活趣味，还有什么不可释怀的苦恼？

揣度一下，感到他的这种睿智，缘于两种途径：一是他本人的人生阅历，及建立在这个基础之上的理性思考，通过读他的书，知道他是个喜欢"琢磨"生活的人；二是他饱经了书香的涵养，他是个能够静下心来读书的人，书页中悠远的文化信息，被他"化"为自己的生命细胞——不拥有森林，未必就不闻松香。

知堂在《〈自己的园地〉旧序》中说："我因为寂寞，在文学上寻求慰安……得到了相当的效果了。反正寂寞之上没有更上的寂寞。"依照这样的逻辑，悲苦之上没有更上的悲苦，失意之上没有更上的失意——人只要定低了生活标杆，节俭了对身外的欲求，细小的所有，就是大有；些微之所得，便会得到大的满足。

海德格尔也说过：人诗意地栖居于世上之时，静静地听着风声也能体味到真正的快乐。他的话在一个叫梭罗的美国人那里得到验证。梭罗离群索居于一个叫瓦尔登湖的地方，在只拥有基本生存条件的情形下，居然快乐地生活了两年，写出了一部精神盛典《瓦尔登湖》，告诉人们，人，完全可以生活在自己的精神世界里！

在现世世界上，还有一群在生命本质上与文人一样的人——那就是清贫而幸福的农人。

为什么茅屋里有不断的歌声？朴质的脸上常堆着麦子一样灿烂的笑容？

盖因为他们只索求自己真正需要的，没有过剩的欲望。

他们与文人不同的是：他们虽然"琢磨"出了生活的本质，却连一句多余的话都懒得说了。

2005 年 4 月 6 日

惊悚之玉

　　波裔美籍女画家塔马拉·莱姆皮茨卡（Ｔamarade Lempicka）是个时尚画家，她擅长画人体，特别是女体。从伊甸园中的夏娃、沐浴的苏珊娜到康复中的小女人，传说与现世，贵妇与仆女，各色女人她都画到了。但是，尽管身份不同，女体的特征却近于同，均是一团白皙、健壮与丰满，肉感欲滴。本是一个纯情少女，体态也是母妇的丰韵。可以看出，她欣赏的情调，是玉白与温润。与富丽、富有的肉身形成反差的是，人物的表情却像陷落在贫穷和患难之中不可自拔，满面凄楚、忧郁、惊惶与绝望。于是，这些女体即便是温润之玉，也是曾经跌落过的，险些破碎的惊悚之玉。

　　这反而强化了作品的艺术效果。

　　高贵的身体，一旦被驱之不开的不安笼罩着，便让人想到了"伤害"这个词。而又有谁能忍心看到温香款玉被伤害呢？便加重了凄楚动人的成色，让人不禁寄予同情和爱怜。

西方人虽然很现代、很时尚，但在精神的表达上，却也是很传统的——他们也借重于东方的哲学内涵，具体到莱姆皮茨卡，她借助了中国男人的经典感情：惜香怜玉。

她的女人体，视角是男人的。所以她的画很受中国人的欢迎，许多时尚杂志，甚至许多艺术杂志都用她的画作封面。

这不禁给人一个启示：物质的流行，湮没不了精神的永在；人性往往不随潮流而变，一直在暗处发出温厚的幽光。

由这个话题，我想到了女人与玉的关系。

玉在中国人眼里，有清雅的品格，它腴润而沉静，美得含蓄，像淑女隐忍于闺阁，给人幽秘的诱惑，却也心存敬重。历代的诗文里，便都有咏玉的文字，且都是一些堂皇的文字。玉的物质属性因此就淡化了，很文化。

而金银就不同。金银里有遮挡不住的物欲色彩，仅仅一个"纸醉金迷"的字眼，便界定了它世俗的品性。就像万丈红尘中的美妇，愈是艳光四射，愈是与淫邪和流通有关。这风尘中的美艳，醉眼卑心，令正人君子遮遮掩掩，著不得诗文，仅留下私语。

所以，我不太同意四川女作家洁尘的观点，她说："迷玉的人好像都是男人，女人不迷东西，她要迷人。"

女人是最在意品位的人，或者说她最在乎自己在别人眼里的品位：即便不是大家闺秀，最起码也应该是个小家碧玉吧。

如此，懂风情的女人，她是不能不迷玉的。

日本作家小海永二在《心声欲吐时》一文中阐述了他的一个见解：女性最美的年龄，当在三十五六岁至四十三四岁。只有在这个年龄，才可能具有女性特有的成熟美。因为这个年龄的经历，使女人有了相当的人生经验，有了女性的自我意识，不再被时尚所左右，也不再取媚于他人的欣赏眼光，一切凭着自己的心性。于是，举手投足间少了游移和仓皇，有了一种迷人的自信与雍容。

我理解小海永二话里的深意：女人到了这个年龄，不仅身体有了莱姆皮茨卡式的丰润，内心也变得沉实和丰盈了，有了从内到外的魅力。这种韵致，不同于少女的浮艳，它才真正耐人寻味。

这正暗合了玉的品质——玉虽然不属于时尚，但那温温润润的"手泽"，总让人缱绻不止，品着品着，魂儿就被勾走了；而且，沉浸其中，不可自拔。

所以，迷玉的女人往往是成熟的女人，是懂风情的女人。

而小女孩太浅，太浮艳，太容易使气弄性抢风头，她们静不下来，所以，一般都迷金银，迷宝石钻戒，甚至迷香车、豪宅。再有，青春在她们眼里是一汪挥霍不尽的、无边无际的水，她们一定要迷那些可以挥霍的东西。

贾平凹也说，玉和人是一种互相涵养的关系。那么有隐忍魅力的玉，必然佩于有内在魅力的女人——成熟女人会使玉更加温润，沉静自适的玉亦会使女人更加心安——她从心里认可自己。

女人和玉相互涵养到最后，便浑然成一体了——玉不在是一块石头，而是女人的一块皮肤、一方操守；女人也觉得自己有了玉命，即便被人忘在了那里，也有不变的价值——在势利的年头，与其迷人，不如迷自己。

玉因此成了女人的魂儿。

这一点，首先就从自家女人身上也得到了验证。

这两年她毫无征兆地就痴迷上了玉。不仅经常光顾大大小小的玉器店铺，而且还毫无戒备地跟形形色色的玉贩子勾勾搭搭。

我说：你得当心，那些玉贩子不仅骗财，更骗色。

她说：你得了吧，你哪儿知道，现在倒腾玉的，也多是女人。

不知不觉间，她弄回来一堆玉的小挂件儿。她喜津津地展示给我看，我总是蹙眉摇头，说：没一件上眼的玩艺。

她便跟我斗狠，更狂热地去搜求。

终于弄到一件上眼的货色，火柴盒大小的一块烟叶形的翡翠。

那翡翠的成色很打眼，我不禁心中一动，但嘴上却说：颜色太油滑了，一看就是假货。

她因此变得迟疑起来，让我陪她到菜市口百货商店的首饰柜台，那里有搞鉴定的专业人员。经鉴定，是一块真玉。她兴奋得脸都红了，脱口叫道：这翡翠买值了！

因为柜台上有一块同样大小、同样成色的翡翠，标价 6800 元，而她的这块，玉贩子的出手价才 2000 元。

她的一声叫，吸引了许多人的目光。人们狐疑地看着我们。

我顿时有一种做贼的感觉，拉着她急急地走出了商店。

到了一个远离人群的地方，她想再看一眼那令她兴奋的翡翠，却找不到了。她的脸霎地变成一纸惨白，嘤嘤地失声而泣，挽着我胳膊的手，狠狠地掐进我的肉里。

那一刻，她那失魂落魄的样子，让我感到她很卑贱，很可怜——布衣荆钗女人，能经受得了啥？

一阵紧张的搜寻之后，竟从她手包的夹层中，找到了。原来她受不了众人目光的注视，下意识地把它塞到了那里。那个地方，素日里是不装东西的。

玉找到了，她的惊魂却没有收束回来，依在我怀里瑟瑟发抖，不停地说：你这人真讨厌！

她惊悚的样子，呈一种无依无靠、令人怜爱之美，我爱心大动，把她紧紧地搂在怀里。

我说：不就是一块破石头吗？要是把我丢了，你又该如何？

她说：我会笑，因为男人是女人的累赘。

她因此配了一条结实的链子，把那块翡翠挂在脖子上。每到一个时辰就从衣领里拿出来看一眼，一惊一喜，让人跟着揪心。

我说：你这是何苦呢？

她说：你懂什么？女人就是这个样子。

奇怪的是，有玉的牵挂，她的性情愈来愈温柔，对我的体贴也愈来愈周致。我开始明白，在女人那里，其实是既不想失去玉，也不想失去男人的。

后来又从那个说女人不迷玉的洁尘那里进一步得到验证。她在一篇《玉》的随笔中说：

一直迷玉，却一直没有玉。上珠宝店，逛文物市场，常常有机会看到玉，但从来没有下决心买，一是觉得自己不温婉，不是戴玉的人，再就是怕丢玉。我认定自己是个丢不了钱包却一定会丢玉的人……丢玉是一件可怕的事，像贾宝玉，玉丢了，魂也丢了。

原来她说不迷玉是口不对心，她迷玉，却忍受不了丢玉的那份惊悚。

　　然而我从自家女人身上体悟到：不经受丢玉的惊悚，女人哪会温婉起来呢？

2005 年 4 月 14 日

表演的光荣

一

在美国历史上，第一个废奴主义者，不是林肯，而是一个叫罗伯特·哈代的工人。

哈代是个技艺娴熟的箍桶匠，当时年仅三十岁。他孑然一身，脸色苍白，体形瘦弱，少言寡语，为人拘谨，似乎甘愿接受命运的安排。但是，他耽于幻想，酷爱读书，神情独异，因此不被人接受，觉得他不是一个健全的人。

就是这样的一个人，突然有一天，宣布自己是个废奴主义者，而且是毫不掩饰地、公然地宣布了。人们大吃一惊，感到他大逆不道，纷纷要求用私刑把他处死。是一个卫理公会的牧师说了一番富有情理的话，才使他免遭一劫。牧师说：哈代精神失常了，不能对自己说的话负责——因为主张废奴是一桩滔天大罪，精神健全的人是不会说出这样的话来的。

人们相信了牧师的话，不仅允许他继续胡言乱语，而且还把他当成一个笑料，开心逗趣。这让哈代难以承受，他恳求众人相信他是个精神健全的人，是诚心诚意主张废奴的。然而他越是认真，人们越是觉得他可笑。他终于忍无可忍，痛切地说：你们如果不体恤黑奴，并采取行动恢复他们被剥夺了的权利，要不了多久，就会出现杀人事件，就会血流成河！

人们置若罔闻，以更为顽劣的心态忽略他。

一天，有一个黑奴从几英里外的县城帕米勒逃来，在依稀的曙光中欲乘独木舟去更远的地方寻求自由，却不幸被一名村警抓住了。哈代闻讯，毫不犹豫地前去营救。在格斗中，警察被误杀了，情形变得不可逆转。哈代在帮助黑奴渡过密西西比河之后，依然返回，独自前去自首。

人们再也笑不起来了，因为他们终于明白了真相——他平日所说，不是胡言乱语，而是他心中真实的信仰。

在审判中，没人出面为哈代杀人作证。人们的虚荣心，使他们不甘于这样做。

哈代终于被判了绞刑。整个审判过程，哈代是唯一的证人——他自己证明自己有罪，自己把自己送上了绞刑架！

新闻界最大程度地报道了哈代事件，使寂寂无名的一个箍桶匠成为南北议论的焦点，甚至在许多人心中，他成了英雄人物。哈代原来的生存环境更起了微妙的变化——跟他一起干活的箍桶匠们发现：他们不是变得更重要起来，就是被人不屑一顾，这全要看他们与刚刚崛起的那位名人关系的程度而定。有两三个确实跟他关系密切的箍桶匠成了众人敬慕的对象，使同事们大为眼红。

一个名扬天下的殉道者自有其不可抗拒的吸引力。不到一个星期，哈代居住的小镇上就有四名游手好闲资质平庸的青年人也宣布自己是非奴主义者。为了引人注目，他们公开结社，且采取更为极端的手段，包括限制居民活动，暗杀反对派，爆破教堂等。令人发指的暴力事件使他们终于成为人们关注的中心。一个对教堂实施了爆破行为的叫乔伊斯的青年，在绞刑架前也学哈代的样子发表了言词生动的演说，欢叫一声："我终于出名了！"

对此，马克·吐温在《一个奇怪的历史片断》中议论道：

往往可以肯定，率先向人们奉为圭臬的制度发难的人是真心诚意的，但他的追随者和模仿者则可能是一些江湖骗子和抱有个人目的的人，只有他本人是出于至诚——他的整个心灵燃烧着抗议之火。

然而，在民众眼里，这种本质上的区别他们是看不到的，他们看到的是，无论真诚的信仰，还是作秀的表演，都是可以博得大名的。他们敬慕每一种荣誉，对每一种声名都津津乐道。

其实，拿破仑早就说过："庄严与滑稽之间，仅有一步之差。"

二

1898年9月10日奥地利皇后维多利亚女王在日内瓦被暗杀。

消息传来，人们既震惊又茫然——皇后是个天大的善人，从没有开罪过人，这样的厄运怎么会落到她的身上呢？

在性格上，皇后集天下女性的温柔于一身，被广泛崇敬和爱恋；在品质上，她趣味高尚，心地善良，怀有崇高理想，悲悯天下众生。虽有至高无上的地位，却保持着朴实无华的禀性。一位英国渔夫的妻子说："当得知有人遇到困难时，她不是派人去帮助，而是亲自来帮助——天哪，要知道，她是一国之王啊！"

在国民眼里，皇冠被女王用来装饰抚恤别人，而她自己却使皇冠生色。

这样一位圣母式的完美女性，无论如何是不应该暴死街头的！

而最后的真相，加重了事件的悲剧色彩——因为凶手并不是女王的政敌，也不是一个什么了不起的人物，而是一个没有受过教育、没有起码的是非标准、没有丝毫的个人信仰和政治用心的荒野草民。他曾是一名平凡的士兵、一个蹩脚的石匠和一个无能的跟班，他的动机简单得不能再简单：我想出名。

他说：王位和王室是人们注意和议论的中心，对女王下手，可以博得大名。

人们唏嘘不止。

但是，当凶手被惩办之后，悲剧马上就转化成了滑稽剧：人们只保留了极短暂的愤怒，之后是不平，是嫉妒，是对杀人犯莫名其妙的敬慕——市民公然说："国王之所以成为国王纯粹是出于偶然；不当国王的人之所以不当国王也纯粹是出于偶然；我们都是用同一种泥土制成的，凭什么就我这抔泥土这么差劲？"

司令官："他在我的军团里，这是不会错的。"

上校："对，他是我团里的人，一个野汉子，我记得很清楚。"

中士："你问我认识他吗？嘿，就跟我认识你一样。"

如此等等，说得兴高采烈，听得啧啧称羡。所有的人，不论地位显赫还是卑微，凡是跟那个杀人犯曾经有过接触的人都在暗地里沾沾自喜，且都要急迫地说出来让大家知道，就像让人分享一种莫大的光荣。

难道皇后不再是人们心中的圣母？不，依然是的。

既然如此，为何赞美小丑？嘿嘿，这有什么关系？

两种情感居然会并行不悖，让人不可思议。

在法国的历史上，有个民族英雄，人称圣女贞德。1428年，英军占领法国北部，并围攻通往南方的要塞奥尔良城。在举国颓丧的危急头，这个仅有十六岁的农家少女主动请缨，率军六千，迎头反击，重创英军，扭转了战局，谱写了一阕千古神话。然而，就是这样一个民族功臣，却被本国的封建地主出卖了，在战斗中身负重伤，被英军俘获。按当时的规则，法国教会支付了一笔赎金之后把她赎回。事情的性质从这一刻起发生了不可思议的变化——教会并没有把她树为爱国的楷模，而是诬为女巫，判处火邢。单纯的少女深感震惊，在法庭上她指着那面她曾高举国的战旗激动地说道："这面旗帜领受过重任，赢得过荣誉。"

这就是她被宣判的原因。

作为一个十六岁的少女，她生活在文明世界边缘的一个破落的小村庄里，她没有去过任何地方，也没见过什么大世面，也没接触过任何大人物；她从没有骑过马，没见过兵器，也不知道士兵的模样；她没读过书，也不识字，一本《教义问答集》所灌输的内容是她全部的学识。就是这样的一名村姑，居然会领兵打仗，在战马上驰骋，且足智多谋，屡建战功！这不符合常理，因此，她没理由不是女巫。

依审判者的逻辑，在国家和历史的舞台上，有资格表演的应该是教会和皇族，她的出现，是个异类，是僭越者和剥夺者。

因此，她陷落于自己的大德，她全部的罪行，就是自己的天才、义举和对民族的至爱。

卑贱的表演赢得荣誉，高贵的义举反而遭到构陷，庄严与滑稽之间，岂止是仅有一步之差，有的时候，几乎就是同一种东西。

圣母维多利亚与圣女贞德，均是"表演"的牺牲品——恢宏的剧目得不到嘉许，卑劣的杂耍当然要寻隙登场。

三

经典里的智慧和生活中的经验都证明了这么一个事实：

在人世间，没有任何一个人具有纯粹而健全的心智，人人都有精神上的缺陷。集中到一点，就是人人都惧怕寂寞，都惧怕被遗忘，都要拼命地去表现，以期得到人们的注意，得到人们的认可。

马克·吐温把这叫作"玉米面包观点"。

他在《玉米面包观点》一文中解释道：生活中的人们，对自己的认同，并不是依据自己的实际观察、独立思考和内在价值，而是依据周围人们对自己的反应，包括人们的评价、认可和关注程度。这是个普遍现象，包括孩子。每个孩子都乐于引起别人的注意，为此，不少任性的孩子，为了吸引家中来客的注意力，往往会弄出令家长难堪的乖戾举动。

孩子毕竟是孩子，他的举止即便乖戾，因为没有机心，还来得率性和直接。到了成年人那里，表现就复杂得多了，且辅以种种包装和掩饰，具有极大的欺骗性。

芥川龙之介的《东京小品》中有一篇名为《镜子》的短制，很耐人寻味——一个美妇，女儿都五岁了，可她本人还像少女一样漂亮，好像一枝总也开不败的春蕾。但是，眼角上毕竟爬上了不易察觉的纹络，她本人也意识到了。因此她每来拜访，都要刻意地打扮一番，而且还装出随意的样子，紧紧挨在芥川身边，娓娓地与他谈书论画，表现出一种适度的风雅。但是，闻到美妇身上忽浓忽淡的脂粉味，还是对她产生了"轻微的恶意"。

芥川先生是个智者，心地敏感，美妇的表演，即便不露痕迹，也被他察觉到了。

帕斯卡有一个著名的警句："假如克里奥帕特拉的鼻子是歪的，世界历史或许将是另一个模样。"

克里奥帕特拉不是一般人，而是埃及的最后一个且极具影响的女王。这个警句便有了这样的含义：位居权力中心的人，或者是掌握了绝对话语权利的人，他（她）身上的一点一滴变化，都会左右社会的状况，影响历史的走向。换言之，拥有了绝对实力的人，自然就成了人们关注的焦点，无需再进行额外的表演。

正是这种效应，使普通人陷入无路可走的境地——如果你既没有高贵的出身，又没有维多利亚女王的嘉言懿行，再没有圣女贞德天智奇才，甚至连芥川家的女客的那种最起码的美貌都没有，而且不幸地你又不安于寂寞、不甘于被"边缘化"，那么，你就只有走上表演之途了。

更不幸的是，在一般的"表演者"那里，往往是既没有罗伯特·哈代那样真诚的信仰，也没有刺客那种铤而走险的勇气，因此他们不会上演激烈的剧目，比如正剧、壮剧，甚至悲剧，只能上演一些闹剧、荒诞剧、滑稽剧，甚至是一些叫不上名目的荒郊野剧。

但是，普通人一般都好面子，都特别注重名节和礼数，所以，明明是低级表演，却也要有堂皇的理由，庄严的阵势，优雅的面容。高明一些的，会迎风拉一面先锋的大旗，逆势发一篇另类的宣言，或暗箱操作，迂回取胜；质素中常的，则巧立名目，卖弄乖巧，粉饰包装，自我标榜；智力平庸的，因拙于心计，不工运作，便像孩子一样使气弄性、发标弄狠，制造出一些突兀的怪音，拨弄出一些烦人的惊悚——一旦被问责，会立刻露出委屈和无辜的表情：我本率性之人，何错之有？

总之一句话，既想出名，又要名誉——表演的光荣，就在于欺世盗名。

然而，事情远没有这般简单——自以为是的我们，因为并不具备芥川龙之介的那份智慧和敏感，所以，往往会在不知不觉中沦为表演者最忠实的看客，迷醉地欣赏，真诚地鼓掌。

更多的时候，是善良的人们，加重了表演者的砝码。

四

有一个人群是最懂得表演之道的。那便是文人阶层。

偏颇离奇的思想，疯狂怪异的举止，阴郁暧昧的容颜，种种表现，无不与表演有关。

马克·吐温说，疯狂是文人最常见的表现形式之一。

雪莱说，疯，即与众不同。

文人知道常态的写作容易被人忽视——即便常态写作往往是健康的，是人性的自然流露，也要反其道而行之，做非常态的文本表演。

他们往往置人类朴素、真实而健全的生活与情感而不顾，极力呈现变态，无限放大私秘，竭力表现虚拟，且美其名曰"难度写作"。

他们贡献的文本，文字泥沙俱下，情感荒诞不经，思维混乱不堪，但是，你不能说不——因为在他们的眼里，他们传达了上帝的声音，文质高贵奇绝，美轮美奂。

你也可以兀自说不，但是，你要有勇气背上不懂文学、不会写作、水准低下的恶名。

你承受了这样的恶名之后，事情并没有完。他们会对你穷追不舍，以文坛指导者的身份给你传经布道，逼迫你接受他们的所谓标准。也就是说，你要甘于当他们的提线木偶，与他们同台表演。否则，你的文章就不能在他们把持的刊物上发表，你就不会得到公平的评价，你就不能安静地在文坛上立身——他们不仅要诋毁，还要铲除。

这不禁又让人想到了贞德的命运——在火刑柱上，当火焰从贞德的脚下燃起，而她恳求让即将死去的嘴唇再亲吻一下她视为神圣的十字架时，答应她这可怜的请求的人并不是朋友而是敌人，而是一个监视法国教会法庭的英国士兵。这个英国士兵，感于她法国同胞的冷酷无情，把一根棍子在膝盖上折断，扎成她如此热爱的那个象征递给她。

我们对文学的尊重和真诚，给我们招致了仇恨——你不参与表演，你就是敌人，你就得下课；而且，你没有资格得到应有的理解和体恤。

这种莫名其妙的屈辱毁灭了多少文学的赤子！

我们之所以还顽强地写作着，即便悲愤，即便绝望，也摇摆着不肯倒下，还是缘于对文学的信念。我们还有最起码的理性，知道那些表演者，最终的归旨不过是为了出名而已。我们遥望着维多利亚女王的余影——皇冠被女王用来装饰抚恤别人，而她自己却使皇冠生色——文学被我们用来悲悯众生、涵养人性，而我们自己要使文学生色、赢得荣誉！

还有一点，我们毕竟不是那些表演者认为的那种白痴，不多不少的生活阅历，不多不少的思考能力，使我们还具有着最基本的判断——他们的所谓标准，不是什么公理，更不是能让人圭臬行之的绝对真理，而是他们的一厢情愿、畸形嗜好、私人趣味。

马克·吐温从时间深处支持了我们的观点。他说——

以我几十年的吸烟史来看，我喜欢吸的烟，并不是真的好烟，之所以认为它最好，是因为我喜欢。所以，不存在任何品评的标准——至少是没有真正的标准。每个人自己的偏好就是他唯一能接受并服从的标准。（马克·吐温《关于烟草》）

2005年6月1日

本性的力量

　　心有定力的人，肯定不会在红尘中飘摇，他懂得绚烂背后的真相，从一开始就过一种属于本性的、朴素的生活。

　　正如大地上的一棵树木，由于根须深扎在土壤之中，具有向上生长的本性，便可以从容地接受阳光，经历风雨，不担心倾倒，不害怕被遗忘。即便是被遗忘着，甚至是被轻贱着，也不影响它生长。

　　它自信也自足着，外界的熙攘，已无关它的痛痒。雨果的《欧那尼》刚上演时，被包厢里的贵族喝了倒彩，但雨果却不惊不恼，因为他知道这部剧作的成色和自己通过它要表达什么，便对自己说：喝倒彩有何用呢？将嫩芽捻碎就能阻止树变绿吗？

　　即便是被流放了，他的面色也有着阳光的质地，与流放者一道认真地过着每一天的日子，在这个特殊的群体中，他耕植同情和悲悯，让失意者心灵强大起来——身在奴，而内心为王。为什么？国王拥有今天，人民拥有明天。这是不能阻挡的自然法则：小树终究是会长大的。

他曾经是国会议员，但失去权力之后，他反而找到了生存的理由：只有当智慧和权力两种力量结合在一起的时候，社会才能得到公正的管理和统治。既然议员们只看重权力，而鄙薄智慧，所以就很难从这里输出公平和正义，所以远离未尝不是一种自救。

正如阿尔费里所说，专制下的秩序，是一种没有灵魂的生活。既然雨果是精神高度自治的人，他如果安于做一具行尸走肉，反而会让人感到不可思议了——既是参天大树的本性，岂能有葛藤之姿？

自由地向上生长就是树木存在的理由。树木蒙尘，却不蒙羞，风雨浇淋之后，是青翠欲滴的勃勃生机。

叶圣陶在《昆曲》一文中说道："……人的癖性，往往会因为亲近了某一种东西，生出特别的爱好心情来，以为天下之道尽在于是（了）。"他道出了"人的癖性"，也就是兴趣爱好形成的真相：人的确是这样，他一旦在某种东西里浸淫得久了，就生出特别的感情，以为这种东西在世界上是最有价值，甚至是唯一有价值的东西了。由此看来，人世间的所求所倚，往往只是一种个人趣味，甚至是一种个人"偏见"，与事物本身的客观价值无关。因为来路不同，就会呈现出种种不同的"趣味"；因为都是"偏见"，就无所谓长短、高下。所以，作为一个独立的生命体，每个人都应该平静地看待周围的事物，在红尘翻滚中，坚守自己的"习性"，不为世风所动，不为他人所动，不妄自菲薄，不迷失自我，按照自己的"趣味"行事。楸树与松杉，各有品格，且不可取代，所谓贵贱，是身外的概念。大地上的树木之所以自得，原因就在这里。

读路德维希·维特根斯坦的《战时笔记》，得到进一步的验证：只有生活在自己的"趣味"中，才会有身心的安妥和应对环境的从容。维特根斯坦有着对哲学研究的特殊兴趣，所以当他被作为最低军阶的列兵送往俄德战争的前线之后，耳边的炮声，破碎的肢体，并没有让他惊恐不安；相反地，令他难以忍受的却仅仅是面对雪白的纸页而"不能正常地工作"。只有当研究工作不能正常进展的时候，他才想到了死。为了平息内心的烦躁，他不停地做一件事，手淫——试图用肉体的疲惫拯救他的精神。

整个战争期间，别的士兵关注的是战争如何推进，如何开辟晋升的途径，他的兴奋点则始终是如何能得到一间能单独居住的房子，能把稍现即逝的观点定格在纸上。战争结束后，别人的肩膀上都增加了星豆，有的甚至成了将军，而他还是个普通的士兵。但是在别人的鄙视和嘲讽中，他笑容灿烂，因为他完成了期待中的著述。

他说："一个人的肉体是软弱无力的，经由精神他才是自由的。"

他告诉我们，一个人只有得到了自我本性的满足，才真正找到了生命的支撑和存在的意义，外界的价值评判，与心灵的愉悦无关。

由此看来，心有定力的人，往往是有着强烈的精神爱好（癖性）和沿着这个方向矢志不渝地追求的人。

梁漱溟说："在人生的时间线上须臾不可放松的，就是如何对付自己。如果对于自己没有办法，对于一切事情也就没有办法。"这是通透之论，对今人，特别是以文字为生的人，有太强的现实意义。在今天，物质的诱惑，时尚的喧嚣，太容易使人迷失了自己。用谢有顺的话说，多少人都拿自己没办法，远离了本心，失去了本原，不仅细小的利益可以动摇他的信念，随波逐流者更是不在少数。

信念或许是个过于空洞的东西，但是遵从自己的内心需要，坚持自己的个人爱好，是完全可以做到的。它是能够用来"对付自己"的没有办法的办法。世界的大局我们无法改变，个人的价值实现还是存在着种种的现实可能的。渺小的人力对历史的推进，往往是式微增长和积蓄的过程。关键就在于，我们是否能够用我们自己的方式有所作为有所贡献。第一次世界大战中的奥地利将军们，墓木已拱，尸骨已朽，但维特根斯坦的哲学思想却散发着永恒的光辉。

人的力量何其微弱，而人的欲望又何其蓬勃。这是人生痛苦的本质原因。

进入自己的内心世界，立足于精神自治而选定一种爱好，甚至形成一种"癖性"，或许是一种自救之途。因为沉浸在自己的"趣味"之中，会心无旁骛，一意前行。这样，就减约了欲望，因而也就远离了失落和不安，就会品尝到幸福的滋味。

对此情景，雨果说道："我充分地享受了生命中的美好和温柔……到了不再有人爱我的时候，啊，我的上帝，我希望我死去。"

为何豁达到如此程度？真正按照自己的本性和意愿活过了的人，心中没有遗憾。

2006 年 1 月 21 日

善待"过程"

1

人的一生，是不断承受痛苦的一生；痛苦与生命的关系如影随形，是与生俱来的。这一点，只要有起码的生活阅历，就能体会得到的。

积四十年的人生经验，感到一劳永逸、根除痛苦的灵丹妙药是没有的，只有缓解痛苦的江湖偏方。人们所能做的，只能是做缓解痛苦的工作。真实的情形是：旧的痛苦被缓解了，新的痛苦又不期而至，人始终处在无奈的应对之中。于是人就变得从容了，抱着应对一会儿是一会儿的心态去做缓解痛苦的努力。然而，也正是这样，一会儿，一会儿，又一会儿，在"一会儿"的叠加中，人完成了与痛苦的最终和解，走完了人生旅程。

也正是因为在缓解痛苦的过程中，没有统一的中成药剂，人们拾取的都是在各自"属地"上能够撷取的药草与偏方——苦菊、地丁、车前子、茯苓草……各不相同；所以，人们就有着不同的生存状态，人生轨迹也就各自不同，便成就了丰富多彩的人间世界。

人们本性上是畏惧苦难的，世间所存在的各种各样的享乐哲学便是明证。但痛苦与生命的如影随形性质，就决定了无论对未来存有多么美好的期待，眼前的痛苦，正如脚下的路上所横亘的石头，是无法绕得开的——必须直面，必须想出解决的办法。这同时也反证了人生"过程"的重要性，它既不能省略，也不可减约，几乎可以说，是"过程"决定了人生。

2

在四十岁以前，看各地民俗，只是欣赏其中的趣味。现在不同了，更看重它其中蕴含的道理，也就是有关人生的哲学。从这个角度看，各地民俗虽有不同的外在形式，但本质上却总有相通之处。

绍兴有一种"当当船"，尾巴翘翘，身子狭长，上面置备一面小锣。船一旦划起来，那面小锣就当当地敲着，急火火地往前赶。对岸虽然没有重大的期待，也是匆匆地到达。京西有一种"铃铛车"，在辕马和车身上都挂着铃铛，只要一上路，铃铛就尖脆地响起来，催得骡马像逃避虎狼的追逐一样拼命地往前跑。其实要做的只是凡常的农事，毫无急迫奔竞的必要。所谓"车动铃铛响"，简直成了一种招摇。

绍兴还有一种船，叫"航船"，蓬大，船宽。摇橹的人，叼着一支长长的烟管，有一搭无一搭地摇着。船走得无声，船上的乘客也无旅人的行色，谈天说地，调侃谑骂，赏玩风景，其乐融融。京西也还有一种"小驴车"，驾车的牲口，只是一头低眉顺眼的小毛驴，赶车的人手里也没有鞭子，只是握着一柄长杆烟袋。人放任着驴子自己走路，人则晃荡着双腿，或品烟，或唱俚曲，或与遇到的熟人逗笑，一派怡然自得的样子。

以上两种风情，之所以有不同韵致，虽有种种生成因素，根本地，还在于人。

划"当当船"的和赶"铃铛车"的，很少有四十岁以上的人；而摇"航船"的船夫和驾"小驴车"的驭手，则很少有四十岁以下的人。前者总觉得前边才有好光景，只有迅速地达到目的，才算作真正的拥有，便很难有耐心忍受当下的过程。而后者，已醒悟出了一些人生真相，懂得了"今天难得"的道理，便把心态放从容了，悉心品味"路上"的风景，享受"过程"中的趣味。

这其实就是人生态度的问题。把"到达"当成目的的人，不会有"到达"之后又如何的心理准备，一旦到达后的境界不像他们期待中的那样，他们会失落，甚至会陷落，至少会被灰色的情绪所笼罩。青年人有激情有活力，但也最容易患得患失或许就是这个原因。把"过程"当目的的人，正如叶圣陶所说的那样，他们抱着"反正一个到"主义，知道"过程"也是生命的时光，也是不能被浪费掉的，便把"过程"当日子过，不紧不慢、有板有眼、有声有色。于是，即便"到达"之后很不尽人意，他们也会心定气顺，面带笑容。因为他们已经"拥有"了，没有更多的奢望了。所以，中年人沉稳的目光、老年人平和的面容，不是生理的现象，而是心理的特征。

一个西哲说：大事不着急。四十岁以前我不理解其中的道理，现在看来，这与叶圣陶老人的"反正一个到"主义是相通的。

3

然而，中国人的生存历史，是整体地忽视"过程"的意义的。这一点，作为教育家的叶圣陶在《双双的脚步》一文中有很"经典"的描述——小孩子看见好玩的东西总是要的，他不懂得成人的"欲不可纵"的条例，"见可欲"就老实不客气地拿到手，否则便哭、便闹。家长们为了爱惜几个铜子，经过玩具店时，常常是牵紧了孩子的手，装作什么也没看见的样子匆匆地走过去。论理，到了手的玩具，总该忘情地玩一下了，但父母总会说：你且当心啊，不要一下子把好玩的东西玩毁了，赶快收起来吧，藏起来日后再好好玩；只顾一刻工夫的快乐，忘了日后的，这是最没出息的孩子了。于是，孩子便赧然地与玩具分了手。但是到了日后，孩子长大了，也作了孩子的父母，再拿出玩具，已没了赏玩的兴趣，通常是羞于做孩子式的赏玩了。送给自己的孩子，孩子们也没有兴趣，因为他们已经是新一代的儿童，时代赐给了属于他们的新型玩具。

平常人家总是要储蓄钱财的，理由是备"不时之需"。但当到了需要的时候，却犹豫了，对自己说：现在还不是最需要的时候，留待日后吧。屡屡地如是想，储蓄的理由就变了，变成看重存折上积攒的数目。人们成了储蓄的奴隶，不会想到，其实真正的富有不是有多少存款，而是实际享用了多少。

学生在学校里念书做功课，最初的动机是为了启蒙和立身的，学习生活本身就是意义所在。但在望子成龙的家长那里，学生的学习已不是生活，而是预备着将来做人、成事；他们只瞩目于遥远的将来，而抹杀学生当下的存在和正当的生活欲求；决不允许他们"过"生活，而只管埋头"预备生活"。这时的学生已不再是"人"，而是"工具"，人格的健全发育便无从谈起。为什么从大学里走出来的许多高才生，往往是现实生活中的低能儿，原因就在于此。

述及种种，叶圣陶得出结论：心性高傲、自以为是的中国人，其实是不懂得生活的，正如吃甘蔗只把握一头而丢了中段一样，没有取得合理的"生活法"，因而中国人所过的日子，"其实只是一种极贫俭极枯燥的生活而已。"

叶氏的文章写于20世纪的20年代，我们本该作"告别式"的阅读，但稍一翻检今天的日子，发现今人还站在那样的起点上，本质上是没有多大变化的——生活的着眼点，依然是"预备生活"。

于是，便有反省一下的必要了——昨天的玩具珍藏到今天，已成了背时的废品；昨天的金钱储蓄到今天，已大大地贬值；昨天的风华正茂积攒到今天，已成了人老珠黄……预备到最后，我们到底预备到了什么？

冷藏到缩水之后的蔬菜，不仅缺失了营养，也失去了固有的美味；放到明天的爱情，不仅钝化了激情，也错过了享受的心境；许配给彼岸的欣赏，由于没有携带此岸的底片，便对比不出美在何处……匆匆地到达之后，明天到底能给予我们什么？

以当下为不足道者，是信徒；以现世为不足道者，是佛士；而我们是什么？我们是血肉之躯，是羁于温饱、敏于苦乐的"人"。

也就是说，真正属于我们的生活，不过是"过程"而已。

朱自清也做过一首名为《毁灭》的诗，这首诗虽已被众人遗忘了，但却正适合我们在当下吟味——

从此我不再仰眼看青天，
不再低头看白水，
只谨慎着我双双的脚步；
我要一步步踏在泥土上，
打上深深的脚印！

就是说，我们要以入世的眼光，认真地过好每一天的日子，因为我们的每一分喜乐、每一份痛苦，即便再小，别人也不会替你承担。

况且，昨天是今天的过程，今天是明天的过程，明天又是未来的过程——既然一切都是过程，我们存有这样的态度，怎么就是形而下？怎么就会无所作为？

2006 年 2 月 10 日

书札

风声在耳

走在熙攘的街市上，看着攫利者飘忽的行色，听着叫卖者嘹喉的贩声，内心不禁忧郁起来：感到人到底是被生计追迫着，本质上是与觅食的兽们无多大差异的。古人把人叫"两脚兽"，是确当的。既然是兽，对物质的索求，便是情理之中的事——这是生之维系的基础。并且，世人多认为，物质索求得愈多，支配起来就愈有余裕，生命的自由就愈多。

然而，即使对物的追逐是人性的，但被物支配着的人的生活，终有沦落的味道，因为人到底是人，而不是兽。想到此，心情竟烦躁起来。

从街市踅回书房，翻几本闲书，一本纪德的《人间地粮》，一本《梁宗岱批评集》，一本《难忘徐志摩》。当我作无目的的阅读的时候，总是同时翻几本书。便发现了一个趣处：既同是面黄骨瘦之人，却均有丰腴的浪漫情怀；现实拘其不住，我行我素地活得很热烈，很幸福（至少在感觉上很幸福）。稍做思忖，我笑了：他们都是被书香涵养着的人，他们生活在精神里；因而，他们具有了超越兽性的一种"神性"，即：不为物像所动，煮字疗饥馑。感觉着他们的"神性"，烦躁的心竟在不知不觉间，平静如水。

便想到了梭罗。梭罗在瓦尔登湖畔筑屋而居，远离红尘，仅靠最起码的一点物质资料为生，居然喂肥了那原本枯瘠的心地，成就了伟大的超验主义代表作《瓦尔登湖》。在书中他说：多余的金钱，只能购买多余的物质；真正的生活所需，是不需钱的。沿着梭罗的指引，我想，人之所以生活得惶恐与急迫，是把追逐多余的物质，当作人生的目的了。正如饕餮的兽们，虽食已餍足，逐尸之欲却不能餍足，悲苦于欲望本身也。

所以，涵养着书香的人，与物欲淡远了，饱尝着简约之境给内心带来的平静。这种平静，就是心灵的自由，就是幸福本身。那么，书籍对人的意义就显得至关重要了，它作着这样的证明：人与兽的区别就在于，人可以不为生存而生存。

一书在手，神游太极。这是唯有人，才能领略的境界。也就是说，人完全可以生活在精神之中。

思至此，我又忆起素日的一些关于书的感受。

——当自己最看重的一些人、一些事、一些感情，由于世事的乖戾，机缘的作弄，突然就离你而去了，便感到山之欲倾，身之欲颓，几乎感到再也没有再生的出路了。无奈之下，躲进书房，拿一册蒙田的随笔，硬着头皮读下去，慢慢竟入巷了，从字里行间悟出：自己的苦乐感受其实古已有之，正是这种不请自到的磨砺，才使人聪敏起来；人间没有新鲜之事，更没有决绝之事，你只要有耐心走向时间深处，一切都会自行化解，一切都会有新的开端。于是，内心的皱褶竟慢慢舒展了，感到自己的偏执真是有几分可笑，我之愚甚于古人。当书读得沉酣之时，感到，有书可读得进的日子，其实什么都没缺少。书真是疗心的药剂啊！

——人时时会陷入沉沉的孤独之中，亦会感到人生的短暂和飘忽，便生出难以排遣的幻灭感。但一旦进入书的境界，发现每本书都是一个无言的友人，只要你肯于与其亲近，他都会与你娓娓地叙说，就像小草淋到甘露，你的心便倏地清亮起来——日子其实是毫不灰暗的，是你未打开心灵的窗子。静静想来，书是人类不竭的生命：人只有一次生命，每人都只有一种生命感受，但你每读一本书，就多了一种生命感受；那么，读过千本万本书，你就拥有了千条万条生命。同样，一个人只能活一生；但只要你从古读到今，你就拥有了千百万年的人生经验，就等于你从古活到今。如果你再留心著述，你的人生轨迹会延伸到时空的深处，你是不死的。

于是，人与兽的根本不同，就在于：人可以以精神疗救肉体；也可以以精神的记述——书籍，拓展延续生命的疆域，使生命不朽。

正是这种属性，才使人高贵起来；那么，匍匐在物质之上的人，不仅是沉沦，而且是自戕。

"宫殿里有悲哭，茅屋里有歌声"——人的幸福，是由精神支配的，不取决于物质的多寡。

"贫穷而能静静地听着风声，也是快乐的。"这是海德格尔"人要诗意地栖止"的形象阐释。人摆脱了物质的羁束，在精神的世界里会得到无限的自由。

在书房里阅读，不亦是风声在耳么？

这样的意象在脑中闪现出来之后，我不禁笑出声来。连忙点上了一支烟，吐出的烟雾，有甜丝丝的味道。巴士加尔说得好："一个人越是有思想，越是能发现人群中卓尔不凡的情调；一般人是分辨不出人与人之间的差异的。"这种差异，决定了幸福的深度和生命的质量，也决定了我手中这支烟，不仅仅是一支烟。

2001 年 9 月 22 日

天真、善良与贞洁

梁遇春的《天真与经验》，是我的常读篇目。每读一遍，都有新的感受；把这种感受原汁原味地记录下来，就是一篇比刻意的构制还要耐读的文章。所以，时间深处的经典之作，是思想的触媒，是诗文生成的母体。

就《天真与经验》的解读，我已写了三篇文章，都得到了文友的认可；所以，阅读经典的过程，就是承接灵魂之赐的过程。日前再读，竟又引起我对"天真、善与贞洁"的思考，且颇有心得；特抄录在此，以报答先贤之赐——

一

人，在机心与诡巧的生活中过得久了，感到身心疲惫，便呼唤天真。

然而，并不是所有天真都值得崇尚；应该弄清，我们到底需要哪种天真。

儿童的天真，是一种本性的东西，它缘于无知，缘于"少不更事"；它是好看而无用的花朵，无需赞美与欣羡。而成年人的天真，是在深知人生况味，深知世道人心之后，而不甘沦入世故流于油滑，而常葆清纯率性的境界。正如梁遇春所说："这个建在理智上面的天真绝非无知的天真所可比拟的，从无知的天真到这个超然物外的天真，这就全靠着个人的生活艺术了。"就是说，成人的天真是一种自觉的选择，是一种生活艺术。

成人的天真，是经验培植的智性之果，是一种"见花不采，看到美丽的女人，不动枕席之念"的天真，是一种纯洁智慧的生活方式；于是，是一种人生境界，改变着人生走向和生活质量，是我们的生活所依，亦是我们效仿的圭臬。

成年人的印堂之上，为何闪耀着童子一般的净洁之光，概因深知"天真"之味也。

二

同样，弱者之善，是没有力量的。善，是弱者赖以生存的保护网，他们企望善的荫庇，胆怯而自顾不暇地生活。所以，弱者之善是一种无奈，是一种被动消费。

而强者之善，才是真正有力的，有用的。强者之善是建立在实力与良知之上的，是自我觉悟之后的自觉给予。

正如梭罗所说的情形：一个善人，并不一定是不杀生的人。他先前可能是一个猎人，一个钓鱼的人。捕猎生涯，使他真正懂得了生命的可贵，内心播下了善待生命的种子；他找到最能表现善保护善的方式，于是便毅然决然地把猎枪与钓竿抛诸脑后。

所以一个真正善良的国家与民族，往往是有实力的国家与民族；善的主体（或曰载体）往往是强者或有支配力量的人。

我们尊重弱者之善，但我们更呼唤与珍爱强者之善。于是，我们要自强。

三

贞洁与淫欲常存在于人的一人之身。

小仲马的茶花女是淫荡的，却又是最贞洁的，这是一个不争的事实。

是贞洁还是淫欲，并非靠外界的改善，而是靠人自身的调控。照吠陀经典的说法，能够控制我们的情欲和身体的外在官能，并常做好事，是在心灵上接近神的不可缺少的条件。

一切的淫欲，虽然有许多形态，却只有一个后果，便是心神的昏盲；一切纯洁，虽然有许多表现，但亦只有一个境像，便是灵魂的轻爽。

梭罗说：智慧和纯洁来之于力行，从懒惰中却出现了无知与淫欲。这是朴实而本质的论断——一个人，淫欲是他心智懒惰的结果，一个不洁的人往往是一个懒惰的人；他坐在炉边烤火，在阳光下沐浴，他没有疲倦，却要睡觉。如果避免不洁，就应该热忱地工作，即便是收拾一下房间也行。饱暖思淫欲。这不仅是俗谚，更是真理。人，到什么时候，都要选择一两件正经事故；做正经事，才能做正经人。根本在于，做正经事，是对俗欲的有效克制；当克制成为一种惯性之后，正确健康的生活方式便成了一种自然习惯。读书人耽于读书，思考者勤于思考就是这个道理。

每个人都是一座圣庙的建筑师，他的身体是他的圣殿，在里面，他应该用他自己的方式来崇敬他自己的神。这个神，就是各自的操守。操守无高低之分，只要能使我们的内心贞洁起来。贞洁是人性的花朵；而创造力、英雄主义、理性与神圣等等是它的颗颗果实。

创造力、英雄主义、理性与神圣，不是一些抽象而漂亮的字眼儿，而是伴着生命脉搏被灵魂受用的精神力量。

只有它们，才能抵御物质主义、拜金主义和享乐主义对人类灵魂的侵害与蚕食。

1995 年 8 月 24 日

文心与人心

　　夏丏尊是教育家，又是个文章大家。系统地阅读和玩味夏公的文采，《平屋杂文》是最好的文本。

　　我阅读的版本是开明书店版，其装帧的质朴，正与文章的情调相谐，美得平静而质深，堪可玩味。然册中的文字多为叙事文，称之为杂文，便有些不确；这是夏公自谦使然。夏公的憨朴，在文中处处可感，与丰子恺一样，具有一颗"佛心"。与丰子恺不同的是，他显得更平易——他有一肚子的"热情道理"，怕他的读者读不懂，理解不到，便给你讲一段故事，举一个人物，推出一组情节，设置一种氛围。让你在不知不觉中，接近这些道理，以至最终接受这些道理。

　　他对他的读者真是太体贴了。

　　他的《怯弱者》《猫》和《长闲》等篇什，是最能体现他的这一点的。这或许缘于他对"知识分子"的自我定位："所谓知识阶级者，实仅指下层的近于无产阶级或正是无产阶级的人们。"（《知

识阶级的运命》)

因为他自认为自己是"下层人""无产阶级",便自觉地接近底层,对百姓的生活给予同情心,甚至投入一种"感同身受"的感情。所以,他的心是民间的,作文时他取的是民间视角;而叙事文体已正是民间的文体,他文章的多叙事的成色,便不难理解了。这让我想到了现实的文人,还有那些所谓的精神界的"志士"。这些"志士"或许有高贵的品格和高尚的情怀,但却选择了"形而上"的文本方式,抽象的演绎和论辩占了大部,除了少数"同心同气者"之外,能够给予理解的人实在太少,更况乡土上的生民。因其"受众"太少,其"振聋发聩"之力便贫弱;呼号几声之后便被市声淹没,是必然的命运。

要想完成对民众的"启蒙",启蒙者高高在上的姿态显然会引起民众的反感;是不是像夏公那样,找一种"形而下"的文体为好?其实,这不是一种简单的文体问题,而是一个世界观、文学观的问题。是只关心自己的内心,还是更多地关心"世道人心",这才是问题的本质。

夏公写《良乡栗子》,不是立足于描绘一种民俗图景,而是取"良乡栗子,难过日子"的视角,关注秋凉之后穷的生活,诉说一种体恤,一种慰安。

这就是当代文人常说的所谓的"生命关怀""文化关怀。"他虽然没有说出来,但做得已足够了。

与夏公可伯仲者,还有汪曾祺。

汪老是个大器晚成的人,人生境界的深厚,使他不愿展示伤疤,以逞英雄豪气;不愿发小我激情,以臧否纷繁大千。所以他没有太重的肝火，更没有太浓的烟火气，因此他不会教训人，而是取与读者平等的角度，娓娓地跟你谈些什么。他之所为，"人间送小温"而已。而他的这个"送小温"，与"生命关怀""文化关怀"也正是同一层意思。

所以，他的小说中，没有善到不可接近的人，也没有恶到不亲近的人。他不写至善，认为至善是一种幻境；他不写至恶，以为至恶与人性相隔。他写的是善与恶的"人间性"。而人们易于接受的生活，正是这种"人间性"的生活；人们愿意承受的情怀，也正是这种"人间性"的情怀。所以，汪曾祺的小说，读来亲切，与人不隔，人性的温暖，增强了作品的渗透性——渗透到人们的心里去了。比如他的《钓鱼的医生》——那个叫王淡人的医生，痴迷垂钓，爱做傻事，傻到把人人嫌弃的抽大烟的病人接到家里，不仅管治病，还管吃喝，却不取分文。感于他傻得仗义，汪老在小说的结尾，写了这么一句：你好，王淡人先生！

作者已把笔下的人物当成自己的朋友去爱了。

他是与读者一道，与笔下的人物一道，共同感受"世道人心"啊！

文道即人道，文心即人心。汪老与夏公，无声地说出了这么一个道理。

2001 年 9 月 17 日

生命的泉流兀自涌动

陕西师范大学出版社出版的《沈从文晚年口述》，是一本别致的书。书中收录了沈从文晚年在湖南省博物馆、湖南省文联和《湘西文艺》编辑部的三次演讲——不仅有文字，还附有录音光盘，是一本立体读物。

我是第一次听到沈从文的声音。浓重的湘西口音，使人听起来略觉困难。我是先读了文字的，所以能听得懂。

读他的文字，我心里是很平静的；但听他的声音，我的情绪却很波动，心里渐渐地痒起来，竟至不可抑制地掉下了眼泪。他的声音很温婉，很细润，像慈和的女音；但声音里有清晰可辨的颤抖和淡淡的忧伤，让人不禁联想到一个经历了苦难的人，在妩媚的笑容之下，难以遮掩的沧桑与哀怨。

于是，才知道，有些人的声音是听不得的，它会让你心碎。

于是，我不忍再听下去，关掉了。同时也关掉了案上的台灯，把自己陷在一团幽暗中，品味他晚年编著《中国古代服饰研究》时的种种艰难。

这种品味，像于时间隧道里与他会晤，他的容颜，像皱纸被悉心抚平之后，渐渐有了光泽。他瘪瘪的双唇，微微颤抖着，欲言又止的样子。这真像他！

性情温柔而命运多舛，一定会把人弄成欲辨而又无言的样子。

《中国古代服饰研究》是一部被迫的著述，字纸背后，是枯寂与悲苦。我猜想，他最终完成的那一天，一定是轻轻地拍打着原稿纸上的积尘，傻傻地笑个不停。由于稿纸太厚，拍打出的声音钝钝的，近于无。这个时候，他心头隐隐地痛着，也嘶嘶地快乐着，是自虐者锋芒刺在皮肉和心头上的那种快感。这或许有些变态，却是生命力坚韧的征象。

一个有坚韧的生命力的人，在任何乖蹇的生存环境下，都不想苟活。他心底涌动着一种创造的欲望。他要做事！

文人是这样，有劳动习惯的农人也是这样。

我既是文人，又是山地人，文人的心性和农人的习性我都懂——父辈们在山地上耕作，堰田瘠薄，旱象连绵，即便撒下种子，也不会有几多收成。但是他们还是执着地犁榜，他们说：收不收在天，种不种在人；咱管不了老天的事儿，却可以管好自己，生为人，尽到人的本分就是了。至于我，一个写作者，如果有一段时间不握笔管，不写几段文字，就有虚度之感，就会坐卧不宁。其实并没有考虑发表的事，而是本能地就想写，血液里翻腾着一种莫名其妙的力量。

沈从文说：照我思索，能理解我；照我思索，可认识"人"。我几乎读遍了他的书，且跟他又是同一类人，所以，不必那么费心地思索，他搞古代服饰研究时的心境，也是能够理解的。当时的情境，既然搞文学已是一件不合时宜的事，那么就选一件能被时宜接受的事来做；人格可以被贬损，但做事的权利却是天赋的人权。这种权利大多是以奴役的面目出现的，比如奴隶主对奴隶，地主对长工，资本家对工人。所不同的是，沈从文选择了自我奴役，心甘情愿地去承担一种苦役。这种自我承受的奴役方式，最终成就了人的尊严，实现了人的价值。

所以，多亏了沈从文的文人出身。因为文人有风骨，有不屈的意志，有置死地而后生的本能。

在大寂寞中埋头做事，在无边的苦难中捕捉些微的甘甜——既反抗着环境，又抗争着命运——一边伤损着，一边完满着；一边陷落风尘，一边自我救赎。之所以走到这样的境地，归结于一点，是他对自己的文人身份的认同！

这种认同，使他能够在巨大的现实遮蔽中，依然保留了自己的个性。突出的例子，是他打破了服饰研究领域的既定规则，走出"重典籍"而"轻文物"的学术误区，用唯物史观烛照自己在暗夜中的学术活动。

他说：离开文物就没法子说懂历史。

他按照这样的准则，奔走于各省的博物馆，各处文物挖掘现场，把自己的研究从书斋延伸到实物，延伸到旷野，因此不断有新的发现。

以往的学者，包括外国学者，搞古代服饰研究，多是从《舆服志》着手。这是个讨巧的办法，因为那上面有许多现成的记述。但是，那时的文字权和话语权都掌握在贵族手里，写的都是上层社会，至于底层和民间几无涉略。所以，历史的真实都被贵族的文字催眠了，很多历史是说不准的。而沈从文的研究方法就解决了这个问题。因为历史记述比较模糊的地方，地下出土的文物，可以给出清晰的答案。以楚国为例，按照《舆服志》和金石释家的说法，好像那时的服饰都是衣衫褴褛，贫穷得一塌糊涂——在他们眼里，吴越之地，就应该是断发文身，蛮野芜荒。而江陵马山楚墓出土的丝织品，满棺锦绣，精美绝伦。这说明，那时的楚地已经有很发达的丝织技术了。

沈从文的新发现，很是让一些人不舒服，对这么一个边缘化的、已经非常隐忍的人物，在运动的气候中，也不放过他。

沈从文在苦笑中更加隐忍，隐忍成一尊文物。

既然是文物一样的一个人，心中的波澜是不会被旁人体会的，《沈从文晚年口述》虽然是当众的讲演，却有自说自话的味道。便讲得絮絮叨叨、琐琐碎碎，甚至有些前言不搭后语。

因此，我通读一遍之后，感到他的这个口述，其实是卓越者被埋没时发出的苦重的心颤——是默默做事时那种情不自禁的叹息——类似纤夫负重前行时的劳动号子，只不过纤夫的号子是唱给山川大河，他却哼给自己。

正如过度劳累的人会不由自主地傻笑一样，他的絮叨是一种自我玩味的方式。

这是一种自足的状态，是在大压抑中的自我欣赏，既涵养着自己，也不露声色地蔑视着他人。

著名的《韩熙载夜宴图》自古以来就被认为是南唐的作品，既有皇帝的题诗，又有专家的鉴定，好像没人敢推翻了。但是他却用文物考证的方法，确定它是北宋初期作品，他的依据是画面上所呈现的鲜明的时代语言——男子服绿，领内衬衫，且叉手示敬。

男子服绿，领内衬衫，是北宋的舆服制度；叉手示敬是北宋行为伦理。

什么是"叉手示敬"？在北宋，凡是不做事的、辈分小的，地位低下的，遇到做事的、辈分高的、身份尊贵的，都要双手叉握，离开胸前三寸，以此表示恭敬。

论证到此，他委婉地说道：反对唯物主义的论证，这是不大妥的。

虽然是一声低语，却有穿越时空的力量——巨大的历史话语霸权，居然被他用小小的一个穿戴问题就颠覆了——这里透着何等的轻蔑！

所以，深埋在地下的文物，在漫长的湮没中，本色并没有失去应有的光泽；而是在隐忍再隐忍中积蓄着更大的生命能量——一朝出土，便兀然之间实现了自我价值——它还原了历史真相，提供了一份不可辩驳的明证。

隐忍而坚韧的沈从文啊！

面对他的生命忧伤，我叉手示敬。

2005 年 4 月 29 日

大在小处

　　沈从文写湘西的文字，个性鲜明，耐人寻味：表面的字词极朴拙，但简单的背后，总存有深意。以往，总认为是他刻意经营的结果，读过他晚年自述，才知道，依他的出身，他只能写那样的文字。

　　他只有小学的文化，做湘西王陈渠珍的文书时，因为长官爱书，他才多读了一些典籍；出道前，他算不得博览群书。然而湘西是蛮地，生活不遵从常规，物事复杂，多传奇，便让他讶异，甚至震惊；于是，便产生了记述的欲望。对他来说，不掌握更多的书面语言，心里稔熟的，是那里的土话——也就是地方方言。用纯粹的方言写作，有不灵光的一面，就是容易与读者产生隔膜，理解的困难，往往会使读者不能跟他一起叹息或感动，费力不讨好。

　　毕竟是沈从文，他天分高，有悟性，在无奈中，对方言进行了便于传达的改造。既保留原有的韵味，又让地域外的人能读懂——他把方言转化成汉人的口语。但究竟不是书面语言，不遵循既定的语法规则，表达的效果，就又蛮荒又市井，又俚俗又文雅，像国语中的"外语"。他的书写，因此就有了自己的个性。

湘西的传奇与独异风俗，再配上这样的"各色"语言，就另类了。

哗变的士兵被枪决前，既不惊惧，也不悲苦，而是满脸的淡漠，甚至麻木，盖因为那个地方兵变频仍，经常有成建制的人被杀掉。看多了死亡场面，传奇变成了家常便饭，也就懂得了生命的真相。吊脚楼上的白脸长身的女子，与人相悦时，送出全部的身心，狐媚得蚀人魂魄；一旦被人遗弃，甚至遭沉潭的厄运，却并不报以情怨，而是平静地隐忍着，毫不计较——盖她们经多了风情，知道感情这个东西，之所以诱人，就是因为它不可靠。

自足的传奇信息，被既通畅又滞涩的笔调叙述着，自然就愈加动人了。

所以，"粉红色"作家沈从文并没有那么复杂的背景，他的不可捉摸，是敬畏字纸的读者和自以为是的批评家自我催眠的结果。

至于他的学生，被孙郁称之为中国最后的一个"士大夫"文人的汪曾祺，也是深知其中三昧，忠实地延续了乃师的余脉的。他把《诗经》以降的古诗意绪，明清小品的清雅品质，同民俗风物、市井趣味相融合，弄出一个既有丰沛的书卷之气，又有氤氲的平民情怀的书写文体。这种文体，既属于书斋，又属于民间，因而他的文章被广泛接受。这一点，比知堂老人入世，因为知堂的书袋气太重，有拒人千里的毛病；又比废名练达，因为废名太看重个人异趣，故意和常人口味相执拗，便患孤患寡。

所以，汪曾祺一派风雅的背后，底蕴其实就这么简单。

《故里三陈》里陈小手这个人物身上就凸显着汪氏的文体特征。写他作为男人，却有着一双女性般纤柔的小手，且去给军官肥白的美妇接生，就有了诱人阅读的市井趣味；军官像对恩人一样报以重金，且客客气气送他出门，却从背后一枪把他打下马来，就有了小品的内涵。小品是重雅洁的，是重回味的。他这样写，效果就出来了。

　　巴金的小说，包括他晚年的随笔，细细品味，都有很重的感伤和虚无色彩。长期以来，许多论者都认为那是缘于他早年所受的巴枯宁、克鲁泡特金等无政府主义的影响，甚至还包括赫尔岑伤世情怀的熏染。读了《巴金的两个哥哥》，我突然觉得，这些认识都是靠不住的。在这本书里，巴金说——

　　我的两个哥哥都是因为没钱而死去的，而现在我有了钱还有什么意思？我也不想过好生活。

　　这虽然是一句平易的话，却有催人泪下的血泪滋味。重新思考，不难发现，人的一生可以经历种种改变，有些因素是从来也改变不了的。其中，血缘、亲情关系，是最不易改变的，因为它是社会关系和人性的基础。一个人，无论如何漂泊、如何奔竞，他最后的回归之处，无非是故里和家庭。家庭是人心中的圣殿，血缘、亲情关系是人性最根本的牵制。一个再冥顽不灵的人，也知道要衣锦还乡，而不是锦衣夜行；一个再不慕虚荣的人，也会把荣誉的光环放大于家人之间。家人对一个人的价值认知，往往比社会对他的认可，还令他满足。所以，"光宗耀祖"不是什么见不得人的狭隘伦理，而是根本的、积极的人性驱动。

后来的巴金，虽然金钱、地位、名分等等，统统都有了，而且还都是大有；但是最能够欣赏，并与之分享的家人——他的两个敬爱的哥哥却都不在了，他的生命失去了价值认知坐标和根本性动力，所以他说：我也不想过好生活。

他的这句话，让我感伤了很多日子——我父亲是个山地人，一无所有，是自虐一般耗损了自己的身体和心智，才把我成就为一个平地人。我因此就不敢懈怠，暗暗发誓，要用不凡的作为回报他。但是，他没有等到那一天，仅仅52岁的年龄就死了，死的时候，他的面相年轻得跟我不分上下。所以，当我有了官职和文名之后，我高兴不起来，每出一本新书，就在他的坟茔上，一页一页撕下来烧。火光中，总是出现他那张年轻的脸。这种阴影，是一直也抹不去的，现实中的我，便一边追逐着，一边心灰意懒。

将心比心，我觉得巴金的感伤和虚无，不是什么主义的产物，而是生命化的东西。晚年的巴金为什么是那个样子？因为他不再看重自己的所得，心无羁系，便敢于自嘲、自审、自剖，随心所欲地说话——说真话。

所以，伟大的人道主义者的巴金，不过是一个更重亲情的人！

著名漫画家丁聪先生，跨了两个世纪之后，依然思维前卫，佳篇迭出，可谓艺术之树常青。有人说，丁聪不竭的创造能力，缘于他的天分，他是个千年一出的天才。跟丁聪接触密切的人说，这真是见文而不见人的冬烘之论。他年近九旬，还自称"小丁"，待人接物率真坦直，毫无机心——他的创作激情，缘自他始终不肯长大，始终不肯一息消泯的童贞和天趣。

他自己也说：有天趣的人就是天才。

我相信这种天趣说。人幼时，个个都发天问，个个都有惊人的灵性，个个都有天才之相。为什么长大之后，天分反而就少了？盖怕别人说自己不成熟，便努力遮掩天趣，而皈依"人说"。人说是个什么东西？人说往往是庸常之论、庸俗哲学。

一说话，就要合辙押韵，哪里还有自我言说？一做事，就要循规蹈矩，哪里还有个性施展？

这就是天才消失的真相。

由沈从文、汪曾祺、巴金到丁聪，皆是从小处看大，从简单处看复杂。看来看去，感到世间的事，不过如此。

俞平伯在《中年》里说：人生变来变去，总不出这几个花头——男的爱女的，女的爱小的，小的爱糖。

品味之余，我不禁会心而笑，感到他简单得复杂，小得深刻。他所言之小，恰恰是人性的支点。

2005 年 5 月 6 日

美味之鼠

著名报人张友鸾是个妙人，每著文不忘调侃。他写优生学家兼心理学家潘光旦时，贴着潘的身份，讲了一个食鼠的故事。读过，感到调侃有时比正论要深刻得多。张友鸾是这样描述的——

一九四〇年，潘光旦在西南联大执教，任教务长，同时研究优生及心理学。其时云南多鼠，潘深受其苦，便每天晚上张夹设笼捕之。有一日竟捕鼠十余，剥皮斩头，掏取内脏，洗净切匀，让夫人治为肴馔。夫人皱着眉头问道：我做饭，每日三餐虽说不上丰盛，却也常有鱼肉，今日为何以此苦役相难？潘解释道：我这是为了学术研究，不关伙食，请你一定要帮助我。夫人无奈，只得切葱拍姜，烹以酒。少顷煮沸，竟甘香扑鼻。潘大喜，欣邀好友亲朋数人，其中还有同作心理学研究的教授和学生，谎称偶获野味，欲与诸位分享。鼠肉端上桌来，潘举箸相邀，张口大嚼。众客闻香而动，应声共啖。然而咀嚼再三，竟不辨是獐是鹿。一客问道：此肉质细而嫩，且味道鲜美，不知是何野味？潘笑而应曰：鼠肉。众客哗然。想再尝一块的停住了筷子；嘴里正咀嚼着的则吐了出来。见此情景，潘一再保证，其中绝无有害身体健康之物。但无论怎么劝说，直至终席，终无问津者。潘光旦教授轩然而笑说：我又在心理学上得到一条证明。（《潘光旦食鼠》，载《张友鸾随笔选》，2005年3月，北京十月文艺出版社出版）

鼠肉质美，且无害，非秽哕之物，人之所以不能接受，盖先入为主的观念使然。即：鼠之惑，不惑于鼠，而惑于人心。

取"惑于心"的视角，再去关照熟悉的物事，感觉就大变了——英伦散文，文字净雅，论理谨严，是很耐咀嚼的。长期以来，几个英伦散文的选本，一直是作为枕边书而悉心揣摩的。但读过爱尔兰作家乔治·摩尔的《一个青年的自白》之后，就再也没有阅读的兴趣了。即便是硬着头皮读上几页，也是兴味索然，直感到，它谨严的观念的背后是陈词滥调，净雅的文字背后是装腔作势。

乔治·摩尔揭露了一个真相：英国散文的作者，都是一些三流的作家，他们被证明在小说上已属无能之后，才去操弄散文。"在英国，只有劣等的头脑才想写散文。"乔治·摩尔说得直截了当，很是无情。他还例举了笛福的例子。笛福因为著名的《鲁宾逊漂流记》而成为杰出的作家，但是，他的其他文字，也就是他的政论、随笔和散文，却都是文学垃圾。为了能够发表，他可以把自己的笔卖给任何一个愿意出钱买他文章的人。"一个作家，一旦他写出了一部杰作，他就不再是三流作家了。"笛福的成功说明了这一点。

尽管散文占笛福创作总量的大部，尽管他的散文与其他同类作家相比毫不逊色，如果没有《鲁宾逊漂流记》，他什么都不是。

或许乔治·摩尔写的是"酷评"，在极端中有失公正；或许英伦散文本身尚具有一流的品质，有不可湮灭的文本价值；但是乔治·摩尔的话，依然有颠覆作用——作为读者，我再也不能用确定不移的眼光看待那些作品了，我的阅读快感消失了。

鼠肉无辜，错就错在我们知道了是鼠肉。

钱锺书是个博览群书的人，他肯定遍尝了这种文字颠覆文字的况味，所以他用广采中西佳句的手法结构他的《管锥篇》和《谈艺录》，让别人在纸面上互相撕咬、丢乖露丑，而自己在背后偷偷地笑。所以他要拼命地推拒崇拜者的拜见，且说：鸡蛋好吃尽管吃就是了，没必要去晋见鸡婆。在得意之中，他也没忘记，鸡婆的形象是很不雅逊的，堆满屎溺和乱草的鸡埘就更不雅逊。

所以，钱锺书也是个妙人，妙就妙在，既知鼠，又烹鼠，且食鼠。

人间世界，还有一种妙人，那就是美人堆里的真美人儿。

即便是在众星捧月般如梦如幻的胜境中，她也不会恣意绽露，忘乎所以。她始终清醒于自己美丽背后的真实成色——她知道真实的自己，有淡淡的狐臭，腋下的芬芳，源自香奈尔一号；她知道自己有很深的哀愁，灿烂的笑容之下是暂时被遮蔽的阴郁；她知道自己在睡眠中，会不由自主地诞下口涎，且伴以毫不女性的鼾声……还有，在独处时，眼袋会发黑下垂，居室会凌乱不堪；还会不择时机地放屁，忍俊不禁地傻笑，傻笑时口腔深处的龋牙会忽隐忽现——总之，鼠相难改，鼠迹狼藉。

所以，真美人美就美在懂得韬晦之术——她不让人轻易接近，更免谈闺帏之事，她矜持神秘，内敛避俗，弄得很私密。

私密使她不漏败像，便有猜不透的魅力，便有接近完美的美丽。

这就是国色天香的真相！

所以，真美人与大智者是同一类角色，她不是美在天生丽质，而是美在后天的智慧——让你只知道是美味，却永远不知是鼠肉。

正如乔治·摩尔所说：诗之美在于晦涩，肉欲之美在于隐忍。

2005 年 5 月 20 日

地　母

　　林徽因有大美。她不仅是杰出的建筑学家，也是卓有特点的文学家。小说感性，诗歌清奇，散文典雅，占尽了天地灵气，令人生妒。岂止人妒，天也妒的，仅活了51岁，且身体柔弱，大美之形，苦与忧并。

　　世人皆乐于吟味她与徐志摩的"倏忽人间四月天"，也慕叹她与梁思成、金岳霖的"金三角"，认为，像她那样优雅地盘旋于爱她的男人之间，不乱分寸，淑仪有自，是不多的，是堪称楷模的。孰不知节制、自律的感情背后，是煎熬。

　　她本性是浪漫的，1934年2月27日她在致沈从文的信中说："没有情感的生活简直是死！生活必须体验丰富的情感，把自己变成丰富。"有这样"横溢奔放的情感"的人，却要隐忍，可以想见，她到底承受了什么。

　　是独自承受苦难、在无奈中有为，成就了她的美丽。

　　她饱尝了"横溢奔放的情感生活"给自己带来的苦乐纠缠，到了"不难过不在乎"的境界。她说："我认定了生活本身原质是矛盾的，我只要生活；体验到极端的愉快，灵质的，透明的，美丽的近于神话理想的快活，以下情愿也随着赔偿这天赐的幸福，坑在悲痛，纠纷（于）失望，无望，（在）寂寞中捱过若干时候，好像等自己的血来在创伤结疤一样！一切我都在无声中忍受，默默的等天来布置我，没有一句话！"

世人只看到了她的大美之形，却没有看到她的大痛之实，误读了她。

这种误读，使她越来越美，美得像神话，像天赐。

便感到，不美的女性，不是"原质"的不美，不美之处，是不堪忍受美和优雅的背后那巨大的担当，一遇苦痛，便嚷喊、啼泣、忧怨、乞怜，甚至自伤、自颓，呈现破碎披露败像，就丑陋了。所以，女性的所谓完美，实在是美在对待苦难的态度上的。

近读严歌苓的小说《第九位寡妇》，加固了这种认知。

王葡萄是个农村的小女人，寡居之时，迎来土改运动，为了使自己的公公免于被当作"地主"而遭受批斗，将其藏匿在红薯窖里，一藏就是 30 年。30 年的生活空间是个巨大的黑洞，种种变数游弋其间，之于一个小小的女人，那是个无法承受的境地。然而她承受了，且迎来了最终的灿烂。

她的承受之法，是依靠女性的身体和女性的耐力。

她知道，一为女人，也就只有这两种本钱；她也知道，倘要生存，是要付出的。

所以，她直面强暴，迎纳屈辱，更坦然面对自身的欲望。

男人们告诉她，我们之所以既轻贱你又尊崇于你，是因为你身上的水儿多。她笑着对自己说，这很好，水儿，既可以溶化坚硬的东西，又可以溶汇温柔的东西，生命的绳索是不会断的。

人们认为，这个女子不是个正常人，因为她身上缺一点东西，就是惧怕。

她也不争辩，只是说："我可爱受罪了，我是受罪的坯子。"

这可不得了，到了最后，她已经感受不到痛苦，像林徽因一样，"默默的等天来布置我，没有一句话！"经受过黑暗的洗礼，依然沉着，便愈加妩媚了——因接纳不公而心安，独享卑微而高贵，倒是让那些强势的人群发出感慨：她怎么能够活得这么好！

陈思和先生把她比之为地母，且说："地母是弱者，承受着任何外力的侵犯，犹如卑贱的土地，但她因为慈悲与宽厚，才成为天地间真正的强者。"

"地母"这个喻像很恰切。地母既是生殖力的象征，也是生命顽强和神圣的象征——她不仅旺盛地生殖生物意义上的生命，也蓬勃地生殖精神意义上的生存意志。

从另一个角度说，地母的姿态因为很低，就有了广阔的伸展空间——她可以吸纳污浊而呈现净洁，消解罪恶而供奉福祉，具有了包容和宽恕的力量。便让人感到，雌性虽然有垂泪的姿态，但骨子里却天然地葆有着一股像"水儿"一样盈盈满满的佛性，这种佛性与佛家的哀生与悲悯相仿佛，既疗救自己，也照耀别人，便有了比男性更彻底的人性关照和更坚韧的生命质地。因此，苦难可以轻易地打垮男人，而对于女人，往往是无计可施的。这是实证，而不是臆断，对女人的种种不恭，是可笑的。既然如此，身为女人的波伏瓦，竟有女性为第二性之说，颇让人不可思议。

也应该承认，因苦难而美的林徽因和王葡萄，因来路不同，呈现意义的方式是不同的。

林徽因除了"感性"的生活之外，还从原野走向内心（理性），把个人的苦难体验诉诸文字，去"反哺"他人。她说："人活着的意义基本上是能体验情感。能体验情感还得有智慧有思想来分别了解那情感——自己的或别人的！如果再能表现你自己所体验所了解的种种在文字上——不管那算宗教或哲学，诗，或是小说，或是社会论文——（谁管那些）——使得别人也更得点人生意义，那或许就是所有的意义了。"

她有人文意识，经历风尘和屈辱之后，还典雅，唇齿留香，耐人寻味。

而王葡萄依然游荡在原野之上，对苦难的承受，有草木的状态，"既然活下来了，就得活下去"。她的风范，即便是撼人魂魄，也只能是口碑心传，传到最后，就走样了。就像动人的民间传说，是谁也不当真的，简单地品味一下，就遗忘了。这是多么遗憾的事，要知道，原野上的磨砺是真正的大苦啊！

所以，原野上的证明，付出的代价是更大的。血泪暗洒，落地无声。怜甚！怜甚！

但是，一个本纪，一个传说，二者都美；在相互映衬中，意义就伸展了。

总之一句话，经历了苦难的煎熬还泰然处世的女人，是不朽的。

2006 年 3 月 25 日

阅读而行远

宁肯在《想象的悬崖》一文中说过一句话：阅读就是写作者的故乡，一个没有故乡的人是走不远的人。

他的话，我是同意的，因为经年不断的阅读使我感觉到，已有的书籍，都跟人类的来路有关，是精神遗传的细胞，影响着心灵的走向。也就是说，信念的确立，心像的形成，精神的创造，都不是空穴来风、无本之木，而是有着历史的根脉和思想的坐标的。

林徽因给我的印象，一直是才情皆俱、生活优裕、不食人间烟火的，有着"纯粹"的优雅之美。读过她的书信之后，我发现这样的感觉是错的——她虽然是林长民的女公子、梁启超的儿媳，是大家闺秀，但并不就是衣食无忧的——林、梁的没落，时局的动荡，致使她的生活起点与民女无异。事实上，抗战时期，她甚至穷到买不起鞋的地步，儿子也只得穿草鞋上学，而且还是最便宜的草鞋。对此，李健吾先生是感慨不已的；傅斯年还暗自向当时的教育部部长朱家骅致函为她求助。

但是，生活的煎熬，并没影响了她的生命品质。

卢沟桥炮响，她立即写信给在北戴河避暑、才七八岁的女儿："如果日本人来占北平，我们都愿意打仗，那时候你就跟着大姑那边，我们就守在北平，等到打胜了仗再说。我觉得现在我们做中国人应该要顶勇敢，什么都不怕，什么都顶有决心才好。"北平沦陷后，当梁思成一接到日寇"亲善"的请帖，林徽因就毫不犹豫地和丈夫一道，扔下家产，扶老携幼，穿过封锁，匆匆南下。不仅如此，1938年春，她在昆明写给沈从文的信中还表达了直接参战的心愿："陇海全线的激战使我十分兴奋，那一带地方我比较熟悉，整个心都像在那上面滚，有许多人似乎看那些新闻印象里只有一堆内地县名，根本不发生感应，我就奇怪！我真想在山西随军，（尽管）做什么自己可不大知道！"

然而，长期极度贫困的物质生活对一个幽柔的女性毕竟是残酷的，暗暗的销蚀，使未满四十正值盛年的林徽因，已变得形貌苍老而憔悴，疾病缠身如风中残烛。为了挽救这一美丽的生命，外国友人安排她出国疗养，她再一次做出了坚毅的抉择——决不做"白俄"，誓死留在祖国，患难与同胞共！

这感天动地的情怀，都是从林徽因给挚友亲朋的书信中，感受到的。林徽因是个科学家，她的书信不像文学家那样，是"公然"表演的道具，而是传递心灵消息的"私人"文件。成为"文学"而发表出来，也是身后的事，因而是可信的。

唏嘘之余，不禁追问：林徽因因何具有这样的精神品格？

我看是与她的启蒙教育、自身修为、知识环境有关。

林长民和梁启超都是"民粹"人物，通体的承载是中国的传统文化。林徽因的出生、成长、生活都是在"国学"的环境之中，尽管她也出过国、留过洋，但知识谱系的起点、骨架和细胞基因却是中国的。她是在"国学"的土壤上长成的一棵清奇的植株。

中国传统文化最核心的一个人文精神便是"修身、齐家、治国、平天下。"所谓"修齐治平"，就从源头上规定了中国知识分子的自身修为不是利己的，而是利他的，要有民生意识、家国忧患和历史担当。

所以，有理由说，正是这种"家学"的来路，使林徽因做了那样的选择，她所呈现出的境界，是文化的作用。

现在看来，鲁迅的"不读中国书"之说，多少是有些感情用事的。中国的传统文化，固然有保守、不易"变通"、阻滞"改革"的一面，但是它温厚的伦理因素，却可以给知识分子以起码的操守和应有的气节。换言之，读中国的书，也是可以行远的。

1953年3月17日林徽因在给梁思成的信中，透露了另一种耐人寻味的消息——

昨天是星期天，老金不到十点就来了，刚进门再冰也回来，接着小弟来了，此外无他人，谈得正好，却又从无线电中传到捷克总统逝世消息。这种消息来在那样沉痛的斯大林同志的殡仪之后，令人发愣发呆，不能相信不幸的事可以这样的连着发生。大家的心境又黯然了……

金岳霖、林徽因和梁思成有"金三角"的情感，萧乾为此曾感叹道："这三位都是了不起的人，有才能，有学问，品格高尚。他们之间是人与人关系臻于最美最崇高的境界。"所以，即便金岳霖经常陪伴在林徽因的左右，由于爱得纯粹，也得到了梁思成的尊重和信任，彼此是不猜疑的。但是，在信中，林徽因还是悉数地报上会晤的实况的，再冰、小弟之在，决不是闲笔。从这一点上看，林徽因虽然是个超凡脱俗的人，但也是不乏人间女性的细腻和周致的。她有按常规出牌的一面。

然而，这并不是我的兴趣所在，耐人寻味的是，作为一个不问政治的建筑学家，居然为斯大林殡仪之后捷克总统的逝世而心境黯然。那时的捷克，也是社会主义阵营中的一员，在林徽因的意识中，捷克的总统也是自己的领袖和同志的。不难看出，在她优雅优游的表象背后，骨子里是有很深的"政治情结"的。这里自然要包括那个特立独行的金岳霖，因为林徽因的笔下明确地写着：大家的心境又黯然了。

因为读的是私人信件，便不存在外界"迫压"的问题，一切都是内心情感的真实流露。

这不免让人想到知识分子的"个人话语"与"国家话语"（或曰"政治话语"）的关系问题。

有论者说，新中国刚刚成立，从延安走来的知识分子，就已经基本完成了从以"个人话语"为中心到以"国家话语"为中心的思想转变，成了革命的知识分子。之所以这样，是因为这一部分知识分子经历了"文艺抗战""延安文艺座谈会"和"延安整风"等思想改造运动，主观世界已深深地打上了"阶级的烙印"。

然而，解放区之外的知识分子，在事实上，接受"改造"的态度也是积极的，也是自觉地将"小我"融入"大我"的，甚至表现出更加急迫的姿态。这一点，有大量的历史案例放在"明处"，是不需详细论证的。

为什么会这样？从林徽因的私人信件里，是可以"窥"到一个合理的解释的：还是与中国的文化传统有关。

中国传统文化的核心部分是儒学。儒学从本质上看，是一种政治文化、制度文化，它主张忠君、孝悌、克己、复礼，主张家国合一，是为"国家话语"和"政治伦理"服务的文化。长期浸淫的结果，儒家思想已经成为中国知识分子的思想"正统"，是修为的起点和指归。既然家国已在，凭什么不爱国？"大我"是正统，"小我"乃偏锋，是容易折断的，也是不道德的。

新中国成立后，林徽因的身体每况愈下，但她为共和国工作的热情却是越来越高涨了。1953年间给梁思成的信件中，已没有丝毫私人的成分，通篇通报和讨论的都是人民英雄纪念碑的设计问题。她不担心自己的气管是否能承担那样的负荷，只关心是否"最有把握"地把事情弄好，不至于"全功尽弃"。

两年后，她病故了。但是，她却把自己灰色的名字篆刻进了红色的历史之中。

因此，她永远也不再是"新月派"的女诗人了。

2006年4月16日四十三岁生日前一天于北京良乡石板宅

精致的写家

吴组缃是个追求"精致"写作的人，描绘讲究精准、抒情讲究精确、用词讲究精当，一招一式都要妥帖，绝不马虎。如果做不到"吟安"，就不写，所以就写得少，以至于让人感到他有些懒，浪费才华。譬如，曹禺就在1948年9月28日给吴组缃的信中说：

> 我感谢你，你真鼓励我。我一个人很苦恼，写不出东西来。不像你，你有的是好材料，好文章。你是懒，我是贫。你略略放出一两手，便够我们多少天的咀嚼。我挣命似地想写东西，却没有一丝消息。我羡慕你，真羡慕你！

然而吴组缃不怕别人说自己懒，固守精致，不乱自心。他认为，写作一如做人，生活苦些不要紧，苦不死人，关键是不要丧失名节；文章少些不要紧，少不丢人，关键是不要丧失品质。

由于追求精致，不敷衍，所以曹禺说他小说写作"有些地方显得拘谨"，得放笔处不放笔，成型的作品就拿出来的少。但是，这种"精致"意识，使他字字不苟，即便是日记文字，也不随意、放任，都要呈现真趣、特见和卓识。譬如他的《日记摘抄1942年6月—1946年5月》，虽是日常的记述，却有大作的品相，让人驻足品味处多多，让人击节感叹处多多，疑似在读经典，收益甚巨。

这部日记摘抄，登在2008年第1期的《新文学史料》上，因搜寻单行本而不得，多年来一直保存着这期刊物，每到读写无趣时，就翻出来品味一番，以获启迪。

吴组缃的日记，在两个维度上用笔最勤，一是衡文，二是论人生之理。

对文章之道的品鉴和议论，他都是从具体的人和文本出发，直击鹄的，虽只言片语，却殊胜于空泛的长篇大论——他读过巴尔扎克的短篇小说《大白莱德克》《海滨悲剧》等篇什之后，认为大师的优势在于巨制，一到短篇就露出败象，因为其短篇"皆重情节故事，写人物甚淡薄，唯铺叙活泼生动而已"。（1942年8月28日）

托尔斯泰的《复活》阅毕，他记述道："托翁的作品，其最大的特点，是其写人物似乎无明显之善恶之区分。人本无是非善恶之别，其区别皆是从极窄狭偏执之观点得之。托翁气魄雄大，观察深刻，故有此表现也。"（1942年12月4日）

他在1945年1月21日的日记中写道："读臧克家兄所送《十年诗选》。描写农村生活的作品极佳，为此是怀念过去，感伤的意味太浓。亦有许多首索然寡味。语言过于洗练，念不上口，此等处太旧诗化了。臧诗仍是中国诗传统多，接受西洋诗之处太少。"短短几句，却是一篇完备的《臧克家诗论》，把臧诗的特征和成因，毫不藏掖地论述精当了。其纸短而意深，令人拍案叫绝。

在 1945 年 5 月 2 日的日记中，他在记录了与胡风、张天翼闲谈时，张天翼当面对胡风的批评态度表示不满的实况之后，议论道："（可取的）批评态度，谓心胸当宽，眼光当大，对友当容，对敌人当猛击。若无原则，任凭意气，则必处处树敌，四面楚歌。胡风则谓见友方缺点，往往比见敌方劣迹更为使人恼恨，此则不可宽容。胡风不善处人，故以群（叶以群）等均对之厌恶，不与合作。天翼故讽之也。"这貌似记闲，其实是正论，坦陈胡风的偏执和褊狭，代表着大部分自由派作家的普遍看法。不禁让人联想到，胡风的论敌"构陷"他，可以悲悯，但友人们对他也多有怨怼，就可叹了，这说明，胡风本人是有问题的。

具体到小说，吴组缃在 1945 年 11 月 27 日的日记中写道："简单之题材，单纯之主题，可以第一身写；深刻之内容，繁复之场面非以第三人称不办。又说倒叙、插叙、直叙之不同，以为倒叙、插叙皆小巧之手法，纤弱之题材，轻灵之风格可用之，若夫宏深博大之内容还是堂堂正正平铺直叙为宜。又说用技巧当不着痕迹，不以文掩其质。"读了他的这段话，我便明白了，为什么他常对自己的写作进行检讨，说自己"我受传统文学修养之毒甚深，于文字技术力求整饬，下笔写作，便有一'做文章'之意念存乎胸中。"盖因为他对写作不缺乏科学的现代意识，只不过他对文字的刻意"讲究"已形成习惯，即雕琢成性，成了下意识的动作。可以看出，他对"精致的写家"的美誉是不太认可的。

他很自醒。

至于他对人生的议论，更是处处精辟，且不求周正，剑锋毕露，偏往疼痛里戳——比如他在 1944 年 2 月下旬（无具体日期）的日记中对理想主义、实际主义和现实主义的特征断然描述道："理想主义者无视于实际，往往呈其幻想，脚不着地，及见得实际之一鳞半爪，乃大骇怪，而悲观，而绝望，而自暴自弃，而随俗浮沉，至此逐一变而为实际主义者。实际主义者何？即毫无理想，唯承现实，以现实为合理，为不可改移，而唯思于此黑暗丑恶之现实中，取得利益，以满足个人欲望，世俗中人都是如此，社会之不能改进，民族之不能复兴，皆以此故。现实主义与理想主义不同，以其执着现实认识现实故也；又与实际主义不同，以其怀有理想，而思期改革现实，以符合其理想故也。故理想主义多盲动，失之幼稚，而终无成就；实际主义者惟利是图，本不期有所成就，故亦无成就；现实主义者尚改革，得寸进尺，游刃有余，必有成功。"他的论断，语句虽佶屈聱牙，但理性勃郁，能说服人。

在 1944 年 1 月 29 日的日记中，他说："我深感家庭之组织为人之桎梏，种种苦难与罪恶均由此而生。人之贪污、卑劣、窄狭、自私，甚至残酷恶毒，细探根源，亦系由家庭组织而来。人之事业不能成就，才能不得发挥，亦往以此桎梏故。我甚至以为一切社会问题均当归于此一家之病根。人们以为家庭中有情感，有温暖安慰，因而不愿废弃之，实乃由于惰性之观念。真正社会主义之社会，将有更健全更伟大之感情产生，此是不待言者。"他之所说，是被种种人的生活所证明了的，话语虽冷酷，但底蕴是温煦的，有过来者、大智者的善意。几年前，一个文坛新锐曾对我说，他视写作为生命，若谁与阻挡妨碍，即便是父母、妻儿、亲朋、好友，也要与之决绝。当时我觉得他这个人很可怕，有不义样相，后来他果然异军突起，有大成就，现在看来，结合吴组缃的论述，他的态度，还是可以理解的，即便我从感情上还是不能接受他，但敬意还是有的。

关于痛苦，他在1944年11月26日的日记中写道："（说到悲哀）淡淡的悲哀最可怕。重大之悲哀使人号哭，可以发泄出来，唯淡淡的悲哀撄于心，拂之不去，使之莫可如何。正如暴风雨不可怕，以其痛快故，唯毛毛雨下得满地泥泞，绵延不止，最为可怕。"这颇让人会心，有人生经验被验证的满足感。因为我多年前就写出过自己的体验："父亲死，死的现场我哭不出，因为还有安葬他的责任；当坟茔堆起，始知亲人永诀，有了再也无法化解的永远的痛，便破嗓大哭，声如驴嚎。"

读了他1944年7月11日的日记，我不禁放声大笑。他记述冯玉祥面对异己、面对谗言，欲怒又止，因看到身边斯文的乃师（吴组缃当时是冯的文化教员），不好发作，便故作潇洒地说，人一不如意就骂天，而天并不生气，仍把太阳照在他身上，把雨落在他田里。对此，吴组缃说道："他自比于天，可知并无反省。"是他这轻轻的一声点化，让我忍俊不禁。因为吴的日记里多有对冯日常行径的记录，冯不过是一介丘八，肚量狭窄，心无点墨，但有自塑形象的意识，会装潢门面、装腔作势罢了。

是精致写作的修养，让吴组缃的日记具有了巨大的信息容量、文学价值和语言魅力，也让我们知道，文体无长短，文章无大小，只要态度认真，也会长在短处、大在小处。

2018年4月12日于北京良乡石板宅

向卓异的书评传统致敬

我是书评文字的耽读者，也是热衷于"新书话"写作的践行者，所以，对有关书评（书话）的著作，久发兴味。窃以为，书话虽然也是关于书的评论，但是书话有别于一般端持的文学评论，它不拉开架势做学理上的评判，而是作感性说，即"我"对书的感觉、感想、感受，率性而为，言为心声。

循着这样的理念，我感到近些年来的书话创作，能给人吸引、能让人驻足并回味的作品颇不多，竟至于失去了对这一文体的阅读期待。所以，当我读到彭程的《纸页上的足迹》时，先是眼前一亮，之后是激动不已，我反复阅读，不忍释卷——这是一部既有书象又有世象，既有书论又有我思，知性、感性、智性浑然一体，具有高度复合品质和经典品相且向民族优秀书评传统致敬的书话作品。它是当代书话创作的重要收获，为此类文字树立了一个不容置疑的文本标杆。

以往的书评传统，有鉴赏、眉批、点评等，都是一边阅读一边评说的动作，它不要求整体的把握，呈现的是即时的感受。到了金圣叹那里，对书的品评，更是主观爬剔，一味地意气用事，剑走偏锋，发耸人听闻之论。好像他对书有仇，若不刀刀见血，便不能心安。虽一如奇谈怪论，但也把读者麻倒，因为有血性、有爱恨、有思想、有卓见，即便是过于主观，但大家也心领神会，大感过瘾。好的书评，正有着"歪批"的性质，冲击平庸，让人惊悚，触及灵魂。

到了李健吾那里，书评渐渐近于书话，多了创作的色彩，当作美文来写。一书到手，他不施以冷眼，更不取高高在上的姿态，而是与作者拥抱，投入感情。着眼于作者的生命状态，关照于作者的生活遭际，首先解决书为什么"这样写"的问题，然后再贴近文本，话短长、论得失，悉心呈现书的特点所在、品质所在、价值所在。他做的是"三知"式的评说，即：知人、知世、知文之论，他与作者结伴而行，有设身处地的体贴，写感同身受体会。李健吾的那个时代，总体地尊奉"文学即人学"，所以他的书评也是立足于人生的。他说："批评者的存在，其对象是文学作品，他要以文学的尺度去衡量。然而文学的表现是属于人生的，批评的根据便也是人生。人生是浩瀚的，变化的，它的表现是无穷的；人容易在人海中迷失，作家也容易在经验中迷失，评论者也同样会在摸索（阅读）中迷失。所以做人必须慎重，创作也必须慎重，批评同样必须慎重。"他还说："批评者不是一个清客，伺候东家的脸色，但也不要给人家脸色，（其批评人格）是以尊重人之（创作者）自由为自由。"由于他的书评有平等、悲悯、自由而慎重的底色，在公平的态度下，说贴心贴肺的感情话，是有生命、有温度的批评，作家和普通读者都被吸引、都被感动，便情不自禁地击节叫好，并且也当作美文来欣赏。

李健吾之后，钱锺书也偶做书评。他渊博，学富五车，所以他的书评是建立在学理之上的"从书到书"式的批评。他从书海里找航标，从书山上找路径，在广泛的价值参照里说准确的话。由于通透，学问与人生处在触类旁通的境界，便在深奥处说浅易，在卓异处道家常，且语调幽默、谐趣，让人如沐春风，在些微的料峭中回味暖意。因而由着他的指导，或"诱引"，人们普遍尊重书，以书香为贵。

到了唐弢时期，明确地有了书话的概念，他认为，所谓书话即"包括一点事实，一点掌故，一点观点，一点抒情的气息。它给人以知识，也给人以艺术的享受"。他的书话理念，影响了一大批人，但多是书斋里的人物。他们的兴奋点，不在于把书读透，像钱锺书一样做"读书种子"，而是把读书当作获取有关书的知识，把书当作掌上的清玩，摩挲玩味，然后说版本、记来历、话交往、叙掌故、钩沉"趣味"，敷衍成文。为了能大量地写，他们奋勇地藏书，并互通有无，以拥有得多、信息量大为资本，"雅"在书人、书事、书趣之中。所写出的书话，飘逸而浅，甚至不关涉书的内容，其思想含量、情感含量、人生的含量，整体地稀缺，大有"散文之余"的味道。

到了晚近，批评家登场，他们在长篇大论的间歇，为缓解寂寞，也涉足书评。他们难改痼疾，取居高临下的姿态，意在对作家的创作进行指导，因而不是从文本出发，而是用自己既有的理念，"套"作家的作品。意气相合者，施以誉；趣味不同者，则施以毁。一如钱锺书在《约德的自传》中所说的那样，他们做书评的时候，不用细看所评的书，而是用鼻子嗅一嗅，便成竹在胸，便知好歹，便洋洋洒洒地写起来。所以，他们的书话，是"学问之余"的自我发泄，言不及物，态度恶劣，殊不可爱，殊不亲切，读之隔膜。

通观彭程的《纸页上的足迹》，则鲜明地体现出他对中国书评传统的清醒把握，他取其优，去其劣，融通自化，做推陈出新的文本建构——他不取创作指导家的写作姿态，不用自己的文学理念去"套"作家的作品，而是一书在手，先问来路，照拂作家的出身、生活的状况、作品生成的现实因由，然后在精研文本的基础上，爬剔出书的特点和价值供奉。他不任性臧否，也不廉价溢美，而是沿着作者的心灵轨迹、话语方式作贴心贴肺、入情入理的中肯言说。他尊重作者，尊重书，论理文字也带着温暖的感情，让人如沐春风。譬如他对长篇小说《玄武》的评论，就贴紧了作者的出身和京西农村改革开放三十年来的变迁实况，阐释出作品的时代意义和哲学意蕴，让人看到，乡土社会有着自己的逻辑，在大地之上，每束阳光都有照耀的理由。

他也不取金圣叹式的眉批、评鉴和点评，他信奉帕斯捷尔纳克所说的文学的最高境界，是表达的"准确性"，因而他通读作品，不在局部纠缠，做整体的把握，以避免以偏概全。这既跟他是北大出身，有从胡适、知堂等前辈学人浸润而来的人文涵养有关，也跟他的为人和性情有关。他性情持重厚道，心中充满悲悯与善意，有从容、包容、宽容的雅量。即便是心中有激荡，有风云，有块垒，也缓缓吐纳，娓娓道来，好像他耻于意气用事，拈花微笑，以理服人。也就是说，他不追求金圣叹式的刺激、过瘾，他追求的是论说的准确。譬如他对周晓枫散文的评论，虽然在散文写作的理念上与前者有大不同，但他却不以一己的好恶，做主观的评判，而是沿着作者的习惯和文绪，让周晓枫"论"周晓枫。这样一来，就看到了作者在语言绚烂闹热之下，其实是有着很精微、很冷静、很深刻的东西在的。原来周晓枫是个很自足的作家，兀自用密集的修辞"放大"自己的生命感受，不担心被"误读"。

正如学者刘江滨记述的那样，彭程喜欢读书，也喜欢藏书。《书痴悔悟记》记述了他对藏书的痴迷已到了不可救药的程度，笔调幽默，让爱书人会心一笑。他的藏书有半万之数，屋子里六个书柜倚墙而立，顶天立地，其他地方触目所及也都是书，用彭程自己的话说，他的读书之乐，胜于写作。由此观之，他绝对也是个饱学之士，有大体量的阅读，但他却不学钱锺书式的"从书到书"的议论方式。一卷在握，学问的品质之外，他更看重的是书对生活、生命、生民的关照和阐发。他的着眼点是作品是否对世道人心有独特的价值供奉和话语照拂。换言之，他的书评作品，把文章通盘地人化、人性化、生活化、生命化，在这一点上，他接续了李健吾的书评传统，拥抱作者，投入感情，在"文学即人学"的维度上，以心品之，以情出之。他的这种话语方式的由来，还有一个至关重要的因素，就是他本身就是一个优秀的散文家。他的散文写作，不为时风所动，坚守在"母语的屋檐下"。在他那里，所谓"母语"，既是来自"妈妈舌头尖"上的声音，包括乡音在内的与生命俱来的、承载着历史记忆、感情记忆的出生地的语言，更是回归生命本体，以人的基本情感，譬如乡情、亲情、友情，为创作母题，呈现恒常、深刻的人性内涵，从根本上回答人之所以是人的哲学命题，即：一切都立足于生命的原点，伦理的基点，在人的普遍生活和人情、人性恒常之处款款落笔，做从容、准确、朴实的表达，写出了通透、蕴藉、经典的（人人都有的）生活经验和生命体验。也就是说，他的书评写作与他的散文写作，一脉相承，互文同构，并相互涵养，系精神构筑的两轴，一起成就他的心灵气象，做在场及物的情感表达和思想表达。

从整部《纸上的足迹》可以看出，能被彭程选中阅读并肯于评骘的书，多是能让他心弦共振的文字，因而他与作者脉脉晤对，做灵魂上的交流，结伴而行，互动共思，相互补充——既体察了别人的胸臆，一旦评说，就深中肯綮；同时也拓展了自己的思维空间，在书的启示下，覃思云涌。正可谓，青灯黄卷本多情，掩下书卷的那一刻，正是"我思"登场之时。

所以，彭程的《纸上的足迹》，由于对新时期以来优秀的中外读物进行了经年不断的、涉略广泛的、深情投入的悉心爬梳，便客观地构成了一部文脉清晰、书香博郁、呈现准确的"一个人的阅读史"。又因为它绵密而真诚地记录了一个写作者在与书为伴中的生命状态、精神脉象、思想意蕴和心灵轨迹，便理直气壮地成为了一部具有代表性意义的人文知识分子的"启示录"和"心灵史"。

还应该提及的是，长年的书话写作实践，使彭程对这种文体有了圆熟而深刻的把握，并自觉地把它上升到理性的层面，他说——

作为一种文体，读书随笔（新书话）也有自身独特的魅力和优势。相对一般的随笔文字，它更多是围绕一本书或一类书展开话题，较之某些泛泛的抒情和议论，因为有所依傍而减少了空疏，显得更切实可触。同时，一本书在茫茫书海里被选中，被阅读，并且读后意犹未尽，必须诉诸文字而稍安，一定是因为书里的内容拨动了阅读者感受的心弦，引发了他的共鸣。那么，这样的文字，就不会是仅仅局限于复述、阐释原书，而是处处结合了作者自己的所感所思，浸润了他的心性魂魄，读后分明感到作者的脉搏。乍看谈论的是别人的书，其实表达的完全是自家心意。再者，和一般的书评不同，它并不担负对书籍作系统评论的任务，而完全从作者的心性出发，这就使得在写法上大可随意，既可天马行空洋洋洒洒，亦可择其一点不及其余，舒卷自如，有流水行云之妙。另外，它的清醒的文体意识，对语言的强调，也使其避免了"言之无文，行之不远"的弊病。总之，散文的诸要素，情感、智性、文笔、趣味，在这一文体中都能得到良好的发育，其中的优秀之作，跻身最杰出的散文之列亦毫不逊色。正因为有这么多的优长之处，才使得随笔园圃中的这丛佳木，发育得如此葳蕤，成为一处独特的风景……

从彭程的界定可以看出，新书话是一种入世的文体，它不把自我封闭在书象之中——不满足于书中所得，也不沉醉于书中意气，而是面向世象和人类的整个精神世界，以书为诱引，可缘书而谈，也可离书而论，因书而触发的思想、情怀和感悟，均悉数道来，无拘无束，任意点染。其着眼点，是主观的表达，且利用凡常人生对精神的敬仰和对书本的敬畏，发挥出"子曰效应"，完成对灵魂的浸润与提升。

从这个意义上说，彭程被称为"新书话"的发轫者和文体家，是不为过的。

2017年11月6日于北京昊天塔下石板宅

灵魂在场的证明

　　记不得是何时与古农相识的了。虽然相识很晚，也就是近几年的事，但给我的感觉，却像是与生俱来的交往，因为志趣相同，不必问来路。

　　那年他做《书脉》，不知他从哪里知道了我的通信地址，不声不响地把刊物寄来。好像他知道自己所办刊物的品位，有足够的自信，知道我会被吸引，不发宣言，兀自寄。《书脉》办得精致、精雅、精当，就是读书人喜欢的那种，我便耽读不止，宝爱之。在一个时候，他猝致大函，要我"赐"寄几篇书话，他要为我编一特辑。我不禁暗喜，毫不犹豫就寄了，因为有《书脉》的铺垫，便深以为幸，来不及矜持。待刊物寄来，不仅文字照登，还配以我大部分著作的书影，感到他很熟悉我的创作，已把我视为同道，在他的家门口，等着我到来，并在正厅上看座，招待以醇酒香茗。

　　后来他与南京的一家报纸合作，把《书脉》办成了公开发行的、报纸型的《书脉周刊》，且风生水起，在读书界颇有冲击，引众人瞩望。又一个时刻，他又猝然来电，要在《书脉周刊》上再为我做个书话专辑，让我隆重登场。是刊有杂志样相，首页登巨幅彩色人像，使亮相的人有大师风范，颇让人膨胀。我暗自揣摩，觉得他的这个做法，表达的是他以读书为贵的情怀，是在向真正的读书人的生命寂寞致敬。从那时起，我对他肃然起敬，觉得他是在红尘滚滚中的一个稀有品种，纯粹的读书种子。后来我开通了微信，看到他的微信名号，居然是"书鱼子"，不禁莞尔。他不过是个小人物，却有那么大的文化担当，试图以一人之力，开国人的"书脉"，不啻是一个以文学为信仰的当代的堂吉诃德。

之后，他的这种担当，又扩展到了日记文学领域，不仅编《日记报》（并主持河北《藏书报》上的《日记周刊》版），还推动济南大学泉城学院成立了中国日记教育与日记文史研究中心，规划建设了中国日记资料馆，还策划出版系列日记丛书。其最著名的出版行为，一是在人民日报出版社推出系列日记研究丛书，计有《日记闲话》《日记序跋》《日记漫谈》《日记品读》等；二是与海天出版社合作，持续推出日记文学代表人物的压卷之作。至今已经出版十几卷。在十年间，还组织举办了五届全国日记文学论坛。在日记文学领域他有着不没之功，有公认的"符号"影响。

我与日记文学的亲密关系，也是因古农而生。以往，我对日记的写作，只是兴之所至，偶然为之，并不把它当作"正业"，甚至还多有鄙薄。就是这"偶尔"的文字，居然被他发现，三年前，他致函于我，要我为他在海天出版社主编的日记文丛整理一部个人日记，以"壮大"阵容。他情之殷殷，话语恳切，我无法拒绝。但我的存货不多，难以成卷帙，他说，你可以新写，我耐心地等。他的等待，疑似索命，我便放下别的写作，以每天的生活为经，以每天的所见、所闻、所思、所感为纬，拼命"创作"日记。不期兴致大开，一发不可收，一年下来，竟得字五十万余，已远远超过丛书规定的十五万字的规模。待回头翻检，发现，这已非一般意义上的日记，而是内涵宏富的"思想录"。由此，顿生野心，索性放开去，学顾炎武、巴金的榜样，写一部属于自己的"日知录""随想录"，使其成为文坛的一个特殊的存在。有了这样的目标，我把确立了大思想文化散文的写作架构，朝着自成系统的方向迈进，内容涉及历史人文、时代风潮、个人情感、人生体验、大地道德、社会观察、读书心得、百姓生活、文化批判等各个方面，在无所不包的广阔疆域上，纵横驰骋、任性挥洒。之所以依然采取日记体的写作样式，是为了使创作具有强烈的现代感、现场感和及物性、灵动性，以避免泛论和空论，做到我笔写我心，能充分表达自己的思考和见解，既本真，又独特，更有生命的温度和质感。

三年下来，就有了煌煌三大卷、近一百五十万字的《石板宅日思录》《石板宅日思录续录》和《石板宅日思录三录》的出版。所以，我在第五届全国日记文学论坛上我说道——以往不写日记的时候，每天的经历、发现和感悟，灵光一现之后，马上就忘了。写日记之后，每天的观察、感悟、体验，包括阅读所得，都能够借助日记的这个载体，存留下来，使曾经有的生命定格在册页之中，让人有了来路和存在的证明。所以日记是一个很好的精神载体，它是一种心灵的储藏器、感情的展览馆和思想的备忘录，它能提升一个人的生命品质，从自然生物状态质变到灵魂生活状态，使人真正成为万物之灵。如果说，没有精神生活记录的生命等于虚度，那么，我五十三岁的人生历程，前五十年近乎白过，只有这后三年才有了真正的灵魂生命，而这一生命的诞生，古农先生是催生婆，所以我感激涕零。

这次，他要出版他2005年、2006年的日记，起名为《半生活，边角料》。读他的日记，我心中陡升大波澜：他虽然胶合于书，并以文为贵，实生活却极为入世，甚至有些凡俗。作为公司经营者，他要算计投入和产出、制作和销售，还要在竞争中寻求生路，还要处理棘手的劳资纠纷，他的生活节律是忙的，他的内心秩序是乱的，与读书为文所需的从容和宁静是背离的。因为人只有远焦虑和惊恐才能静，只有静下来才能读与思。然而他还要二者同治，其背后的承担，是巨大的纠结，甚至是痛苦的围困和尖锐的撕裂，若没有坚定的意志和坚韧的神经做支撑，很难处置得当。

有了这样的背景，我禁不住对古农生出大感慨、大敬佩。因为多年后，他有了在读书与经商二者之间游刃有余的生命状态，而且没有沦落为脑满肠肥、浮华拜金的小商人，反倒把自己成就为唇红齿白、抱朴见素的文学赤子。

从他的日记中我看到，他之所以能从灯红酒绿中超越、在钱缠利索中解围，是因为他的生命有定力，即他有一个一以贯之的生活理念：挣钱的目的就是为了理直气壮地朴素。所谓从商为文、以商养文，文商并举。

在这个理念支配下，他选择了一种自适的生活方式，即："朝起临商海，暮归耕书田"。

自适的起点是"不适"，不适的化解，是他笃信并践行诗人里尔克之所说："挺住，便意味着一切！"久而久之，便成了生命的惯性，就不会轻易被外界所左右了。一如他所说："我发现，骨子里的文人情结是与生俱来的，很难改变。所以，我觉得这样也挺好：朝起临商海，暮归耕书田。虽然'贰'，但彼此调剂，白天能专注于工作赚钱，夜晚能沉淀自己于闲读和日记，反省自己。可能这样的生活方式已经习惯，很难改变。"

从古农身上，有力地验证了一个说法：生命的存在也是一种惯性的成长过程，一旦习惯了，繁也是简，纠结也是和谐，困苦也是喜乐，便风流有自了。

尽管纸上的格言十分典雅，但他的"成长过程"毕竟是异质并行的状况。实际上，充满了陷落与回归、放弃与坚持、迷惘与笃定、趋时与脱俗的相互纠缠，灵与肉总是处在反复撕扯之中。也就是说，他的生活状态充满了大进退、大起伏、大跌宕、大反复。放在一般人那里，这种之"大"，到了最后，只能是生命的大痛苦，而对于选择了灵魂生活的人，就是大福了。因为大的生活反差和大的灵肉撕扯，正可以生成纷繁复杂的精神图谱，正可以获取丰沛充盈的生命感受，如果再施之以笔，必定是一个巨大的书写空间，笔下的文字，必定会充满了在场的质感和锥心的痛感。而古农的日记正是这种"质感"和"痛感"的记述，因而它区别于一般的日记文字，是一部有关精神涅槃的大书。便一卷在手，堪可读。

狄金森说，灵魂会自己选择前行的伴侣；《圣经》说，上帝寂然如鼠伏；庄子也说，圣人贵夜行。连缀起来，或可以得出这样的结论，所谓"寂然"与"夜行"，正是灵魂生活的状态，它远离红尘的纷扰和白昼的喧嚣，自觉地从世俗生活中出逃。所以，古农的"贰"，没什么不好，它暗合了中国传统知识分子"内圣外王"的精神操守，是一种向"贵"而生的宿命选择，心安就是了。还有，有鄙人陪伴，你何孤之有？拈花微笑，自信满满，兀自前行就是了！

"有我"与同境

　　梁平有大名。他主编《星星》诗刊时,我长年自费订阅,知道他的诗歌行径。他的诗,重意象,喜用峭拔的短句,读时铿锵,掩卷回味,则意韵绵长。我有点迷他。去年在作代会上,遇伍立杨,他把身边人顺势介绍给我,这是梁平。抬眼看时,觉得这个人好像是老相识,面目厮熟,便热情地握手,握得很紧。他厚朴地笑笑,说:"给我写稿啊。"语气也像是说给熟人,他这时做着《青年作家》的主编。目送伍、梁二人走远,我反刍,他到底像谁呢?我猛然想起,他与我父亲的模样有逼近之处。

　　去年年末,他出版《家谱》,我强索。他果然快递而来,且题签道:"凸凹吾兄雅正。"我心头一热,速读。他的新作,既熟悉,又陌生。依然是短句,凝练的有些瘦,但诗韵却陌生,好像他不再沉浸于意象和象征的手段,而是重感应和情脉,娓娓地夫子自道,意在阐释主观,写给自己。颇有衰年变法的味道,远离做作,用阅历支撑,以参悟抵达,贯之以通透,覆之以沧桑。都说诗人之树是永远都年轻的，但梁平的诗，是在练达处说天真，在朦胧处话洞明，性情与睿智交融。

读他记景的诗，不禁让我想到王国维的《人间词话》，联想到其中的《点绛唇》：

高峡流云，人随飞鸟穿云去。数峰着雨，相对青无语。
岭上金光，岭下苍烟冱。人间曙，疏林平楚，历历来时路。

王国维的这首词，正对应着他的"境界"说，系"有我的境界"。"我"之情与"客"之景相依相融，不隔不游。不隔：分不出"景语"与"情语"之别，以至于"意境两忘，物我一体"。不游：自然之景与"我之性情"是一种有机的呼应，不虚不伪，绝无造作——"高峡流云，人随飞鸟穿云去。"这是状人格的高拔与性情的飘逸。被金钱、名利等小欲望羁身的人，绝不会有"随飞鸟穿云"的自由情致。"数峰着雨，相对青无语"，是高标的境界、伟大的人格：巅峰人物，总是傲岸青俊着，不事自夸，不待人夸；着雨青秀，披雪苍茫；已有自身情态，率意而自然，无言而景奇。

而梁平的风景诗，处处体现着向王国维"境界"说致敬的姿态，不是在卖弄风华，而是景词皆我，或曰物词皆我，不为状景，而在读人，在人性和人生的维度上落笔。

譬如他的《一片树叶悬在半空》：

一片树叶，
悬在半空很久了。

去年的画家，

画我今年的心境，

压在玻璃板上端不过气。

我悬在半空，

在半空中写诗，

我的诗改变了模样。

别人认不出来，

我也认不出自己。

一块石头放在树叶上，

只差一个理由，

落下我。

　　在梁平的诗意之中，树叶的降落和生命的流逝是一样的，都是被种种"理由"填充的过程。而昨天的"降落"和今天的"降落"是不一样的，不仅角度、姿势、方向不同，情境、心态和目标也不同。熟悉的动作，其实对应着很陌生的动机，树叶安妥于对大地的回归，"我"则安妥于被时势所左右的自我认同。即便大地恒定，但季节和风变动，都有"时势"的模样，所以，树叶和人一样，都被命运支配着，有身不由己的况味。于是，一首小诗，句子简易，情境却复杂了，有了巨大的阐释空间。

　　如果说"简易"背后这个"空间"叫"留白"，那么，梁平的诗，首首留白，是讲究张力的艺术。譬如他的《秘密季节》："阳光和树动人的时候，季节温暖，日子如初。季节可以悄悄地来，我不可以。门关了，窗子关了，秘密只在心跳的地方。"又譬如他的

《栅栏世界》："不散的栅栏是时间，一万年以后，也不。比如我，在与不在，早已置之度外。"留白之下，他不把生命的神经绷得过紧，向大地物事学从容自适，尊重风景，体贴自己，不争锋于外，不自怜于内，豁达了。

读梁平怀古的诗篇，让人感到什么是"穿越"与"通透"。

他站在古地，他瞭望古物，并不是为了回溯与怀想，得出追古抚今的大道理，一呈诗人所谓的人文关怀，而是取"在场"的语境——今人（诗人）走进远古，古人前来今朝，都做亲临其境的思考。这样一来，今人和古人，就不隔膜了，所抒发的情感，就不是怀远式的猜想，而是"在场"之下的感同身受，使诗意的雅，建立在通感的信达之上，让人看到，什么是亘古不变的人性，什么是常变常新的伦理，又让人看到，古人从哪里开始思考，今人的思考又到达了什么样的高度，诗的能指就深阔了。

譬如他的《我拿一条江水敬你》——

子期兄，／汉水在蔡甸的一个逗号，／间隔了一轮满月。／耳朵埋伏辽阔的清辉，／与高山和流水相遇。／那个叫俞伯牙的兄弟，三百六十五天之后，／如约而来。你飘飞的衣袂，／已长成苍茫的芦苇，／月光下的每一束惨白，／都是断魂的瑶琴。／我从你坟前走过千年，／芦苇的抽丝，拍打我的脸，／那是伯牙断了的琴弦，／很温润的痛。你俞伯牙走马的春秋，／指间足以瓦解阶级，沟通所有的陌生和隔阂。／子期兄，我拿一整条江水敬你，／连绵的浩荡，／一曲知音落地生根，／成为生命的绝响。

作者走进千年的坟场，感受知音的芦苇抽打脸颊的那一丝"很温润的痛"，这是把自己当作钟子期了。而钟子期又变成了"我"，站在今天的汉水和蔡甸的一轮满月之下，因知音能瓦解阶级，拿一整条江水敬你。这种与古人同在、同境的氛围，多么摄人魂魄，让人心醉于知音之觅的连绵人性，不陷落于世道的浇薄与异变，因为芦苇枯了，还发，汉江老了，还新。"我"能与钟子期握手。

这种与古人的"握手"的情景，在梁平的诗里几乎是一个常态的动作，譬如在《学步桥遇庄子》中他写道："古燕国的那个少年，在学步桥边生硬的比画，滑稽了邯郸学步。我的一个踉跄，跌了眼镜。庄子被破碎的镜片扎疼，挤进人堆里，与我撞个满怀。抓住他冰凉的手，他的挣扎酷似那个造型，脸上的无奈与羞愧，比雾霾阴沉……"在梁平的诗意里，古人的困境和今人的困境是一样的，"老妇簪花不自羞，娇羞上了少年头"的哲学意蕴也是通吃的；个体的反思，让位于集体的反思，今人的豪迈与稳健，依托于古人的羞愧与踉跄。

能接引古今于一脉的诗是大诗啊！我感到梁平的力道和筋骨，他要永远不衰。

梁平到底是老了——心中的沧桑，让他看到人间的嫩处；理性的阅世，让他在断处连贯、在熟处陌生，把深奥弄成平易，把短制弄成大作，让人像对通儒一样迷他、敬他。

2018 年 1 月 28 日于北京石板宅

文学的陪伴

20世纪90年代初我结识了彭程，继而与刘江滨相识。

那时我在地区政协从事文史资料征集、编撰和出版工作，系热屁股坐冷板凳的生活状态。但年纪尚轻，全身有热力，便不甘于冷，做潜心的阅读。读周氏二兄弟，读孙犁、废名和沈从文。由于读得沉静，能深入文本，一边笔录，一边思考，还一边衍发，便在入定的状态下，写了不少读书随笔。

正巧彭程在《光明日报》编着有关读书的版面，遂把读书所得悉数寄去。没想到，竟得到他的厚爱，且毫不犹豫地悉数刊布。一时间，一个京西土著，也堂而皇之地发典雅之论，有学人样相、遂颇引人关注。

最先关注者，即是刘江滨。他那时好像在一所河北的院校里做着专门的现代文学研究，尤好周作人。我的一篇关于《知堂书话》的书话，便被他看重，遂托彭程捎话，表达"倾慕"，认为我的文字立论周匝、品相典雅，颇不俗。很快，他也有一篇对知堂的议论，被彭程推出，甫一阅读，便发现，他的文字，既重学理，又重情感，纵横捭阖有大气象。相较之下，我的笔触就显得单薄。击节赞叹之下，我在电话里向他致敬，咿哩哇啦说了许多。都感到，我们同嗜存焉，意气相投，颇有些相识恨晚之慨。

这之后，又通过彭程的版面，亲炙了伍立杨、姜威、胡洪侠、冉云飞等青年学人的文字，感到他们真有学问，堪可谓腹笥充盈、撒豆成兵，洋洋洒洒。再后来，在彭程的策划下，在大象出版社推出"绿阶文丛"，使"新书话"文体得以集中展现，有了"符号"作用。我也忝列其中，乡下人也挤进了学人的行列，颇自得。

关于"新书话"，彭程在"绿阶文丛"的总序中有明确阐释——

作为一种文体，读书随笔（新书话）也有自身独特的魅力和优势。相对一般的随笔文字，它更多是围绕一本书或一类书展开话题，较之某些泛泛的抒情和议论，因为有所依傍而减少了空疏，显得更切实可触。同时，一本书在茫茫书海里被选中，被阅读，并且读后意犹未尽，必须诉诸文字而稍安，一定是因为书里的内容拨动了阅读者感受的心弦，引发了他的共鸣。那么，这样的文字，就不会是仅仅局限于复述、阐释原书，而是处处结合了作者自己的所感所思，浸润了他的心性魂魄，读后分明感到作者的脉搏。乍看谈论的是别人的书，其实表达的完全是自家心意……总之，散文的诸要素，情感、智性、文笔、趣味，在这一文体中都能得到良好的发育，其中的优秀之作，跻身最杰出的散文之列亦毫不逊色。

但这个"新书话"写作群体，并非都是沉浸在由书衍发的散文式写作中，也有鲜明的分别。其中，彭程、刘江滨和我，既写"新书话"散文，也写生活散文，笔触宽阔，在感性和理性之间游走，进入相互涵养的状态。进入 21 世纪，这个写作群体，不仅"分别"，还最终分化了——伍立杨致力于明清史研究，埋头写壮怀激烈的志士传略，冉云飞关注时态，写时事政论，姜威和胡洪侠则热衷于藏书，写书本身的趣味小品。总之，他们都不再紧扣彭程关于"新书话"的定义，可谓是"离群"而去。

于是，就剩下我和彭程、刘江滨不离不弃地坚守在一起，亦"新书话"，亦生活散文，比竞着写下来。既有纷繁的篇什，也有成卷帙的专著不断出版，创作成果颇引人注目。去年年中，江滨兄推出了他的散文新著《当梨子挂满山崖》，嘱我写评。读其文字，篇篇高致，美不胜收。心中喜着、敬着，但是就是不能下笔，因为他文章的意蕴和气息我太熟悉，深度痴迷，不能做到"旁观者清"。

正踯躅间，从《光明日报》上读到了古耜兄《向内转、往下沉的写作姿态》的大评。他对江滨兄评论道——

刘江滨对散文难度的追求呈现另一番情景——作家没有在文本形式和技巧层面过多用力，而是让创作重心向内转、往下沉，化作对精神自我的发掘、提炼和提升，进而以不断丰盈强大的自我挑战散文的"难度"，推动艺术的前行。这点在他的散文集《当梨子挂满山崖》中，有着充分的体现。

他视野开阔，阅读广泛，文心绵密，这使得其走笔落墨不但洋溢着浓郁的书卷气，而且有让人豁然开朗的"审智"特点。《桃之夭夭》以桃花为"文眼",让神思和笔墨在古典文学长河间穿行,一时间"总把新桃换旧符"的习俗、"人面桃花相映红"的故事、"桃红又见一年春"的畅想纷至沓来,其结果不仅生动传播了与桃相关的知识,而且从较深的层面切入传统文化的特殊蕴涵。《时间之笔》围绕河北境内的沙丘平台遗址展开叙事,依次打捞出商纣王"酒池肉林"、赵武灵王"沙丘宫变"和秦始皇驾崩沙丘的历史往事。而作家之所以钩沉历史,并非单纯发思古之幽情,而是旨在以历史为镜鉴、为昭示。

古耜的评论让我深以为是并内心涌动,因为他从本出发,切中肯綮,正是我想要说的话。我便觉得,我的评论没必要再写,再写也是重复和赘语,遂作罢。

这里要说的是,对古耜的评论我之所以内心涌动,概因为他虽然写的是刘江滨,但其实也是写的是我和彭程。因为我们三人,长期的"新书话"和生活散文的"两栖"写作,有了相同的写作伦理:用书象关照世象,用外在诠释内心,用文化照亮生活,都是"向内转、往下沉"的写作姿态,在文字上,一同追求感性、知性、智性和理性交融的复合品质。还有,我们年龄相当,有近似的生活阅历,许多经验都是感同身受;我们又同出生、成长于燕赵大地,有共同的文化谱系,许多思考都深度共鸣。那么,文章品相,自然就切近和趋同。所以,古耜便一石三鸟,剖一解三,写了我们三个人的评传。

这也验证了法国著名学者斯达尔夫人的"文学地理学"观念:自然地理环境和社会人文风尚,与文学存在着巨大的内在关联性,对文学的发生与发展，起着决定性和关键性的作用。那么，我和彭程、江滨写作状态上的"相似性"和文字气象上的"同一性"，便是一种自然而然的命定。

也是由此，对彼此的创作，每有新作问世，都会本能地给予"第一时间"的关注，并发出热烈的反应，一同享受"文学的欢宴"。我们相互之间的评论可谓多矣，且都有很高的"认知度"。便可以告慰文学界的同仁，我们的彼此"呼应"，绝非功利层面的"帮闲"与捧场，而是出自内在的驱动，是心心相印、息息相通的"文学陪伴"。

这种陪伴，化作了创作上的动力，我们有不竭的写作热情，新作迭出，生生不止。

对我的陪伴，彭程和江滨略有不同。彭程毕业于北大，有胡适"宽容比自由更重要"的余影，评到我的文章，多是鼓励而很少不顾情面的否定。江滨出自河北师大，因为少因袭，便多了几分"野气"，对我常做质直的批评。比如我刚学写长篇小说的时候，他就在自己主持的版面上直呼："凸凹，你不能这样写！"他的棒喝，让我惊警，便用心地写，并且每有长篇新作，都要惴惴怯怯地呈给他，听取他别林斯基式的批评。后来他终于说道："凸凹，你不仅会写长篇，而且写得很好。"

有彭程、江滨这样的陪伴，我已经不在乎文坛的冷热，好像只写给他们，就足够了。一如庄稼只长给大地，家畜只长给家人，奉献给恩德，奉献给养育，就本分自足。

2021 年 1 月 6 日于大西山昊天塔下石板宅

细　香

夏多布里昂的《墓畔回忆录》是一部大书，被称作十九世纪法兰西民族的心灵史。

通读全书，感到它其实是个人观察的一段段记录，个人思考的一片片絮语，是个人心灵感应的一次次捕捉，是时间的成就。

不禁想到一个词，即：沙漏。《墓畔回忆录》就是时间的沙漏。说它是一个民族的心灵史，颇有一粒沙里看世界的味道。

夏氏着手写这部书的时候，绝没有"史官"意识，是出于内心的温柔，是出于对忘却的畏惧，而乞助于笔。这一点，是与我们的一句乡间俚语相通的——好记性不如赖笔头。典雅的说法是：再漫漶的墨迹也比记忆恒久。

《墓畔回忆录》的写作是与生命结伴而行的过程，从盛年持续到死，凡四十余年。多亏他长寿，才有了那个几百万字的宏大的规模。从个人资质上看，我国的陆蠡、梁遇春之辈，并不比夏氏低下，之所以失之"小巧"，是因为短命。这一点，巴金的境遇与夏氏仿佛，所谓"一个世纪的良心"，是假以时日，与时代同脉，对历史有所见证。

为了抵抗忘却，夏氏记了四十八本笔记，《墓畔回忆录》是笔记的"整理"，是生命结晶的凝聚，是"时光"之书。

既然如此，阅读的时候，要报以同样的节奏——每天读上一两段、三五节，从容地回味，才有满口留香的享受；如果连续阅读，一蹴而就，除了混乱、琐碎和枝蔓的感觉之外，你真的不知道它好在哪里。巴老的《回想录》也一样，每日品味一两章，顿感他的深刻，昏天黑地读下去，就感到平庸了。

所以，把大著读出低微来，不在于文本自身的质地，而在于读者的阅读姿势：与生命结伴而行的文字，偏偏用"瞬间"的打捞法，即便是满眼珠翠，也会一片黑暗——对蜂拥而至的供奉，小小的心眼，纤纤的神经，是无力承受的。

之于此，恢宏的大著倒是枕边之书，读到困倦，自然就睡了；那样，来日方有延读的兴味。这个自然而然的过程，因为符合着生命的律动，书中的血脉便款款地"浸润"到读者的灵魂里了。

正如板结的土地，倾盆之水反而流失，毛毛细雨倒是悉数吸收一样，只有浸润，才可"通透"。

从写作的角度看，这样的道理也是相通的。

写作的初衷，无非是要表达对世相的观察和生命的体验，无非是要记述历史的记忆和主观的思考，而表达和记述的对象，是动态中的，是不断延续和与时俱进的，是个"不断生成"的过程。这就决定了，文本的形成，也有个"自然成长"的过程，生长的四季——应该有的心路历程是不可省略的。要慢慢地写，一步一步地接近那个收获的季节。只有这样，绵密的历史信息才记录得全面，繁复的生命体验才传达得周致，世相的反映才具有应有的脉络。瓜熟蒂落，质地才结实、果肉才饱满，味道才"纯正"。

那些急就的篇章，往往是激情的喷泄，是"顿悟"，而不是真相的存活和思考的系统梳理；甚至只是质材，而不是成品。一经深究，就露出败象——模糊的意象，混乱的逻辑，荒谬的思绪，是不堪吟味的。

没有历史，哪有记忆？不经时日，哪有体验？绵密、繁复、深刻、完整的东西都是时间的造化与赐予。所以，不经时间"打磨"的作品，即便是鸿篇巨制，也不过是雪泥鸿爪、海天片羽而已。

以往是这样，今天更是这样。国人每年出产长篇千余部，却不见长篇，或许就在于斯。

博尔赫斯说："我生命的每一时刻，就像一把黏土。"

他的意思是说，整个雕像的最终完成，是靠"时刻"的积聚，一把黏土一把黏土地累积塑造的。

这就意味着，每把黏土都有它必然的位置，是减约不得的。减约的结果是变形，是坍塌，是无法立足的。

所以，伟大的著作家，都不会仓促行事，每个字都写在应有的位置。他们的目光所及，是时间的深处，从容地记录和准确地表达每时每刻的生命体验，而不是"在场"的虚名。

林徽因有一首著名的诗，题为《秋天，这秋天》。它的著名，只因为其中的一个句子：信仰只一细柱香。

"细香"这个意象很美，很感性。

细香，是缓慢而微弱的燃烧，在幽暗和广阔的天幕之下，那点光亮如豆、如芥，忽隐忽现，几近于无。但是，它似无却有，较之那种轰轰烈烈的燃烧，虽隐忍却绵长，给人长久的期许和安慰。况且，由于它的燃点凝聚而内敛，西风是吹不灭的。所谓"不绝如缕"，正是细香之状。

它烟香之细，如游丝般无影无踪，却有钻隙、渗透的功力，可以穿透冰冷、坚硬、深厚，乃至温柔，传到每一个角落和更邈远的地方。于是，它不急不躁，不争不妒，容忍着冷遇和漠视，但是，只要有朝觐者翕动了鼻翼，它会立刻到场，直奔心田——浸润幽香，而不裹挟幽怨。

如是，用"细香"状信仰，或许有些消沉，引世人病。但用于状文学，却是颇得神韵的。

书香，正是绵细而悠长的性质，在似有似无中把人涵养了。书香是淡味，是容不得狼吞虎咽的，只有在细细的品味中，才有回甘渗出。就如饮茶，驴饮龙饮（豪饮）利尿，啜饮才养性养心。所以，一部好书，是不能一气就读完的，要有耐心，要从容地消享，化到骨髓里去。

老香客与新香客的区别在于，新香客欢喜于烧高香，轰轰烈烈的燃烧，有仪式感；老香客则只烧细香，他/她注重本质，看到沉静而持久的光芒，觉得一步一步离神近了，心里会油然地升起一种感动一种信念：神的香火是不会断的，神的恩泽和庇佑是可以终生受用的。

据说，细香的制作，是比高香要难的。

香柱之细，是一种考验，容不得仓皇与激进。香料要优质，装填要精细，是要付诸耐心、倾尽心力的。

这就对了。持久的燃烧，绵长的香气，没有从容而精密的做工，是靠不住的。

从这层意义上来看，写作者应该用什么样的姿态对待自己笔下的文字，就不言而喻了。

2006 年 3 月 31 日

验　证

　　一直以为，阅读是为了获取经历之外的经历、经验之外的经验，因而拓展生命的维度，让人生超越局限，更广阔地伸展的。但阅读的实际感受，特别是"过量阅读"之后，发现，在超出我们自己人生体验的经验面前，我们常常不敢确认，久久不能融入我们自身的情感世界，而是一直停留在"知道"的界面，难以化成"我"。

　　譬如，我父亲身材挺拔，而且是个猎人，枪法很准，猎物在他面前，很难逃过。但他在人面前却没有与之匹配的刚烈性格，邻人欺负他，在门外叫骂、扔石块，明明枪就挂在墙上，他也不摘下来，伸展出去以振声威，而只是低头蹲在屋里傻笑。所以，他虽然是一个货真价实的枪客，却一辈子活得低声下气。最初的阅读，我很喜欢海明威和杰克·伦敦的作品，那些硬汉形象能让我摆脱父亲的阴影，感到扬眉吐气。但一接触到沈从文、孙犁、汪曾祺，我立刻就陷入一种爱情一般的痴迷，再读海明威的时候，我居然感到他很做作，很不真实，甚至有些隔膜，便兴味大减。为什么？还是父亲在起作用。父亲身上那种温厚、隐忍的东西，经常出现在后几位的文字里，让我回到生活的原点与来路，感到遗传性情的种种，因而大感亲切，本能地与之亲和。

再譬如，四十岁以前最爱读的文学品种是小说，特别是长篇小说。那种天马行空式的想象，让我在生活的苍白和单调之外，感到一种悠远和宏富的东西，让我激动不已。过了四十岁，因为经历了足量数的沧桑与变幻，知道了平凡的生活才是硬道理，美梦十有八九不会成真，便羞于在想象中迷醉，耻于一大把年纪还春梦不醒。一如喧哗之后必定是平静，绚烂之后必定是质朴一样，我突然喜欢阅读一些朴素的东西，即散文与随笔。蒙田说，人到了二十岁，到了生命的顶峰，以后就走下坡路了。四十岁已进入老年，应该过退隐的生活了。三十八岁那年，他称自己已到了暮年，辞去波尔多法院推事的职务，躲进蒙田城堡的一座塔楼，不问世事，也不问家事，一心读书、思考、写作，一"隐"就是十年，写出了著名的《蒙田随笔》第一、第二卷。就是说，人一过四十岁，即进入随笔年华，写随笔、读随笔，才是自知知人的状态。

多年的随笔阅读，让我不平的心渐渐地平静下来，甚至进入一种不以物喜不以己悲的从容之境。因为随笔文字所记述的都是一些朴实的人类经验，属于"实"生活和常态生活，能给阅读者的人生感受予以切实的验证，让人感到，天地空蒙，岁月不经，然而"我"（基本人性）还是在的。

譬如读富兰克林的《致富之道》，就让人联想到中国的《增广贤文》，感到，古今与东西，在人生的基本经验上是一致的。他说：

啮啃久了，老鼠也能咬断粗缆；斧斤不停，力小也能伐倒巨木。

这不禁让人想到中国的"水滴穿石"和"积跬步以至千里"。

富兰克林是美国的大政治家，但在随笔中所阐发的却是平民哲学。小民无帝力可依，所依靠的无非是时光中的坚忍。所以，他的文字见人见性，读着舒服，让人感到，生活中的人是无贵贱之分的，在本质上是一样的。

还有华盛顿的《谕侄书》。其中"真正的友谊乃是迟开之花迟发之树，只有经受得住风雨洗礼才无愧于这一美誉"一句，也是草根精神的底色。直让人感到，随笔面前人人平等，尺牍之小，是不让《独立宣言》之大的。

其实，人一过了四十岁，世界观、人生观和价值观就基本定型了，具有了旁观者的心态，有定见地看待周围的一切。所以，他人的议论，无论多么精彩，也很难让人乱性乱魂，做盲目的遵从。阅读的时候，也往往不是为了获取"新知"，而是捕捉适合自己的口味。换言之，不是为了增益，而是为了验证。这时的阅读，基本上是一个寻找"同路者"的过程——趣味稍合，见解略同，就心中大悦，感到那人的著作写得真是好，是可作枕边书的。

譬如威廉·库伦·布赖安特在美国作家中并没有杰出的地位，其文字基本是不被人关注的，然而读了他的《论诗歌和时代与国家的关系》，就突然觉得他要比海明威高明得多。因为至今还没有一个人像他那么认为，民俗、神话、传说、谣曲乃是诗歌（文学）之源，"隐秘难明的事物当中往往具有某种激越神思与慑服心灵的强大力量"，而理性、科学、乃至现代化、信息化过于发达的社会，往往缺少有质地的文学。他的观点正吻合了我的创作经历和创作理念，让我兴奋不已，自然就比海明威更令我敬重——我的创作，植根于京西的民俗、风情、传奇和物事，没有地域文化的底蕴，我的文学气象肯定就被湮没了。而且我一直认为，没有陕西的偏僻、原始、神秘、厚朴，就不会有陈忠实的《白鹿原》、贾平凹的《秦腔》。

这种情状，爱默生有透辟的说法：一起思想与行动的是非评断，都是以个人的认识为依归的。在《谈美》一文中，他认为，所谓美，首先是那个自然的存在给了我们直觉上的愉悦；其次是引起了心灵的冲动，即人的个人意志以主动的姿态介入其中；最后是客观事物被人视为智力对象，作主观的考量。通俗地说，美是一种精神现象，它源于自然，但它的充分发展则有赖于人的意志的干预和参加，即必须与真密切地结合起来，从而由原来的自然美上升为人类的艺术美，这样才完成了审美的全部历程。窃以为，这个"真"字，就是源于个人经历的切身体验，经验被验证之后，美才有了情感温度，才作用于心，让人弘毅而安妥。

最后我要说的是，常年的阅读，"我"被反复验证之后，就会生出一种心灵豪迈和人生自信——已是骏马，何必再肥？便不被倚重，也能心安。

既然河山广阔，大地无垠，这个世界一定会有我的一个位置。便不用他人的价值尺度衡量自己的存在。

再傲岸的山峰，也无非是大地的皱褶。便身份低微，也能承重，自足于隐忍之中。就理解了父亲——外在的懦弱，恰恰证明了他内心的强健，他心中的猎枪一直是在的，以悲悯为准星，以本分为依托，始终瞄准着最值得猎取的"猎物"。

雄踞之处，未必是巅

　　奈保尔出生在特立尼达的一个小镇上。这是一块主要从事农业的小小的殖民地，人口稀少，文化稀薄——殖民地文化、亚洲移民文化及衍生的次文化，似有似无，还彼此隔绝，用奈保尔的话说，就像是一个"被移植来的非洲"。这里的人只有一小部分受过教育，而且是以有限的本地方式，便感到，他的未来几乎就是一个"死胡同"。

　　然而就这么一块不毛之地，居然有一个写诗的人，而且当他薄薄的一本诗集出版之后，还有几个人聚集在一起，认认真真评价一番。荒蛮之处，居然有"思想生活的守护者"，这让奈保尔惊异不已，一如沙海里见到了一小块绿洲，即便小到近乎无有，也给了他"向死而生"的希望。他觉得，文学是无路之处的路，与渺远的远方连着。

　　帕斯捷尔纳克也出生在一个小地方——莫斯科郊区的一个叫别列捷尔金诺的小村庄。黄土漫漫，枯枝层层，林间空地上，马车好像自己在走，因为刻板而恒定的生活，让马车夫选择了昏睡——闭塞与小，剥夺了歧途。帕斯捷尔纳克捡来枯枝，面无表情地扔进壁炉。烧熟了的马铃薯起了多余的皱褶，他知道已到了剥食的时分，便从烟灰里"掏"出来。一如乡下的工匠，不紧不慢地干活，安安静静，而没有累的样子一样，他吃得也是那么安静、从容，似乎不是为了吃，而是咀嚼着一份安于现状、终老于斯的心情。

然而他的父亲在打理好庄园之后，还钟情于画画，后来居然还有机会为托尔斯泰的《战争与和平》画插图，也因为这层关系，还结识了德国现代派诗人里尔克，以至于有了偕帕斯捷尔纳克到火车站为其送行的场景。这个场景改变了帕斯捷尔纳克的人生轨迹——他知道医治生命慵懒的方剂中，有一剂最让人心旌摇荡的良药：诗。诗能给枯槁之树萌发新芽生命的冲动，不仅"向死而生"，而且，不再能忍受生活的平庸。

我的出生地更是峡仄，四面大山顽强地纠结在一起，押出了巴掌大的一小块平地，赶羊的人在那里歇歇脚，把一根枣木拐杖插在那里，走时遗忘了。第二年他又走到这里，发现拐杖居然发出新芽，便把一家老小带过来，安了家，便衍生出一个小小的村落。这就是我文字里经常出现的那个"小垭"。垭，一个状形的字体，喻大山匝着的一小块平地，与贾平凹的"鸡窝洼人家"相仿佛。小垭真是咫尺之地，村东有一爿石碾，村西有口山井，村里人在二者之间循环往复，从不知山外事，也不想知山外事，就这样自生自灭了。

然而当支书的父亲到山外开了一次会，居然还带回两本《房山文艺》，一切就不同了。那是县文化馆的一个人散发到会场上的，不少人都扔了，而父亲出于怜惜，随手装进他的干粮袋里。书册里的风光开了我的蒙昧，才知道山外的世界五彩缤纷、无奇不有。心中便生出大忧伤，感到如果一辈子活在小垭里，还不如不活。便生出一个向外飞翔的欲望，隐忍贫寒，潜心苦读，缓慢而真切地飞出山外。后来去拜访那个散刊物的人，看到那个人戴一顶米黄的鸭舌帽，面目黧黑，无灵光样相，但是，却在别人的心中播撒了灵光，感到文学真是一种类似羽翼的东西，轻，却可以致远。

奈保尔幸运的是，特立尼达那个地方不仅有写诗的，而他父亲居然就写小说。父亲努力把身边的事情都装进他所认为的"短篇小说"。但父亲的文学一辈子都在低地徘徊，影响从来没有跨过本地域的那排由庄稼编成的栅栏。日子的凡常，生活资源的稀薄，笔底生出波澜是很难的，便刻意地设置"巧妙的结尾"，终至让人感到虚假、可笑。但是，在奈保尔眼里，这是一种"伟大的悲壮"——因为父亲的努力，让他懂得了"何为文学"以及文学背后的艰辛，给了他足够的心理准备。更重要的是，即便是他到"别处"去寻找生活，文学坐标也对应着特立尼达的生活，便避免了"轻浮"与"精神的漂泊"。

后来的奈保尔有了一重真实的感受——走出生地，云游四方，对于一个从事写作的人是必须的，因为只有那样，才会有眼界，才会有心胸，才会有联想的能力。但是，在广阔的世界里游弋不止的人，也往往会迷失自我，走上一条不归路。他曾痴迷于毛姆和亨利·詹姆斯文字，并试图用他们的方式写。但是，却总也找不到写作的自信和"如释重负"的感觉，写出的作品，也缺乏独特气韵，给人的印象是似是而非、似曾相识、似有实无，终不可取。他最后的成功，是因为找到了自己处理素材的方法——用他的特立尼达生活经验，比照他的英国生活经验、融汇他的印度生活经验——抬头看路，回到"原点"写。所以他说，"我"的素材与他人的素材之间差别太大，只能走自己的路，让自我"在场"——"这里根本就没有文学共和国！"

帕斯捷尔纳克也有自己的幸运。他寂寂无名时，正巧遇到了鼎鼎大名的马雅可夫斯基。后者的意气风发、激情四射以及《列宁》《穿裤子的云》发表后，莫斯科街头争相传颂、群情激奋的情景，让他感受到了文学的崇高及位大——"文学几乎可以在一夜之间改变人们的思想和生活、甚至是社会生活。"所以他坚定了"为文学而活"的信念。马雅可夫斯基的高蹈与躁厉，导致了最终的毁灭，让他感到，文学人生其实是很脆弱的。但是，在刺痛和阴影中，帕斯捷尔纳克获得了从来没有过的文学理性：文学是"冷的"，是"向下"的，莫斯科只能制造"传声筒"，而不会创造出纯粹的文学。

他又回到了那个叫别列捷尔金诺的小村庄，在燕麦田埂上，在瑟瑟的桦木林中，在深陷而坚硬的车辙里寻找"实生活"的意象，忠实地运用现实主义的写作手法，潜心于他的"最高准确性"的文学追求。到了后来，苦难与岁月，终于兑现了对他长期的忍耐理所当然的奖励。他给人的启示与奈保尔是一样的，在列捷尔金诺的小村庄的价值实现，离不开他的莫斯科"出走"。一如陀思妥耶夫斯基、屠格涅夫、果戈理，虽然"只有在俄罗斯的大地上才能写得好"，但一个最重要的前提，是他们都拥有"俄罗斯本土以外的生活"。面粉自身本无酶，酶是人加进去的——"别处的生活"是酶，拿到本土来发酵，才有独异的思想植株借势而长。这或许就是评论家笔下的所谓"二律背反"。

最后，自然要谈谈我的幸运。

我的幸运在于，在我本能地亲和文学的时候，我身边的那几位一直被城里人小觑的农民出身的作者，在发表单篇作品都很艰难的情形下，居然出版了短篇小说集和长篇小说！这提升了我的信念，甚至诱发了我的野心，所以，我能走到今天，文学的动力是家乡人所予。但是，他们的步伐虽然一刻也没有停顿，至今却只有半只脚迈进了京城。因为他们虽然拥有沃土，但在任何时候，都不曾主动接触外界的世界，他们信奉的是，自己的世界就已经足够了。因而便缺失了联想和想象的能力。同时也没有建立主官批判的立场——有魅力的事物，未必合乎道德；文明的存在，常常缺乏趣味。他们总是非白即黑，非彼即此，不敢想象，事物的真相，往往在不黑不白、不此不彼之间。乡党所失，正是我之所得，他们给了我不早不迟的警醒，使我以"急迫的姿态"向自己世界之外的世界进身。

不仅是更广阔的社会生活，让我胸廓大开，而且包括有机会接触到的所有作家、评论家和学者，也让我感到己身甚小。为了阔与大，甚至一度还想"连根拔起"去到城里工作、学习、生活。之所以还生活在本土，是因为：一、自己所珍视的那些人一旦走近了，会有许多负面发现，不仅是做人，更包括作文。一如奈保尔所说，"友谊之所以保持得久，也许就是因为我不曾细读过他的作品"。文坛的许多同志，远看是花，近看是绢。二、外界世界存有成见，并不真心接纳你。那些尊重你学识和写作的人，往往并不会读或认真地读你的作品，在他们眼里，尊重就够了。这种尊重近乎漠视、蔑视，让你无法承受。三、便是奈保尔和帕斯捷尔纳克式的启示，雄踞之处，未必是巅，大作家，往往都是在小地方写作的。

但是，要想突破局限，必须要有超越本土的眼界，要有"别处生活"的经验。如何获得？唯有读书一途。

古人云，秀才不出门，便知天下事。如何知道？读来的。

从蒙田那里也得到了一个会心的意象，即：坐行者。读书人，也是行者。以"坐"的姿态，纵览历史，游历天下，阅尽万物，饱识人生况味，就是拥有了大生活了。

原本是心虚的，还标榜"在乡土上嫁接文化"以雅身份，读过了能够读到的古今中外的世界名著之后，气运丹田，胸装万象，便不再以农民的出身为鄙，也不再以用这种方式接触外界世界为非，且心中有了一种盈满的自信与豪迈——峰巅如何，不过是大地的皱褶而已。

思在别处

夜色黑沉，万籁寂灭，案头的一盏灯，独自熹微，发出似有似无的嘶音，一如浅吻。

此境之下，一卷枯涩之书，即，苏珊·桑塔格的《反对阐释》——虽幽玄得近乎天书，竟也像读小说，读散文，字字晓得，句句会心，便五内俱热，了无倦意。

原来沉潜之态，与智慧迫近，无趣味处得真趣味——遥远的旨意，其实就在近处。

便感慨：天下，是没有读不进去的书的。

这时才觉得，人生下来，不就是俗的，那些精神的峰峦，也不是高不可攀的——总能达到崇高处，就是能读得进那些"读不进"的典籍的时候。

这时，也不禁生出意外的联想：如果靠读书和写作获取名利，那真是谬取了途径。在不懂处求懂，在不可攀处求攀，须皓首穷经，须呕心沥血，是苦的。其成本，是生命在时光中的耗损。如果没有经年的阅读积累，即便是能够潜下心来，也是不会从"死"书中，读出"生"的趣味的。通俗地说，在湮没之境，求显达，近乎幻梦，再一意孤行，就可笑了。而那些世俗的途径就不同。譬如经商与做官。经商可以投机，可以"虚拟"，可以利滚利；做官可以把社会资本转化成个人资本，还有不请自到的"附加值"——"工资基本不用，老婆基本不动"，是很形象的。这样的途径，未必需要过人的资质，只要肯于世俗，效益总是有的。而且，名利的大小，往往是与世俗化的程度成正比的。

而读懂一本难读的书有什么效益？

不过是读破之后的一点欣喜，一点感动，一点满足，且更多的时候，还不能与人言说。

所以，读书与写作，不是营生，只是能感受到人性的深度、精神的高度而已。根本上，它不是名利之态，而是生命的自足。海德格尔的"贫穷而能听到风声"，苏珊·桑塔格的"贫穷正是作家尊严之象征"，乃通透之说。正因为他们甘于"自足"，不为名利而丢乖露丑、自讨其辱，而专心于精神的跋涉，乃"高峰"自立，成为"社会的良心"。

苏珊·桑塔格十三岁时因为读了居里夫人的传记，就特别厌恶周围的人对名利的追逐。她发现，一个素日里很可爱的人，一涉及名利，性情就大变，以至于姣好的面目也一下子变得丑陋不堪了。为了躲避客厅里大人们世俗的争辩，她甚至在后院里挖了一个地穴钻了进去。她向往"别处的世界"，内心激荡着一种强烈的欲望，即："要去爱某种极其崇高、极其伟大的东西"。这种东西，她后来从文学的书籍中找到了。她在文学中感受到了一种内在的快乐，意识到：文学是驶向"别处"的交通工具，甚至更好——文学本身即可为目的地。从此，她只依赖自己的感受力，在文学中沉迷，把遇到的所有非文学环境统统排斥在外。

大量的阅读，使她感受到，"艺术世界是超越时空、给心境以安宁的世界"，是让她"像男人一样独立的世界"，而且是一个"思想占据首位的世界"。她觉得文学很性感，说："思想就是激情，而且是持久的激情。"

于是，对文学，她坚定地选择了，她爱了！

后来她发现，她爱对了。作家生涯使她享受到了一种凡常人生所没有的"生命特权"。即：好奇心的无尽满足，思想感情的自由表达，生命激情的纵情释放。由此带来的，是人格的独立，生命的拓展，精神的富足。

桑塔格身材高挑、臀部饱满、额面俊朗、长发披肩，可谓玉树临风，灿若明星，正有招摇资质，但她却喜"自己呆着，无人来烦"。

为什么能够这样从容地呆着？因为文学是无形的通道，即便房间紧闭，却总像开着一扇门，通向世界的每一个角落。这正是旧约里所说的"喜乐"之境，肉身拘，而心悠远；四处黑茫，而心中有光。

便风流有自。

卡尔·罗利森夫妇在《铸就偶像——苏珊·桑塔格传》中写道——

桑塔格从衬衫到裙子一身黑，行军般大踏步前行，走在探索的道路上。方向明确，脚步坚定，仿佛她对自己需要什么早已心知肚明，一定会得到她之所需一样。

是文学使桑塔格美得自信，便也美得自立、自尊，便有了别样的力量，即对身外世界的蔑视。

而对名利的追逐，本质上是对生存世界的匍匐；人一直立，名利便顿然失重了。

纽约的名利场便震惊：桑塔格居然是个美人儿，居然还是个有头脑的美人儿！为了给名利场挽回面子，首先是男性团体接纳她，后来是整体地接纳她，而且是以急迫的姿态。

文学的桑塔格像一仞临海悬崖，陡峭处，是诱惑，是风光。

尽管她因此博得大名，但名利在此时，不过是她生命的余影。

桑塔格一生都没有医疗保险，却欢悦地活到了72岁。她的作品和思想，是她最可靠的生命保险。

而且，思想使她跨越了雅俗和功力界限，写作姿态纵横捭阖，摇曳生姿。她既可以在娱乐的《时尚》杂志上指点潮流，也可以在严肃的《党派评论》和《纽约书评》上大显身手；她"用右手获得文艺界当权机构颁发的奖项，然后用左手抨击这个机构"。所以评论界说，桑塔格献给美国文化的一大礼物是告诉人们可以在任何地方找到思想界。

以此推之，她在女权主义上的最大贡献，不在于她是一个坚定的同性恋的支持者和践行者，竖起了爱无禁区的人性旗帜，而在于她揭示出：女性如果不能"像男性一样思考"，总是第一批变成物的人，其身体总是首当其冲地被殖民。在人类学上的一大贡献，不在于她为女性争得了尊严，而在于她给了以男权为主宰的人类世界一个无须阐释的启示：如果没有思想，男人也会首当其冲地成为物的殖民。

由此说来，名利只会造就显贵，助长虚荣，掀动浮华，激荡欲望，把树影当树，把人当物。通观人类历史，好像名利的赢家，人们在做形而下的艳羡之后，往往并不庄严成偶像，非不崇拜，反而施以口唾，至少存内心之鄙。因为名利与偶像虽有相类的皮相，但撕开之后，却有不同的筋脉。名利虽有种种说法，本质上还是寄情于现实利益的获取。获取，抑或是攫取，抑或是捞取，均是下垂的姿态，诱使人向低处伸手。偶像则不同，她是人性标杆、思想底色、精神品质，与立人有关，与向上的进取有关。之所以被人崇拜，还有一层原因，每个人心中都有一个桑塔格式的情结，即："要去爱某种极其崇高、极其伟大的东西"的本欲。

夜色黑沉，万籁寂灭，案头的一盏灯，独自熹微，发出似有似无的嘶音，一如浅吻。

吻是心灵之吻，便不必张扬，也不必羞惭，更不必"阐释"，手不释卷，安心承领就是了。

作家之所以伟大

在现实中，作家的额面上，并没有特别的标签——趋暖避寒，喜乐悲苦，与常人是一样的。一如香樟与臭椿，即便暗里的气味有些不同，但在大地之上，不过都是树而已

既为常人，就意味着，腋下流的绝非香汗，谈咳之间也多俗语方言，且逢名利也生攫取之心，遇美色也会动枕席之念，行止之间，都是凡夫俗子的做派。形状之种种，从作家们的传记里，是不难找到例证的。

梭罗的《瓦尔登湖》可谓高品，但现实中他却是个穷人，偶有收益，舍不得上税，为了逃避惩罚，躲进爱默生的庄园里，筑木屋而居，大唱"生活简单，精神富足"的圣明之歌。细细想来，这不过是末路穷途之后的孤芳自赏，因为没有"物质"，索性就"反物质"，多少有些表演的性质。《瓦尔登湖》在当时是冷的，现在的热，是因为这个世界欲望膨胀，人有"物化"征象，他的"精神原则"正可用来反拨。他的名誉是后世所赐，意外所得。

俄罗斯人有"重理性"的整体特征，但马雅可夫斯基却是个躁动不安的人，时而激烈，时而抑郁，时而坚定，时而犹疑。在一般人眼里，他是个"心智不全"的人。这样的一个人，之所以成了神坛之上的人物，理性反思之后，不难发现，那个时代也是患了"多动症"的，他是被社会赋予了与之相适应的一个角色——在这个角色上，他要完成一系列规定动作，要不停地"摆姿态"。这时的艺术，它关心的不是人，而是人的形象，人的形象（社会形象），要比人本身高大。

如果只读卢梭的自传《忏悔录》，感觉他温柔善良、纯洁优雅，几近于完人。但读了他同时代人的记述和后人的研究，便不得不很遗憾地发现，他原来也是个善"摆姿态"的人。他不尽父责，把亲生儿女全送进公益机构，却以《爱弥儿》那样的鸿篇巨制大谈特谈对青少年的教育；他对感情不忠，对华伦夫人始乱终弃，却在《新爱洛依丝》中为妇德编制近乎苛刻的道义原则；既然以思想启蒙为重，主张自由、平等、博爱，却与同是启蒙家的伏尔泰、狄德罗毫不见容，誓死为敌。十六世纪最有影响的思想家蒙田，是卢梭的思想之源，其自传体《散文集》有不可泯灭的智慧光芒，但卢梭在提到本师之时，口气却大为不敬："我把蒙田看作是伪诚实的领头人物，他的讲真话也为的是骗人。他虽暴露自己的缺点，但是只暴露一些可爱的缺点。蒙田把自己画得酷似本人，但是只画了个侧面。"然而在我们看来，卢梭和蒙田在精神上的亲缘关系，使蒙田在《散文集》中得出的结论，如"懂得光明正大地去享受自己的存在，这是绝对的，甚至可说是神圣的完美"，正暗合了卢梭自己在《忏悔录》的叙事底色。卢梭说到蒙田时的气势汹汹，或许更说明他恨自己没能完全摆脱蒙田著作的影响。事实上，卢梭的高明之处就在于，他把自己摆在受奴役、被迫害的位置上，因而建立了一种进入人心的道德优势，一如帕斯捷尔纳克在《安全保护证》中所说："艺术为奴役者兴建宫殿时，人们是信任它的。人们以为它在分担共同的见解，而日后又会分担共同的命运。"卢梭的力量，是他懂得如何不露声色地利用了人间的悲悯与同情。

不摆姿态的人是有的，譬如帕斯捷尔纳克。

他的《安全保护证》和《人与事》两部自传写得那么平实、质朴，从他身上看到的是一种属于"众"的凡常人生。

他出生在莫斯科郊区的一个叫别列捷尔金诺的小村庄，七月暑天，他光着脊背埋头侍弄马铃薯，入冬以后，他到树林里去捡枯枝、取暖、煮食小牛肉。他的吃相与辛劳之后迫切需要食物的农民一样，顾不得雅驯而只是为了饱。他远离文坛，经历大自然的自然变化——朝暾、夕阳、雨润、霜寒——并为此欣喜若狂——

> 大自然，世界、宇宙的秘密，
> 我全身带着玄奥的战栗激情，
> 流着幸福的热泪，
> 守护你那永恒的使命。

他在歌颂大自然的诗中，出现的最多的一个词，感恩。"感恩吧，你的赐予比索求多！"这样的感情基础，使他心中有敬重，对托尔斯泰那样的从时间深处走来的人，衷心景仰，"以至于我们全家上下都渗透了他的精神。"所以，对待创作，他取持重的态度，对一切匠气的、而不是出自真心的创作，都加以鄙视。他面向大地的本真与人类质朴的感情进行创作——楚科夫斯基记述道，"帕斯捷尔纳克把描写眼前的细节看成是艺术家对待自己的素材应有的认真态度。他认为背叛准确性就是背叛艺术。"帕斯捷尔纳克自己说，现实主义，几乎是艺术家唯一的创作原则，能对生活的瞬间做准确的描述，艺术家才能登上现实主义的高峰。在生活面前，不能有丝毫的放纵，不能有任何的妄想，否则，就是"演戏般的高调""造作的激情""虚伪的玄奥"和"矫饰的谄媚"。

他干脆说，现实主义不是什么文学流派，而是写作的最高准确性。

他认为，要实现这种准确性，对现实做认真的观察是基本的态度，但在忠于现实的同时，要有自己的主观思考，"成为自己的而不是别人的现实主义"，最终揭示本质，给客观事物赋予"喻示"意义。所以，艺术作为活动是现实的，作为事实是象征的——准确的描绘，就是从大自然那里得到"借喻"，以鲜活生动、撼人魂魄的形象说话。

生活啊，我的姊妹，你今天还在蔓延，

你像春雨，撞在哪儿就在哪儿碎身，

可是人们佩带垂饰，高傲而不逊，

像燕麦田中的毒蛇，谦恭地整人。

这是帕斯捷尔纳克抒情长诗《生活啊，我的姊妹》中的一节，"燕麦田中的毒蛇"，绝对是现实的，而"谦恭地整人"，就是文字之外的象征意义了。

所以，准确的描写，鲜活的形象，自己就会站出来说话。

品藻之余，直让人感到，所谓象征主义、意象主义、浪漫主义、现在主义，等等主义的文学流派和样式，都是现实主义文学的衍生与孕育。作家的伟大，也好像并不取决于他自身所散发出的光芒，不过是生活的浩瀚之光，从他狭小的指缝之间，折射到苍白的纸面上的一二缕而已。

所以，谦卑地垂首，反而是一种荣誉的风范，因为身姿一旦放低，反而更能进入生活的内部，更能得到"核心的核心"，呈现出更为本质、更为独特的意义，艺术的不朽，或许就这样渐渐地近了。

事实也正是这样。在当时独领风骚、遮天蔽日的马雅可夫斯基，到了今天，人们干脆就忘记了。而帕斯捷尔纳克却从历史的覆盖中，闪身而出，呈现出经久不衰的魅力。且不说那一部具有金子一般质地的《日瓦戈医生》，即便是他早期的诗歌，也摇曳生姿，让人百读不厌，与伟大的里尔克、茨维塔耶娃一道，让人景仰，并像他们之间那样"纯粹的爱"一样，我们也爱得甘心情愿。

他伟大在自己的"准确性"之中。

互文的阅读

一

早在 1980 年就读到了司汤达的长篇小说《红与黑》。那时我十七岁，刚就学于我不太喜欢的一个专业——北京农职院的蔬菜专业，小说所展示的风景和情调正吻合了我的心境，遂废寝忘食地读。

讲台上班主任口沫四溅地讲遗传育种，我隐身在桌洞沉浸于于连·索黑尔和德瑞纳夫人的偷情，以至于他悄悄地移过来，我也没有察觉。书被没收还不算完，他上告到学校教导处，说我年纪虽小，但受资产阶级思想的毒害却深，有不健康的生活意识，便建议校长召开全校大会，让我在众人面前做检查，以杀一儆百。校长也觉得这多少有些小题大做，但碍于我们的这位班主任是帮派出身，有"左"的遗风，善于上纲上线，如果不从，会惹火烧身。

我便在学校大礼堂振振有辞地做检查，其效果却出乎班主任的意料——一是我因此在学校出名，大家都知道我是个爱读书的人，个别女生还对我生出敬慕之情；二是大家反而都对着这部书产发了兴趣，好奇之下，偷偷地找来读。

这一切，班主任自然知道，他便对我阴冷，甚至恨。以至于毕业的时候，他搞秋后算账，使出杀手锏。因为我爱好文学，学校在党庆、国庆时让我写朗诵诗，走廊上出黑板报，也让我写。我都完成得不错，让校团委书记看重。毕业临近，他找校长要人，让我留校。班主任闻讯，找校长逼宫，说，有这个学生在身边，我心情苦闷，所以，你们留他就别留我，敬请掂量。班主任在教学上的确有一手，是学校的教师骨干，校长不忍流失，便安抚他说，你别激动，这个学生，咱就不留了。

之所以写出这段往事，是因为近日系统读了司汤达的散文，特别是昨晚耽读了他的《论爱情》，强烈地感到，他不仅是小说的大家，还是文章的圣手。那时的开端，好像就是为了今天的接续，让我全面地了解一个作家。也就是说，我与司汤达有缘。

他的散文有通透之象，不管是抒情、叙事，还是专论、游记以及书简都不是自说自话，而是结合了政治的、文化的、时代的、社会的发端、脉动和风致，纵横捭阖，言而及物，感性和智性交相辉映，有力透纸背的文学魅力，让人醉而忘返。

还有一点，读了他的文字，让人更确信"太阳底下无新事"——因为他旧时的阐发，能在今日找到种种对应；其在常识层面的言说，能穿透时空而折射、讽喻今天的世象，一点过时和老旧的感觉都没有。可以说，他的小说或许有时过境迁之虞，但他的散文则有恒定的"静观价值"，堪称不朽。

以他的《论爱情》举例。

既是"论"，自然要有观点，他对观点的阐述，不仅全面照拂，汲取各方经验，还层层递进，做到针脚细密、持论周匝，让人不可质疑。最可喜处，是他善举例，让生动的人与事予以验证，就感性丰沛——虽是形而上的议论，也活色生香，有很强的现场感。用今天的话说，他写的是在场主义散文。

比如他说整个阿拉伯世界，最能出现爱情的典范。为什么？首先，"昏暗的帐篷""孤寂的沙漠"，给爱情的产生提供了最适宜的环境。其二，伊斯兰教义的有关规定，不仅使情夫和情妇之间，建立了平等的关系，而感情的约定，有神圣的意义。"在阿拉伯人的帐篷里，山盟海誓绝不会遭到亵渎，背信弃义这种罪孽的直接后果就是受到被人蔑视或死亡的惩罚"。即便是一夫多妻，即便是暗通情缘，一旦确定了爱情关系，就不能厚此薄彼，都要给予尊重，也不能轻易抛弃，要切实地担负起责任。

这不免让人想到宗教在情爱中的作用。有宗教信仰的国家，不管是阿拉伯人，还是西方人，在签订感情契约，或走进婚姻之前，男女的恋爱、包括性爱，是十分自由的。但是，一旦有了契约和婚姻关系，就立刻有了极为严谨的态度，他们十分自律，绝不任性放纵。因为他们的教义中，婚姻是上帝所赐，有不可亵渎的神圣。与之相比，中国人则有着相反的态度——恋爱时虔敬，为了得到；婚姻后失敬，为了更多地得到。红杏出墙，珠胎暗结，偷情、婚外恋，屡屡发生。这一切，都是因为中国人普遍没有宗教信仰。即便是也有礼教的节制，但是与信仰的力量相比，总是苍白无力。因为教化是外在的劝谕，而信仰则是内心的尊崇；一个是客观的监督，一个是主观的自觉，作用自然就不同。

司汤达把爱情放在文化背景下进行考量，让自己的结论有民族性格、人文作用的支撑，就言之有据。好像他不满足于他学理和观点上的正确，他更注重为爱情本身画像。他描绘道——

在阿拉伯塔格莱卜部落，一位富裕的基督教姑娘爱着一个年轻的穆斯林。她把自己全部的财产赠给他，以赢得青年的爱情。但倾尽财宝，却未获取真心，一切破灭之后，她付给一个艺术家一百个第纳尔，请他为自己塑一座她所爱的那个青年的雕像。雕像塑成之后，姑娘把雕像耸立在她每天要经过的地方，深情地朝拜。起初她总是亲吻雕像，后来她心力渐竭，就久久地坐在雕像前暗自垂泪。直到夜色降临，才依依不舍地离去。这种情形无限地延续着，直到那位男子逝世的那一天。她闻讯而来，乞求能最后再看他一眼，并允许她吻一下他的遗体。如愿以偿之后，她仍然回到那座雕像前，和往常一样向它致意并且不停地亲吻它，然后在它的旁边躺下。天亮之后，人们发现她已气息断绝，她的手指指向她临终写下的几行遗言。遗言里的意思是说，即便是她终生与自己的爱情无缘，但是她无悔。

司汤达的用心，是让人们超越具体的爱情对象，甚至是尘世的感性之爱，爱上爱情。

这里可以看出，司汤达对爱情有着深刻的信仰，即便他一生总是跟爱情擦肩而过，心中留下了累累伤痕，但是他痴心不改，为爱情泣血而唱——唱感天动地的爱情圣歌。

既然如此，如果再返回头去读他的《红与黑》，说于连·索黑尔、德瑞纳夫人，甚至德拉穆尔小姐是伤在不对等的爱情之中，都是悲情人物，就显得过于轻浅了。

所以，要真正理解一位作家，要进行互文的阅读，要把他自身的经历、人格的底色和心像的构成融汇进去。那样，就感同身受了，就避免了似是而非、人云亦云的误读。

二

在写作《复活》以前，托尔斯泰写了一个篇幅较短、却在他后期作品中占有极其重要地位、并一度被禁止发行的小说，便是《克莱采奏鸣曲》。

这篇小说虽然是后期作品，我却在早年就读到了。这个短篇，虽远远不能与托翁的长篇巨作《战争与和平》《安娜·卡列尼娜》《复活》相比，但我对它的阅读兴趣却远远超过托翁的其他任何著作。前后曾读过四遍。

这并不说明我的欣赏品位低下，而是这篇东西既短却又最能代表托尔斯泰的艺术精神。托翁是一个对生活把有极端严肃精神的人，他作品的宗教气息、说教气息很浓。他除了把自己的思想纳入形象——用小说"说教"外，甚至迫不及待地用论文的形式直接"说教"。而《克莱采奏鸣曲》是他形象"说教"中，最简洁、最激昂、最让人容易接受的一篇。

小说的故事，描述一个名叫波兹德内雪夫的人，他从很年轻的时候就过着淫佚的生活；后来他厌恶了这种生活，梦想另一种爱，最高尚的爱。最后，他和一个在窘境中过日子的地主的女儿结了婚。他认为她是一个贞洁的对象,由此而结束了自己放荡可憎的生活,坚决地决定在婚后做一个忠实的丈夫。起初,他企图使蜜月成为一种庄严美丽的举动;可是到婚后的第三天,他发现所谓蜜月者,不过是长辈们特许的"无节制的欢乐的纵欲"。于是,他就不可避免地感到厌烦,感到它实在是一种"不能忍受的苦刑"。口角便经常发生,到最后,在夫妻之间除了恨,简直不再有别的感觉。因此,当他因事到乡间去,妻子便与一位音乐家以音乐为媒介私通。他疯狂了,赶走了音乐家,同时把一把匕首刺进了自己妻子的左肋。

自然,这是一个"爱"的悲剧。导致这场悲剧的原因,是波兹德内雪夫以往的放荡生活,放荡生活的经历,使他丧失了感受美好爱情的能力,神圣的新婚生活也不能使他精神愉悦,因为在他眼里,一切都是肉欲。

还是让我们听一听作品中波兹德内雪夫的自白吧——

十个月以来,我过着淫佚的生活,最可憎的生活;我梦想着爱,梦想着最高尚的爱,甚至用那种爱的名义来梦想一切。是的,我愿意详细告诉你,我怎样杀掉我的妻子。因此,我必须说一说我是怎么堕落的。在我认识她以前,我早已杀掉了她。我第一次尝试了没有爱情的肉欲,我就杀掉了'这位'妻子,实际上在那时,我已杀掉了'我的'妻子……

可以说,爱情和肉欲是势不两立的,一个人如果选择了放荡的肉欲生活,他就很难有纯洁的爱情生活。这一点,生活给波兹德内雪夫的教训是深刻的：

> ……在第一次堕落的时候，我就有了一种深刻的悲哀，甚至想坐起来痛哭，想痛哭我童贞的丧失，痛哭我和女性之间关系的永被玷污……一个人若为了自己的快感和好几个女人发生过关系，也就不是一个正常的人，而是一个永被损坏了的人，一个浪荡子了……

不仅仅是这些，淫佚生活还使波兹德内雪夫发生了心理变态，一些美好的事物，比如音乐。都被看成有性欲的味道："据说音乐使我们的灵魂提高。胡说，完全不对！音乐当然有作用，起着一种可怕的作用，但决不能提高灵魂，它既不能提高也不能降低灵魂，但只能产生冲动……"放荡生活对人类灵魂的损害是多么的可怕啊！

于是，不管物质生活得到多么大的改善，科学和文明得到多么大的提高，世风开放到何等程度，过严谨自律的生活是多么重要！

托翁的这篇小说，从艺术上也给我们有益的启示，这篇小说采用了独白式的体裁，由于主人公的议论贴紧了主人公的生活实际，真实地反映了人物的心态，不仅让人感觉不到说教的厌烦，而且产生一种痛快淋漓的艺术效果。

所以，我们没必要激烈地反对在艺术中溶入"说教"的成分。艺术作品的教化功能，并未因人为的反对而消失。况且，恰当、恰切的生活的形象"说教"，是温暖的和风；在徐徐的吹送中，人们的心智，会怡然地打开。

到了晚近，当我读了《外国文人日记抄》中托尔斯泰的日记后，我发现，他的道德之尊，他的"严肃"，颇形而下的因素，给我感觉最深的，是他并不"高的"的生命状态决定了他的道德说教。

他有很强烈的虚无意识，他在1898年1月1日的日记里写道：

一事须记：即一切生命都是没有意义的，除非它的终结释为上帝服务，为上帝的工作服务而使之完成，那是我们不可几及的。稍缓我当将这个意见写出来，现在我很忙乱。

虚无造成了他的死亡意识也很强烈，总觉得自己的来日无多，在每天的日记之后，都要把第二天的日期写上，然后写道：莫斯科。但愿我还活着。

托尔斯泰很鄙薄肉体生活，只为精神的完善而活。但他精神生活的出发点，是要为宗教服务，所以他的日记，多说教内容。因为是出自真心，喋喋不休的说教，也不让人厌烦，感到如果不这样，就不是托尔斯泰了。

虽然托尔斯泰痴迷宗教，但他没有进入教主的位阶，也就是还没有达到宗教的最高境界，他一直在路上，在凡世和进入天堂的窄门之间，不过是个最高级的使徒。这集中体现在他对女人的态度上。耶稣对妓女都讲宽容，阻止拿石头的信众对其做进一步的伤害。那是个最著名的场景：情绪激动的信众要对妓女施法，征求耶稣的意见，耶稣蹲在地上，用一块石头在地上画。画啊画，大家安静下来，耶稣也就缓缓地说："你们当中没有犯过罪的人，可以拿石头砸他。"人们静默，最后散去。而托尔斯泰手中的石头是总也不放下的，他在日记里，处处表现出对女人的歧视。信手摘录几条，可窥全豹——

——当一个女人恋爱一个男人的时候，她能够从他的身上看出他所没有的好处来，但当她不属意于他的时候，她又不能从别人的意见之外看出她的长处来。

——女人并不用语言来表达她们的思想，而是用语言以达到她们的目的，她们在别人的语言中所搜寻的也是这个目的。

——一个妻子亲近着她的丈夫，对他说了许多以前没有说过的抚爱的话。丈夫感动了，但这只是因为她做过一些淫秽的事情而已。

——一个女人，她只在人家与她有关涉的时候是性子和静的。一切与她无关的事情，她都不觉得有趣味，而这种事情如果与别人有了关涉，她是要恼怒的。她似乎担负着（主宰着）一切与她接近的人的生命，好像没有她，大家都会灭亡。为了一切轻微的责难，她会侮辱每一个人，但在十分钟之后，她立刻就忘记了，而且一点也没有懊悔。

在托尔斯泰眼里，女人是弱智、功利、淫荡、狭隘和任性的劣等人种，大可不必平等待之，遑论尊重和怜爱。

令人吃惊的是，强烈的宗教情结，使托尔斯泰陷入巨大的内心纠结之中。虽然他也认为写作是他精神生活的存在方式，是他接近上帝的根本途径，但是他面对工人、农民、奴仆的悲惨生活，又觉得写作是一种"有闲"，是一种"罪恶"，于是他既想写，又反对写。

他说：

——我不能写作时，我觉得痛苦，于是我对自己施以强迫。这多么愚蠢啊！好像生命是存在于写作之中似的。实则生命根本不存在于一切身外的活动。生命并不如我之所欲，而是上帝之所欲。没有著作，生命反而更充实，更有意义。现在我正学着不写作而生活，我确信能够做得到。

——我们的艺术，因为它供给了资产阶级的娱乐，不仅类似于卖淫，简直与卖淫没有丝毫区别。

所以，从日记中，看到托尔斯泰真实的生活状态：他生命撕裂，人格分裂，既是圣徒，又是伧夫，伟大与凡俗交并。

这很好。文本的对照，互文的阅读，这让我们有了平常心，能够从容地做人了。

泰戈尔的真诚

读《泰戈尔谈人生》（商务印书馆，2009 年 12 月版）。

泰戈尔对人生有乐观认识，他认为，人生的每个阶段都有意义。一如稻谷，离开了风光于田埂的日子，就又有了宝藏于仓廪的时光。读泰戈尔，不禁让人想到，好的诗句，好的文字，从不一下子说破，应该有回味——诗句结尾之处，正是意义生起之时。文学的伟大，就在它有"句子之外的意义"。

泰戈尔还有一个认识，让我心境豁然。他说："人们往往接受你的奉献，而不接受你自身。"换言之，你贡奉了，价值就在了，没必要再关心"自身"在社会上、在人心中有没有位置。这让我联想到，所谓大人物，即便是身居高位、权重一时，或者腰缠万贯、颐指气使，但如果没有人格影响、社会作为、文明贡献，在时光深处，也是"小人物"；相反，位卑言轻、贫贱暗淡的小人物，如果他对国家、民族、群体，有积极贡献，对人类进步、社会风气有积极推动，历史也会记住他们，也是"大人物"。

所以，依泰戈尔的逻辑，"乐生"必定与"有为"紧密地联系在一起。

泰戈尔在论述人生的每个阶段都有意义的同时，也强调要懂得功成身退，让出原有的"位置"，开辟新的疆域，用另一种方式延续生命的价值。

他说，果实成熟，离别枝条，是它的光荣。

因为离开枝头，正是它新生命的开始——落入餐盘，被人类享用，会化作人的生命活力，经由人去开创新的价值；落入土地，会变成种子，衍生新的植株，结出更多的果实。所以，离弃并不意味着虚无，而是诞生。

给人的启发是，在博取权位的同时，应该记住：完善了权位，就应该把它放弃。否则被人强行从权位上拉下来，就失去了光荣与尊严。也就是说，事功之后，要适时从权位上退下来，自己隐入台后，让功德熠熠闪光。

泰戈尔特别推崇印度古谚：年逾五十，人应该进入森林居住。

他解释说，这并不是要人去做隐士，而是提醒人，年逾五十，就不要再贪恋红尘，追名逐利，要懂得修炼内心，做默默的奉献。寿则多辱，并不是辱就天然地附着于寿，是寿者蒙昧，该通透清明之时，却蹚红尘祸水，陷在功名利禄之中，丢怪露丑。

泰戈尔认为，人生再漫长，也不过是一瞬间的事。而且，实际情形，往往是这样，漫长的时光反而短暂，短暂的瞬间反而永恒。

他的话，一经回味，从自我人生中，会找到很多对应的例子——昨天填个人履历，发现倏忽间我已经有 30 年工龄了，回望 30 年，真不知自己都做了什么，除了写了几部不温不火的书，还留下什么？简直是一事无成。而父亲临终前那个一瞬间的表情——眼神哀怜无助，就像一个落单的孩子——却给我留下了不可磨灭的痛感，每一想起，都会感到，生命苦短，要懂得珍惜。这短短的一瞬，抵得过30年的碌碌无为，在人生体验上，有永恒的意义。

还比如，已有了28年的婚姻生活，时光的磨损，已让我看不到爱情的模样了。但是，初恋的一个镜头，去让我念念不忘——黑夜里，她朝我走来，由于急切，忘记了脚下路面的不平，踩到一个凹处，打了一个剧烈的趔趄，虽未跌倒，但眼中的惊悚失魂却给我留下深深震撼。每一忆及，都让我感到，所谓爱情，就是这种惊悚性质，如果不能让人失魂落魄，就没多大意思了。

所以泰戈尔说，生命的存在，就是踩着一个个瞬间而走完人生旅程。

也就是说，人生的目的其实并非真的那么重要，重要的是过程，留下刻骨铭心记忆的那一个又一个生活瞬间。

读泰戈尔，感到他既幽深又明豁。他的诗，隽永蕴藉，非反复思量不能得其韵味一二，而他的人生之说，却深入浅出，是参悟通透之后的娓娓而谈。

譬如他说友谊和爱情的区别，就明达得让人会心会意——所谓友谊，可以理解为三个实体，即两个人和一个世界。换言之，两个人成为合作者，做好世上的事情。而所谓爱情，就只有两个人，而没有世界。两个人就是世界。在友谊中一加一等于二；在爱情中一加一还是一。

友谊可以逐步演变成爱情，可爱情却不能降格，最后成为友谊。一旦爱上一个人，之后要么爱，要么不爱。友谊有升华的空间，因为它并不占有所有的地方。可是爱情没有扩张、收缩的余地。它一旦存在，就充满所有的地方，否则它就不存在。当它看到它的权利在不断减少，就没有兴趣再去占有友谊的方寸之地。昔日高踞宝座的国王，可同意当无牵无挂的游方僧，却怎么也不会甘心情愿地当纳贡的诸侯！要么手握权柄，要么四海云游！中间没有他的立锥之地！

换言之，爱情是寺庙，友谊是住宅。神明离开寺庙，不可能去做住宅区的事情；但在住宅区里，却可以安置神明。

据五十年的人生经验，我觉得泰戈尔的话是圣明之言。所谓买卖不成仁义在，是成立的，因为买卖双方还有未来的利益；但不能当恋人却还可以做朋友之说，却是欺人欺心之论。因为爱情是非功利的存在，是纯粹之地，容不得丝毫杂质。要么爱，要么恨，即便不恨，也是远离或冷漠。心火烧尽，只有死灰，死灰之上，再用力地吹，也不会死灰复燃。

所以，衡人论事，要说真话，不要为那一点所谓的文雅、所谓高尚，而说违心的话。

泰戈尔的可贵，就在于他始终在说真话。

低调与原则

一

伟大的作家总是把自己看低，甚至低到尘埃之下——阿赫玛托娃全面地认同人民，她的诗歌总是倾向于俗语、倾向于民歌用词。她永远鄙视"诗人"这个词所包含的优越性气息。"我不明白这些大词，"她甚至说，"诗人，台球。"（即：诗人与台球手二者无异）这不是谦虚，是她对自己的存在始终保持清醒认识的结果。所以，她亲近普通人，努力表达民间情感，呈现人民性，因而她的叙述伦理从不受历史调整的影响，保持了个人的独立。

1885 年底契诃夫第一次去彼得堡，结识了《新时报》主编苏沃林，两人相谈甚欢。此后契诃夫佳作迭出，1888 年写出了第二个剧本《伊凡诺夫》，短篇小说集《黄昏》摘得普希金文学奖，他从幽默小品作者进阶成了具有全国影响力的重要作家。在接踵而至的声名面前，契诃夫没有忘乎所以，他在给苏沃林写的信中说：

您和我都爱普通人，但人们爱我们却是因为在他们眼里我们不是普通人。比如，现在到处都要请我去做客，招待我吃喝，把我当作将军一样地请去参加婚礼。于是我想，如果我们明天在他们眼里变成了普通人，他们就不再喜欢，而只是为我们感到惋惜，这是很糟糕的。

次年，从名利场莫斯科来到市郊苏梅过上村居生活后，契诃夫对生命有了新感悟。他迫不及待写信告诉苏沃林："大自然是一服极好的镇静剂，它能让人心平气和，也就是说，它能让人变得与世无争。"并说，因为过上了普通人的宁静生活，他能够"把自己身上的奴性一滴一滴地挤出去"。

二

伟大的作家总是有着属于自己的创作原则，即便是受到外界的指责，也不会改变——1890年初契诃夫写出了《盗马贼》，他的出版人苏沃林指责作品"过于客观"，即"对于善恶的冷漠，缺乏理想与思想"。契诃夫不为之所动，他写了封长信，与苏沃林辩明态度：

您希望我在描写盗马贼的时候，同时要说上一句：盗马行为是一种恶行。但要知道这是不用我说也早就明了的事。就让法官去审判盗马贼好了，我的任务仅仅是真实地表现他们。当然，把艺术与布道结合起来是件愉快的事，但由于艺术技巧上的条件所限，我本人很难做到，而且几乎是不可能做到的。……当我在写作的时候，我充分信任读者，相信读者自己会延伸小说中没有展开的个人感受。

契诃夫说出了小说创作的大忌。许多作家，总是喜欢在叙述中带入个人感情，并借人物的口，甚至干脆自己跳出来频发议论，以为只有这样才精彩、才独特。这种主观上的干预，破坏了叙事的自然秩序，不仅突兀生硬，也剥夺了读者介入式的联想，因而弱化了小说的张力，是不言而喻的败笔。

诗人拜伦在给他同父异母的姐姐奥古斯塔·拜伦的信中说，所谓情书，实际上是一片胡言乱语，不过是恭维、浪漫和欺骗的大杂烩而已。"所以，他规劝姐姐，不要热衷于情书类作品的阅读，它会惑心乱神，让自己失去安宁。他也反对姐姐写情书，因为情书的"欺骗"性质，让虚假的感情大行其道，误人害己，最终反而失去爱情。

对情书的不信任，使他从来不把情书当作正经作品，便任性而写，意在调情，把其作为社交手段。所以，流布于世的《拜伦书信选》也很少收入他的情书。据后人的挖掘，他的情书充满了色情和语言暴力，与伟大诗人的浪漫情怀和诗意之美相去甚远。因此就有人据此而败坏拜伦的形象，认为他低俗。其实这怨不得诗人，拿他根本不看重的文体衡量他本人，这是后人自己的错位。

双重人格的写真

晚浓茶之后失眠（我历来有晚间喝浓茶习惯，可以醒神，助益写作，停笔之后，也能自然睡去。但人到五十，情形突变，一喝就失眠，可见衰老的征兆，是神经的衰弱。），辗转反侧惹身边人烦，便披衣下床，从书架上随机抽出一本发黄的小册子——《侏儒》，坐在客厅里阅读。

书是我 1983 年从良乡新华书店所购，那一年我刚参加工作。不知为什么，买下并未读，竟被遗忘了整整三十年。看来，书与读者，也有缘分般的宿命关系，一如男女。

一读，竟被强烈吸引，从十一时读到次日凌晨四时，十二万字的一部长篇小说，悉数读尽。其间，撩人段落多多，频发感想，不停地眉批，一如思想者。经典就是经典，虽湮没于时光，却照旧日月常新，触及灵魂。还不禁发出感叹：幸亏是今日阅读，如果是那时阅读，因涉世未深，阅人太浅，难生撞击、会意与共鸣，不会有现在的深刻感受。

巴·拉格维斯，一八九一年五月二十三日出生于瑞典的一个小镇，父亲是铁路电气线路保养工。少时就爱好文学，并对社会主义有所憧憬。他对大作家斯特林堡，从他身上吸取营养而形成了一个坚定的信念，即：善终将得胜，因为善是最强大的力量，不论这个世界看起来如何狰狞可怕。因而他具有鲜明的人道主义、理想主义倾向，一生戮力于对政治专制和残暴的揭露和批判，使表现主义的代表性作家。一九四〇年，当选为瑞典皇家学院院士，一九五一年获诺贝尔文学奖。获奖理由，是由于他"在作品中为了寻求解答人间永恒问题而显示出来的那种艺术力量和植根深远的独立性"。

其《侏儒》是表现主义的经典作品。

表现主义艺术以"自我表现"为最高目的，其基本特征是注重探索和剖析人的内心世界，着力描写潜意识。作者正是以这种方式，将现实世界的邪恶和隐藏在灵魂深处的邪恶意识，毫不留情地揭露出来，以呈现"善终将战胜恶"的写作主题。

《侏儒》的着眼点，是人的两面性和双重人格，因而设计了两个主要人物，"王爷"和他的仆人"侏儒"。王爷，代表的是人在现实中的表演人格，即社会形象；侏儒则是他的另一面，即人的内心世界和真实看法。在表现手段上，采取侏儒的视角，以第一人称"我"的口气展开叙事。"我"处于压倒一切的地位，一切都是"我"眼中、心中、口中的人和事物。

因而整部作品不注重客观描写，不进行完整故事的叙述，而是把重心放在心理分析、人性本相的揭示上。"我"凭直觉观察世界，一有触动，潜意识就出来发言，说出自己对外在行为和客观事件的感觉和评价。所以，侏儒的自白和议论占了相当大的篇幅。同时，作者又赋予了"侏儒"的第三重身份——人性的化身和作者的代言人，因而侏儒的议论，就有了两种截然不同的语言：一种表达的是芸芸众生想法、感情，甚至弱点和偏见；一种是源自作者的主观思考和哲学论断。前者代表广度，即广泛的人性基础，后者代表深度，即对"本质"的终极关怀和批判重量。于是就有了典雅堂皇的词风与村言俚语杂然相处的浑然气象。

在《侏儒》中，侏儒（"我"）虽然是王爷的仆人，却也不被一味支配，相互之间，既对抗，又合作，因为他们是一个人。王爷在战争中取胜，"我"却嗤之以鼻，因为王爷无信、惯用阴谋；但"我"也心中惭愧，因为是"我"在与敌首媾和的宴会上，执行王爷的指令，在酒杯里偷偷放进了毒药。王爷最宠爱他的战将堂·李卡多，因为后者在战场上救了他的性命。但"我"却为王爷感到羞耻，因为"我"知道，堂·李卡多与王妃私通，他实际上是为王妃而战。但他却也不忠贞于王妃的献身，刚离开王妃的身体，就进了另一个女人的怀抱，所以"我"感慨道："他真正的爱情宛如一朵奇花，在那英武地推开了的面甲之上怒放；但他的肉体依然见异思迁，欲情正旺。"不平之下，在给敌首投毒时，"我"顺手也给了王爷这位爱将一杯，"这原不是我的任务，我有另外的任务，我命令我自己去给他斟上。""我"是王爷的潜意识，本能地为他服务。

但主仆一体并不是经常的状态，经常的状态，是质疑，是对抗，是否定。

当王爷怀疑爱情，做出"爱情不过是一首并无内容，至少是并无明确内容，而是背诵得有声有色、动人心弦，因而让人人爱听的诗歌"的判断时，"我"用自己的发现予以否定。敌首被害，他的儿子率军队攻城，实施复仇行动。城欲破，却突然陷于平静，原来是青年在那次宴会上爱上了王爷的女儿（女儿也自然爱他，因为他面前的那只有毒的酒杯，就是她给偷偷头换掉的），他借夜幕的掩护，只身翻过城墙，进了小姐的闺房。"里面无声无息，就着忘了吹熄的那盏小油灯的微光，我看见他们紧挨着睡在床上。在初次认识了爱情那种兽性本能之后，他们像一对玩得精疲力尽的孩子，在那里沉沉大睡。""我"告诉人们，爱情泯灭恩仇，更蔑视战争。等待王爷的，定将是失败的命运。王爷的确是失败了，尽管他乘机杀掉了对手，但他的爱女却跳城墙自尽，他失掉了爱情、亲情和臣民对他的信任，他成了孤家寡人，荒野游魂。战士的平息，也不是因为他的阴险、狡诈，而是因为不断蔓延的瘟疫，敌我双方的百姓都想活。

在全篇中，这样的否定"句式"比比皆是。譬如：

——真是奇怪得很，我这个能看到那么远的火堆的人，对星辰之美却不能领悟。

——权力和地位有什么用？他心里明白，命中注定的事非顺从不可，生活本身本就不是单给人快乐的。

——他之所以爱她，正是因为他已无法得到她，也正是这个原因，他把我铐起来叫我受苦。我的清醒，让他恼羞成怒。

——如果说我对主子还有认识的话，那就是，他是绝不能长久缺少他的侏儒的，否则他将迷失自己。所以，他会很快又来召唤我，并亲自打开我身上的锁链。

　　所以，《侏儒》虽然很单薄，但却是一部人间大书，他把人性和善的最终胜利，阐释得淋漓尽致、撼人魂魄。

被轻慢了的经典

办公室的北窗下，有个水泥石台，上边随便扔着一本美国作家冯纳格特的长篇小说《囚鸟》。这是漓江出版社"外国文学名著丛书"的一种，32 开异型本，18 万字，1986 年 3 月第 1 版，是董乐山的译本。那是北京书市的特价书，买的时候，好像就是冲着译者的大名。到手之后，并无阅读兴趣，扔来扔去，视而不见。今天实在无聊，就捡起。没想到那译笔实在典雅，简洁而生动，居然就读下去了，直至读完。

《囚鸟》是冯纳格特 20 世纪 70 年代的代表作。它以主人公自述的形式，描写了一个三次入狱的老囚犯的一生，这也就构成了"囚鸟"的形象寓意。作品穿插了美国经济大萧条、第二次世界大战、朝鲜战争、麦卡锡主义和"水门事件"等重大历史事件，把个人命运放在时代进程之中，收到了讽喻的艺术效果。

主人公斯代布克是哈佛大学的高才生，毕业之后，费尽百般周折才进了白宫，做了尼克松的总统青年事务特别顾问。这个职位，在外人看来，颇为贵，高不可攀。但他被冷落在白宫的一间地下室里，偌大个房间，只有他一人，而每天的工作就是给总统上报一份有关青年动态的简报。他上报了无数次见报，却从来没有收到一份答复，后来他才知道，总统根本不看简报，随手就扔进废纸篓里。而当时共产主义思潮在美国青年中颇为流行，严重地危害着民主党的统治，这让斯代布克寝食不安，即便是简报形同废纸，他也精心收集、认真地写，好像他的工作牵系着美国的命运。

身为总统特别顾问，但整个任期，只是在他被解职的那一天，他才第一次见到总统。那一天，本来是研究如何制止越战危机之后共产主义思潮的泛滥，但总统尼克松却大讲笑话。这让斯代布克顿感不快，本能地施以抗议——同时点燃了四支香烟，愤愤地喷云吐雾。烟雾终于吸引了总统的目光，他说："让我们暂且休会吧，且看我们的青年事务特别顾问给我们表演如何扑灭篝火。"

全场大笑，他被解职。

失业之后，他到闹罢工的地方去闲逛，真实地了解到了政府和企业如何联手盘剥工人的内相，他心灵的天平开始倾斜，情不自禁地站在了工人一边。他希望罢工能给工人赢得权益，所以也悉心指点。但罢工领袖不予理睬，因为那些人是文盲，是流氓无产者，罢工的本意是要出个人之名，他很失望。同时，他又在无意之中洞悉了政府和企业主秘密勾结，在罢工的路途上设下圈套，并在制高点上潜伏狙手，制造血案，然后再转嫁给罢工领袖，把他们送上绞刑架。出于良知，他通报给罢工群众，但遭到嘲笑，遂悲痛欲绝。

惨剧终于如期发生，工人不仅乖乖收兵，还背上道义责任，便真诚地驯服了。

其中的一个政府帮凶，是他哈佛的同学，叫克留斯，他要竞选议员，遂在演讲中大赞总统仁政。斯代布克不可容忍，不惜招供说自己是共产党员，然后指正克留斯是自己的同志，参与了几桩暴力活动。即便克留斯极力辩驳，但斯代布克以亲身经历的种种细节，为法庭提供了确凿的证据，克留斯终于败下阵来，被判了两年监禁。

多少年以后两同学相遇，斯代布克灵魂不安，真诚地向克留斯致歉，希望得到他的原谅。克留斯一笑，"老同学，对于你，我非但不能责怪，还要感谢。"他说，"如果没有你那致命的一击，我也不会绝然地离开那腐败无为的体制，走上自主发展的道路。"

此时的克留斯是大企业家，有钱，有美女，人生大好。

而那个美女正是斯代布克的初恋情人莎拉。莎拉愧疚于自己恋人对一个无辜者的伤害，主动送去安慰，一来二去，竟觉得克留斯比斯代布克要好，他敢作敢为，有很强的行动能力。

斯代布克受到空前的刺激，心绪大乱，叮嘱自己，要心平气和。

"心平气和"这个词，在小说中反复出现，类似安魂曲。

但是，越是心平气和，斯代布克越是陷落，不断丢怪露丑，又两次锒铛入狱。以至于无女人爱他，他不得不娶了一个又黑又瘦的犹太女人。他认真地爱这个女人，认为她是世上唯一值得爱的女人——因为她黑，所以她纯洁；因为她瘦，所以她性感。

她给他生下一个儿子之后，死了。儿子长大后，也上了哈佛大学，后来成了《纽约时报》的专栏作家。以为日后有了依靠，但儿子让他滚开，且不得透露他们有父子关系。儿子的批评有盛名，而且专拿斯代布克这样的"社会渣滓"做抨击对象。

走投无路时，他遇到了一个以捡破烂为生的拾荒婆。见到他，那个拾荒女人眼前一亮，紧紧抓住他的胳膊，"斯代布克，是你吗？我是你的玛丽啊！"

　　在上大学时，玛丽曾与他同居过，是第一个让他变成男人的人。虽然也有一份惊喜，但因为她浑身臭味，他不仅拼命躲闪。玛丽越掐越紧，"我寻找了你半生，再也不让你跑走了。"

　　一个落魄的疯子，一个拾荒的女人，从此形影不离。在街头，在闲置的工棚，在荒郊野外，总能见到他们如胶似漆的恩爱模样。准确地说，他们不停地做爱，甚至有些恬不知耻。

　　等到玛丽确认斯代布克不再跑走了，她告诉他，她有钱，是纽约著名的拉姆杰克公司的大股东，她靠律师以格拉汉姆夫人的名义秘密地管理她的公司，攒下的钱都记在他斯代布克的名下。

　　她告诉他，即便是这样，他们也必须以现在的身份生活——因为落魄，所以人们悲悯；因贫穷，所以人们同情——官僚政客、贵胄巨富、土匪盗贼，都不会把你放在眼里，更不会跟你较真算计，你就会过得无忧无虑、无苦无悲，幸福而安静，喜乐而平和。

　　自己一贯主张的心平气和，居然在一个拾荒婆子这里得以实现，斯代布克百感交集，把这个浑身发臭的老女人紧紧抱进怀里。这一刻，他真的爱她。

　　为了庆贺，他们进了一家酒吧。那个犹太舞者拼命表演，以期顾客能多给几文小费。那些脑满肠肥、西服革履的人，只是不耐烦地扔给几个美分；而斯代布克却塞给他一张大钞。那个舞者愣了，早早地退下场去，溜了。这意外所得，够他一家人旬月所需，他怕梦破。

斯代布克和玛丽也赶紧抽身而走，他们面相丑陋，但笑容灿烂。

斯代布克情不自禁地背了一首诗：

我不在乎一死

不在乎，不在乎！

就像射精一样

就像射精一样！

他觉得自己真的从人间地狱里逃了出来，而且是灵魂的出逃。他好像立刻就悟出了一些伟大的道理，让自己变得通透了——上帝保佑，要同无聊相斗，甚至天神也赢不了！要同愚蠢相斗，甚至天神也赢不了！要同虚伪相斗，甚至天神也赢不了！要同卑鄙相斗，甚至天神也赢不了！

他臆想着克留斯来拜访他，并问他："斯代布克，为什么一个出身于名门而又受过良好教育的人愿意过你现在那样的生活？"

"你问为什么？"他看一眼身边的玛丽，回答道："是因为基督在山上的教谕，先生。"

据介绍，冯纳格特是美国"黑色幽默"派的代表性作家，《囚鸟》读毕，给我最突出的感觉是：所谓黑色幽默，就是用最严肃的态度、最严肃的笔法写最荒诞的人与事，然后得出最不荒诞的结论。由此看来，在我国的现当代文学中，还没有真正的黑色幽默作品，有的只是一点技术性模仿，聊以充数而已。

所以，我们的文学界、我们的当代作家，不要因为莫言获了诺奖，就一俊遮百丑，认为我们的文学，已进入了"历史上最好的时期"。我们离真正的经典写作，还存在着很大差距，应该有最起码的自知之明，怀着谦卑，沉潜地创作，拿出属于我们的乡村寓言、城市寓言、生活寓言、时代寓言。因为，真正的现代派，不在于炫技，而在于对生活的透视能力，对时代脉搏的把握能力，对世道人心的关怀能力。它需要站在高处俯瞰，需要深入内部挖掘，需要超越现实的局限，需要穿越表面的遮蔽，反映人性的本真和世界的本质。其立身之基，还是"现实主义"的。

尊重文学的自然品性

——读列夫·托尔斯泰《论创作》

1

读了列夫·托尔斯泰《论创作》一书（漓江出版社，1982年11月第1版），对文学有了更新、更深的领悟——文学，就像大地上的植物一样，也有着属于自己的生长品性，其萌芽、拱土、拔节、抽穗、开花、授粉、座胎、结果，都是个自然而然的过程，即便你是作者，也不能人为地颠倒生长的时序、主观规定它的内在节律和基因组成。

譬如小说，它是靠细节和情节长成的物种，作者只能依情势给它锄耪、施肥、浇灌，你只能跟在它后面，按照它的引领，走向季节的远方。所以，细节和情节之外，都是逆生的动作，会导致"种性"的变异和"生长"的中断，你之所写，就不再是小说了。

托尔斯泰说，你在写小说时，不要总是大谈学问，进行训诫，不要按照自己的意志随便打断和歪曲小说的情节，这是迷途，会让你走向歧路和死路。情节是小说世界"唯一的光明照临"，它足以照亮致远的路径。它给你指引的，是叙事的平衡和自然，是艺术与生活的和谐相处，即合理性。

恩格斯在读了敏·考茨基的小说《旧与新》后致信考茨基，认为他对盐场工人的描写，与他在《斯蒂凡》中对农民生活的描写一样出色，成功之处，就在于考茨基对"两种环境的人物"的刻画，使用了符合情境的、虽"平素"却准确的细节，让人物自己脱颖而出。紧接着，恩格斯感慨道，德国、俄罗斯和挪威有许多优秀的小说家，但他们却很少写出优秀的小说，究其原因，是他们太喜欢用小说表达他们的政治倾向，把自己的"意图伦理"硬塞给读者。表达有倾向，也是可以的，但是倾向应该从场面和情节中自然而然地流露出来，而不是特别地把它们"指出来"。

托尔斯泰是文学家，恩格斯是哲学家，但他们都同时都指出了小说的成功，根本的，是要靠"情节"（细节）的支撑。我的出发点，不是要倚重经典作家的权威性来阐释自己的小说观，而且这样的观点也是老生常谈，是基本常识，我是以此来验证：细节和情节，是小说这个"物种"的本质特征，是客观存在，因此小说家的写作，也要有唯物主义的观点，要尊重文学的自然品性，而不能自恃高明，随心所欲。

2

文学既然有自己的自然品性，作家就应该有细心观察、耐心等待、顺势捕捉的功夫。

文学本身，包括它的描写对象、表达对象，甚至揭示对象，因为都有着属于自己的萌芽、拱土、拔节、抽穗、授粉、座胎、结果的自然过程，就要求我们的作者，要谦卑而耐心地观察这个全过程，在凝聚了足够的感情、积聚了足够的经验、获取了足够的体验、受到了足够的刺激之后，即外部的作用已化为内在的能量，到了不吐不快的时候，才可以动笔。一如托尔斯泰所说，"心头自然而然地想创作（是好的），但是，只有到了欲望无法祛除、像是喉咙里发痒，非咳嗽不可的时候，方可放手去干。"

这里所说的足够的经验、足够的体验，是指对外部事物完整的把握和全部的感受（"烂熟于胸"），而不是侧面、截面，更不是一隅、瞬间和片段。粮食酿酒是个复杂的过程——浸泡，入酶，发酵，生成醋酸，最后才变成乙醇（酒）；海水制盐也是个长期结晶的过程——先引入海水，然后过滤除去杂质，阳光蒸发，初为水碱，最终为盐。乡下也有民谚，出水才看两腿泥，拔出了莲蓬才带出了藕。种种例证，都为了说明一点：不进行细心观察、耐心等待、顺势捕捉的仓促创作，往往失去了文学的自然品性，即帕斯捷尔纳克所说"准确性"的表达，所呈现的往往是事物的中间状态、或片段，是醋而不是酒，是碱而不是盐，是莲蓬而不是藕。

同时，认识事物、感受事物的阶段性、局限性，也规定了我们的写作者不能、也不可能当下就能进入到事物的内里，做出"准确的"意义判断。

痛饮清泉时，人无暇大喊大叫；吞咽食物时，人顾不上说稻优黍鄙；久旷相见时，只能奋不顾身地做爱……泉水之甜、食物之美、性爱之妙，能够娓娓地道来之时，都是在餍足之后。

也就是说，文学的反应，相对于生活本身来说，有"滞后"的品性，正如汪曾祺所说，耐得住品味的小说，写的都是"回忆"。所以，写作者不能跑到生活的前面，任性地指手画脚。这个"不能跑到生活的前边"之说，就是托尔斯泰和恩格斯所说的，小说要把生活的真相，用相应环境中的情节和细节自然而然呈现出来，而不是不要概念（主题）先行，人为地说出来。

即便是"同步的"反映，在托尔斯泰看来，也是有害的。因为人有"流动性"，客观世界有"复杂性"。他以人作譬，"同一个人，时而是恶棍，时而是天使，时而是智者，时而是白痴，时而是大力士，时而是绵羊一样绵软而弱小的生物……"而"同步的"反映，只选取事物和人现在时的这一点、这一面，又怎么能反映全貌、刻画出"这一个"？

说到底，文学的美妙和高贵，就在于能"清清楚楚地"表现出人的流动性和世界的复杂性，所以托尔斯泰语重心长地说："文学（艺术）是一项伟大的事业，对她不许开玩笑，或者抱着文学之外的目的（而不尊重它自身的品性）。"

依着他的逻辑，作为写作者，对文学的敬重，表现在一个最基本的态度，即：要始终听从文学的召唤，清醒地知道，文学要求我们怎么做、做什么，而不是我们强迫文学怎么做、做什么。

3

托尔斯泰 1887 年在读了小说《乡村节日》致信它的作者茹尔

托夫说道，您是个庄稼人，又是一个诚实的人，而且有着丰富的乡村经验，但您却不做忠实的呈现，而是用力写旅行的梦境。为了显示高明，玩弄词藻，炫耀技巧，营造了浓郁的"文学味"，甚至还有了讽刺小品的味道。而小说本身，却没有扎实的内容，也没有多大意义，是冷漠的写作，我不喜欢。

"文学味"是个让人触动的说法。

通读托尔斯泰的这封信，始知，他所谓的"文学味"，是指作者不按照文学本身的规律进行创作，而是以报纸杂志的选稿倾向、评论家的审美趣味和作者自己的主观好恶（其中也包括读者的阅读时尚）为立足点，让创作服从于"小圈子"、文学界人士的价值取向，努力写出让这些人认为好的作品。因此，农民出身的茹尔托夫怕别人说自己"土"，就努力辞藻、拼命炫技、刻意编造，以牺牲朴素而宝贵的农村生活感受和积累为代价，以"媚雅"的姿态攀附到文学界设定的标杆上去，"你看，我也高明，我也文学!"

所以托尔斯泰认为茹尔托夫的创作彻底失败了，因为他对"文学味"的过于追逐，使他远离了生活的真味，他制造了虚假的文学。

关照当下的中国文学，也充斥着过量的以"文学味"为特征的文学。

譬如我们的乡土文学创作，一写农村题材的小说，为了凸显批评界看重的"批判性""先锋性""超验性"，就不管土地是个"巨大而神秘的存在，它厚暗无涯，有无限的可能性"的这个基本特征，也不管在土地之上，"它既可藏匿什么，也可呈现什么，绝不像阳光下的物事，泾渭分明、一目了然——因此，温柔与坚硬，明亮与暧昧，恩情与仇怨，贞淑与猥亵，大度与褊狭，忠诚与反目，高贵与卑下，微笑与血泪……是相伴而生的；人与人之间，人与物之间，物与物之间，也不是非此即彼的关系，而是不此不彼、既此既彼"这一基本的土地伦理，而是无限放大对抗、夸大丑恶、渲染畸形趣味。一些被批评界吹捧的作品，把决定中国当代乡村的走向的复杂因素简化到只有"官民对抗、家族情仇"，农民群体本身对土地的作用被完全忽略，好像他们是毫无自主性、创造性，任人摆弄的提线木偶。

还有我们的所谓大地散文，更有"文学味"的不遗余力的体现——忠实地描绘大地物事、乡村情感的散文，被批评界认为品格低下，是"匍匐于乡土、醉倒于村俗的"的原始体现，于是推动着作者远离乡土，走进书斋，用西方的哲学、主观的"主义"，在纸上规定中国大地上的生长。自然的山水、林木、花卉、谷物，在他们看来，太清冷、太杂沓、太寡淡，太缺少故事，太缺少传奇，因而就太缺少文学味，必须打碎、重组、嫁接、夸张、渲染、哲学、人文、辞藻、弄玄、魔幻，写观念上的乡土，"我心中的"乡土。于是，一路大散文开来，写出了一大批太像"大地散文"的大地散文，自己不断喝彩，也逼着别人跟着一起喝彩。

因为这些大地散文中的乡土物事，与真实的生物形态、情感状态、伦理品相相去太远，是转基因，是伪民俗，是虚假的情感，是不经的哲学，如果按图索骥下去，吃了会中毒，看了会目盲，品了会乱性，信了会失序……因为有这样的认识，对这类散文，我本能地抵触。

换言之，对"文学味"太浓的作品，因为它背离了文学朴素而真实的自然品性，我们应该像托尔斯泰一样，保持最起码的警惕，并理直气壮地说：我不喜欢。

2016 年 7 月 26 日于北京石板宅

遵从自己的法则

　　阿尔贝托·莫拉维亚在世界文坛上有"意大利的巴尔扎克"之誉，他被卡尔维诺和翁贝托·埃科看重，认为他的写作，虽然琐碎，却有难得的从容，那扎实的细节，无论如何推敲，都找不出丝毫的破绽。他就这么"琐碎"地写，全不顾别人的指指点点，以至于苏童不禁生出感慨："在我的阅读经验中，很少遇见这么固执这么自信的作家。"

　　读过他的长篇小说《乔恰里亚女人》，我也有了类似的感受，觉得与他的相遇，真是有些晚，不然的话，自己的写作，尤其是长篇小说写作，会多一些"细密"的品质，不至于暗燃浮火，概念先行，仓促失节。

　　《乔恰里亚女人》被称为"抵抗小说"，展示的是战争的悲剧。他不正面写战争，只是把它作为叙事的背景，刻画人性和人的命运。在他的笔下，战争的残酷性，不在于它带来了贫穷、伤害和死亡，而在于战争的突然而至，打乱了人们的生活秩序，而且任何人都无法逃脱。战争使任何规则都不复存在，既有的伦理也失去了作用，人的唯一选择，只是抵抗死亡，想办法活下去。

然而阿尔贝托·莫拉维亚并不就此就陷入"消极抵抗"，而是把人的生存，建立在人的尊严之上，即避免"苟活"。既然战争摧毁规则，那么，人就要遵循自己的法则——活下去的前提，是人心的安妥。

小说的主人公切西拉是乔恰里亚地区的农民，年轻时嫁给了一个比他年长很多，在罗马经营着一家食品店的商人。切西拉结婚并非为了爱情，而是为了体面地生活。所以即便没有爱情，但她始终是一个忠诚而善良的妻子。丈夫去世之后，她珍惜已有的一切，独自经营商店，运筹帷幄，把买卖搞得风生水起。战争来临，城里的生活变得异常危险，于是她带着女儿随着逃难的人群逃离罗马，到她故乡所在的山里去。

城里的店铺，自然要托人看管，她首先想到的是她丈夫的朋友、煤炭商乔万尼。因为她知道，乔万尼始终对自己有情色之念，在丈夫活着的时候，就对自己动手动脚。内心的高贵，让她坚定地拒绝，她说："你不害臊吗，我可是你的朋友之妻！"眼下就不同了，丈夫已死，而且活命比什么都重要。同时她本能地觉得，乔万尼是唯一真正爱她的男人——"他爱我这个人，而不是爱我的东西，在困难的时刻，他是我唯一可以依赖的人。"

她去煤栈找到了他，说出了自己的想法。他好像也一直在等她来，所以笑一笑之后，就把门关上了，而且还用横杠把门闩好，他们一下子陷在一片漆黑之中。事后她自己回忆到："他在黑暗中向我贴来，我浑身像散了架一样，柔弱、温顺。当他在黑暗中挨着我，拥抱我的时候，我的第一个冲动的反应，是紧紧地贴着他，用我呼吸急促的嘴唇寻找他的嘴唇。他柔情地把我放在煤袋上，我委身于他。奇怪地，那些煤袋尽管坚硬，尽管他身体沉重，我却尝到了柔情和快感。我觉得我年轻了。"

完事之后，他倚着门看着她，说："我们之间的事，就这样定了。"她也满意地点点头。但是，接下来事情却发生了临海悬崖一般陡然的逆转——只是因为男人的一个动作——在她经过他身边的时候，他涎笑着在她的屁股上用力地拧了一把。就是这么一个貌似亲密的动作，轻微的肉痛之余，却唤醒了她最锐利的耻感——她暗自思忖，从今以后，我就再没有权利反抗了，因为在他眼里，我已不再是一纯洁的女人了，他可以随时享用和支配我了。而一个正派女人，怎么能忍受别人拧在屁股上，却不再能反抗？因为战争吗？

战争的理由并不能说服她高傲的内心，她对男人严肃地说道："从此以后，你不要再想那么亲热地靠近我，你只需尽看管之责，我会按市价付工钱给你。"

这真是振聋发聩之笔，让人一下子看到，人性有其自我生成、生长、生存的土壤，是外力所不能任意左右的！即便是在战争的条件下，虽然人生逢乱世，但人性依然有着不乱的内在秩序，足可以抵抗枪炮和刀剑对生命的"轻贱"，遂对人性的伟大，产生了不可动摇的信任！

从这一刻起，切西拉确立了自己的生存原则：活命，但不卖身；逃难，但不出让尊严。

她抓紧女儿的手，一刻也不分离，因为她觉得，生活虽然破碎了，但是只要母女能相依为命，家庭就依然完整。面对种种困境，她们咬牙坚持，在无奈中始终保持豁达和乐观的态度，她对女儿说，女人是最皮实的动物，在饿中也能分泌奶汁给婴儿哺乳，在被伤害中，也能生出爱心，关心和悲悯他人。因此，战争的意志与女人的意志相比，往往是后者取胜。

从乔万尼那里，使她相信商业法则，而不相信情感法则，因为前者使人与人的关系简单，相互不问来路，便不陷入纠缠，不付出多余的代价，随时随地好抽身。她们搭乘车辆、住店、寻找食物，都花钱购买，不让旁人质疑、追问。

由于战争，她们平生第一次发现，食物几乎是生存的全部，吃的哲学，是所有哲学中的哲学。所以，任何食物，哪怕麦麸，硬得要用锤子砸开的吃食，都是世间最美好的食物。以至于在种种危险的环境和遭遇面前，只要一坐下来谈吃，就淡忘了恐惧，就看到了生机。在不能通过正常手段获取食物的时候，偷也不再是违背道德的事情，切西拉说："我不否认，那偷来的面包，比平时我们吃到的面包更有滋味，因为那是偷来的，而且是偷偷地吃。"

因为吃的哲学，让她更懂得了战争中的人。一个被饿坏了德国士兵，偷偷地爬到她们的脚下乞食。因为他赤手而来，所以她们毫不犹豫地给。正巧身边有一架手风琴，正巧那个德国人在入伍之前是个手风琴手，他便给他们拉琴，以表谢意。她们听出，他拉的是一曲德国兵都会唱的《莉莉·玛莲》，拉得很忧伤，近乎抱怨。切西拉心生温柔，"他还是个孩子啊！"便情不自禁地摸了摸他的头发。他也拍了拍她的手，说："鼓起勇气来，战争很快就要结束了。"

战争终于结束了，但切西拉和女儿罗赛塔却承受了生命中最锐利的一击——女儿在毫无防范的情形下，被撤下来的土耳其士兵强奸了。看到倒在污血中的女儿，切西拉大脑里一片空白，也瘫倒在地。她看到天空是那么澄澈，澄澈得那么无耻；她看到地平线上的小花开得是那么灿烂，灿烂得那么无心，她感到普通人的生命，是那么无足轻重。她绝望地大笑起来。但正是这种绝望，让她看到了生的希望——这是最后的陷落了，已陷落到尘埃之下，既然这样，爬的动作，也是站立，她命令女儿，"爬起来吧，不去死!"

女儿虽然爬起来了，但开始自暴自弃，她在回程的路上，勾引所有能遇到的男人。切西拉拼命地追赶，坚定地阻拦，她声嘶力竭地劝女儿——被强奸，血自然是污的，但还没有污到胸口之上，清洁还住在我们的心里，对战争最后的声讨，是我们不自甘堕落，生为女人，只有成为自己，才有未来和远方!

女儿好像懂了，她驯顺地依偎在母亲的怀里，静静地仰望星空。切西拉感到一丝欣慰，对自己说，我们两个人，已经死去了，带着别人的怜悯和自己的怜悯死去了。然而在最后的时刻，是痛苦拯救了我们。从某种意义上说，关于拉撒路的那段福音书，对我们来说，也是适合的。

小说读毕，掩卷沉思，不禁觉得，这两个女人，既是可怜的，又是高贵的，甚至也是伟大的。因为她们经历了战火的淬砺，看清了生活中到处充满了黑暗、荒诞和谬误的东西，获得了蔑视战争的精神力量——那就是，虽承受痛苦、污浊之侵，也不失女性妩媚，依旧往快乐和干净里活。

2017 年 5 月 1 日—3 日于北京石板宅

341

爱的气候

　　周末居家，想写一篇认真的文字，本来心中已有清晰的立意，一旦下笔，却文思滞涩，勉强写来，也无精彩字句，只好废笔而叹。

　　便在书房里乱翻书。居然翻到了一本中国文联出版公司 1987 年 11 月版的《爱的气候》，系安德烈·莫洛亚写情爱的长篇小说。叙述的套路，大俗，不过是"我爱的，她不爱我，我不爱的，她却爱我"。但是却被强烈吸引，不能释卷，索性当作大著，做终日的耽读。

　　书曾经读过，故事的结局早已了然于胸，没有悬念的诱因；情节也简单，不费目力，便也不会波澜弄心。为什么还是被吸引？盖因已到了不屑于谈爱情的年龄，对情色没有期许，有了超然物外的心境和视角，可以冷冷地审视。这一审视可不要紧，觉得莫洛亚真是写爱情的高手，他与人物结伴而行，在场及物，有迷乱的氛围，有仓皇的心跳，有人性的错失，有深切的痛感，一切都呈现得那么准确，直让人感到，别人的爱情经历也是自己的，其中的真情与假意、庄重与荒唐，都是合理的存在——只可以回味，不可以挑剔；只可以尊重，不可以轻蔑。所谓爱情的真相，是在爱中有不爱，不爱中有爱，换言之，是在忠贞中有背叛，在背叛中有忠贞——那种纯粹而热烈的爱情，其实是情境下的产物，时过境迁之后，就嬗变、就转向。所以，那种居高临下的正义指点和道德臧否，是纸上谈兵，是隔靴搔痒，是假道学，甚至是痴人谈阔，甚至是别有用心。

说莫洛亚"准确"，是因为他用鲜活多汁的笔墨，原生态地描写了在"爱的气候"中，当事人不可掌控的在场感受，形象地揭示出，爱情的到来，不可设计，不可预测，只能"遇到"。在这个场域的事情，往往是：期冀的，迟迟不至，躲避的，却不请自来；须端庄处，居然不由分说地放纵，逢场作戏的时候，却有摄人魂魄的神圣之光……一切都是那么不可捉摸，毫无道理，莫名其妙。

这种莫名其妙，被莫洛亚描绘得淋漓尽致、目不暇接，把读者带入一个不可自持的阅读氛围，来不及做理性判断，只想被他牵引着去体验、去感受、去快乐、去痛苦。只感到，纸面上的情爱也是血脉偾张、心魂迷乱的，也是真的，如果在"当境"的情况下，还追问道理，还区分对错，真是焚琴煮鹤、清泉濯足、花下晒裈，轻者是不合时宜、不懂风月，重者是阳痿不举、失去了爱的能力。

莫洛亚的描绘正是在这样的情境下展开的——菲利普（小说的主人公）与几对年轻夫妇去聚餐，酒热之下，他们躺在草地上仰望星空。无意间他碰到了德妮丝夫人的脚踝，那只脚踝是那么白皙秀美，他情不自禁地握。奇怪地，那个女人居然没有表示异议，他便放任地握紧了，且心旷神怡，觉夜色大好。事后他在日记中写道：我心地清洁，对女人本应淡然处之，然而盯着她时却目眩神迷，而且竟为那不屑一顾的打情骂俏而心摇意荡、沾沾自喜。难道我还不够好？于是他怅然若失，心里涂上了一层阴郁。

菲利普害怕自己的不洁，再次与德妮丝相遇时，就远避，以防自己的"身不由己"。然而他的自律，让德妮丝感到被冷落，遂心中生怨，对菲利普进行冷嘲热讽，有些话，近乎诋毁。他很痛苦，很想找一个倾诉的对象，以释块垒。一回眸间，竟发现年轻的马莱小姐正对他含笑凝视，送来同情的目光。这短暂的一瞥，却像一粒微小的花粉，凝聚着孕育的力量，飞进了他受惊的花蕊，让他产生了要认真地去爱一场的热望，于是他毅然走过去。于是，在完全没有预期的情况下，他们爱了。

从此，他便上道了，开始经历一系列复杂多变的情爱感受——原来一个女人给自己造成的难以承受的心灵痛苦，反而会变成对另一个女人的情爱动力，所谓爱，往往是一种"情移"的产物。

新的感情对象一旦出现之后，在旧人面前，他一下子变得玩世不恭，有了夸夸其谈的意外才能。而且，喜欢频繁地出席沙龙活动。因为在沙龙中，有各种交锋，可以由此检验女友的应变能力和品格特征。更主要的是，他们此时是同一个"社交单元"，要想乱中取胜，得到认可，就必须步调一致，同气相求、同声相和：我鄙夷一切不属于她的事物，而她对一切不属于我的事物也不屑一顾。慢慢地，这种不得不出于"配合"的动作，竟变成了习惯，就真的进入了"同一"的境界，就有了向过去诀别的的"欣然心情"和自觉意识，爱情关系就最终确立了。

在相爱之初，恋人吸引"我"的，常常是嫣然的笑容、醉人的声音和"裙子下那青春肉体散发出的温暖"。但后来她更吸引"我"却是善解人意的性情和赏心悦目的"生活情趣"。因为这种生活情趣，远离肉欲，一如"森林、鲜花和大地的芬芳"，不需要人为保鲜。

当然，经常变换美丽的时装也是必要的，因为时装能挡住男人的视线，让他们不去估计身体的成色，同时时装像"感情上的羞怯"，让智性的思想把情欲的冲动掩盖起来，让人不起邪心。

一旦进入婚配之后，神秘和浪漫被"祛魅"，便发现，真实的她（他）与所爱的她（他），往往不是一个人；想象出来的生活，与我们亲身所过的生活正好相反。于是失落登场，即便是双方都没有过错，也彼此冷。为了维系甜蜜，他们开始降格以求——"生活情趣"的真与假不重要，重要的是让别人看起来重要；家居时光里热情退化不可怕，可怕的是失去了从"名著"里汲取热情的能力。于是，他们可以时不时地不爱眼前这个人，但一定要始终爱着爱情。

爱情进入平淡时期之后，当事人总愿意"姑息"自己，总是愿意按照自己所希望或认为的那样评价自己、描绘自己——缺陷是他人的，完美是自己的。男人便做出孤独的样子，"我热爱我的烦恼，所以我忠贞。"女人也假意淡定，因为她觉得维系自己婚姻的安全阀是"不要让你的丈夫感到，你只爱他，一旦离开他你就无法活。"

正是这小小的心计，使婚姻真的出现了大的漏洞——男人开始公然向别的女人拨弄眼风，他心想，"到嘴的肉不吃，我也未免太窝囊了。"女人便惊悚了不安了，因为"她从别的女人那晚礼服裸露的后背上，看到了蓝色的电波。"

为了不物极必反，女人表现出应有的宽容，"如果真正爱一个男人，就要学会喜欢他喜欢的女人。"但男人却得寸进尺地想，"幸福永远不会是静止的，它是不安中的间歇，爱情也是的。"

男人远去了。女人肝肠寸断之后，竟奇迹般地自愈了，她不无豁达地想："男人就是飞蛾，新的女人就是那招摇闪烁的火，如果他不扑上去，就不是男人了。"

多少年之后，他们居然能够像老朋友一样平静地坐在一起。心平气和地谈论到，你我其实是爱过的，只不过斗不过环境、气候和时光的离间，我们都身不由己。所以，只有死亡才能把爱情从难以逃脱的失败中拯救出来。

小说读毕，依旧亢奋不已。辗转反思，强烈地感到，所谓爱情，最核心的生命体征是：色授魂与。即：爱情的存在，根本地，是取决于男女之间，性、性趣、性格、性情的吸引。

《爱的气候》多少有些爱情启蒙的味道，更适宜青年男女。但老来读之，却愈加觉得它是一阕深刻而生动的挽歌，它让人，尤其是过来者，要怜惜爱情、更加珍重已有的爱情，虽已看透风月，却更应当洁身自好。因此还让我们看到，以前嗤之以鼻的感情，其实是珍贵的，以前懵懂荒唐的举止，其实是可爱的。在爱情面前，没有老幼尊卑之别，都是永不能毕业的学生。

由《爱的气候》我不禁感慨道，那个时代，即市场原则尚未泛滥的年代，其男女之间的纠缠，才是真正的情色境界啊！他们不重世故，不讲功利，甚至不顾出身、不问来路，只服从色授魂与的吸引，虽有出轨与背叛，但都是爱情本身的"化学"作用。而当下的世界，世风不古，情色已不见纯粹之地，男欢女爱，多是被现实的利益所牵制，情感在权钱的推动之下，愈来愈趋于物化了。莫洛亚也就有了被重读的必要。

2017 年 5 月 13 日星期六于北京石板宅